新 潮 文 庫

誘拐犯はカラスが知っている

天才動物行動学者　白井旗男

浅 暮 三 文 著

新 潮 社 版

10877

目次

Case 1 烏合の地……7
Case 2 翼と絵画……63
Case 3 チャップリンの新しい靴……119
Case 4 森にいる時計……179
Case 5 目撃者たち……211
Case 6 銀座のレナード……269
Case 7 学者がいた密室……325
解説 若林 踏

誘拐犯はカラスが知っている

天才動物行動学者　白井旗男

Case1 烏《う》合《ごう》の地

車を停めたのは樹林にはさまれた、暗い一本道だった。バンから降りた原友美はその道を歩き出した。

どこからか化鳥《けちょう》めいた声が届く。その声に混じっているのは猿の咆哮《ほうこう》か、獣の叫びか。まるでジャングルを思わせるざわめきだが友美がいるのは東京の西の外れ、あきる野市五日市。市街地から遠い、人家がまれな地域だった。

元旦《がんたん》を翌日に控えた十二月三十一日、午前九時。冬でも葉を落とさずに暗がりを作る樹林の道がどんづまりで開けた。高く巡らされた石垣が現れ、錆《さ》びた鉄門が見える。目指す動物屋敷だった。先ほどの鳥や猿の声は視界をさえぎられた向こう側から届いたものだ。来客などまれなここを友美だけは、しばしば訪れていた。

「先輩、友美です」

門柱のインターホンに来訪を告げると返答の代わりに鉄門が鈍い音を立てて自動的

に開いた。眼前に現われた光景は広い庭を抱える敷地で、奥に母屋《おもや》となる古びた二階建ての洋館が控えている。造りから戦前のものと分かる。母屋の背後には、きた道と同様に樹木や竹林が茂っていた。

裏手に土蔵が二つあった。ひとつは犬舎で、もうひとつは鳥小屋兼用の鳩舎《きゅうしゃ》。横にはガラス張りの温室。爬虫類《はちゅう》や熱帯植物のスペースだ。ここは各種の動植物が飼育されている屋敷なのだ。

友美は軒が突き出す母屋の玄関で靴を脱ぎ、目の前の応接室のドアを開いた。広い室内にあるのは応接セットと本棚、音響機器ぐらいだ。壁には、なぜかいくつもカレンダーがかけられている。

そのひっそりした部屋の真ん中で、男が砂を浴びていた。タオルを腰に巻いただけの恰好《かっこう》で金盥《かなだらい》の中に座っている。床に置かれた大きな盥には白砂が溜《た》められていた。

「あいつ、どこにいったんだ？」

盥の男がつぶやいた。屋敷の唯一《ゆいいつ》の住人、友美が通っていた大学の動物学科の先輩、白井旗男だった。三十代後半で痩《や》せた体軀《たいく》。背丈は百八十センチほど。癖毛の頭髪が耳のまわりにもしゃもしゃとしていて無精髭《ぶしょうひげ》が顎《あご》にうかがえた。世捨て人同然の様子だが顔立ちだけは整っている。

対する友美は青い制服に身を包んでいた。というのも友美の仕事が警察犬を事件現場で操るハンドラーだからだ。年齢は二十八歳。警視庁刑事部の管理下にある警察犬訓練所に勤務している。

友美は学生時代、モデルにスカウトされることがあった。長身で人目を引くスタイルと容貌《ようぼう》かららしい。しかし昔も今も、化粧っ気はまるでない。今日も髪を無造作に後ろでまとめて口紅さえ付けていなかった。

「どこへいったって、なにが？」

「蛇だ。目を離した隙《すき》にいなくなった」

「蛇って、家の中での話とちゃいますよね？」

思わず友美は確かめた。動物には馴《な》れているが、どうしても苦手なのがいるのだ。

「ああ、温室でだ。右利《みぎき》きかどうか確認しようとしてたんだが」

返答に安堵《あんど》した友美だったが、手足のない蛇の利き腕とはどういうことか。白井の言葉は友美の理解を超えていた。今の砂浴びも同様だ。だが一見、奇行とうつることも、白井には、いつもちゃんと理由がある。というのも白井が天才的といえる動物行動学者だからだ。正確には「元」がつくが。

「白井先輩、その砂浴び、まさか厄払いとはちゃいますよね？」

「当たり前だ。どうして砂浴びが厄払いに結び付くんだ？」

「だって水垢離《みずごり》は祈願成就《じょうじゅ》のためやん。砂なら逆なんかなと」

「これはな、痒《かゆ》いからだ。私は乾燥肌でこの冬は特にひどいんだ」

友美は頬がゆるむのを感じた。白井は動物がよくする砂浴びを真似《まね》ることで痒みが取れるかどうか試していたのだ。続いて胸に憐憫《れんびん》が湧《わ》く。誰に知られることなく砂を浴びる白井は笑われることさえないのだ。

「大晦日《おおみそか》なのに大阪に帰らずに仕事か」

砂を浴びる白井が友美の制服姿を確かめ、ぶっきらぼうに尋ねた。

「相棒のビスマルク号の具合が悪うて。風邪を引いたんやと思うんですが、面倒を見てあげたいんで、こっちに残ることにしたんですけど……」

友美の扱う警察犬はドイツ原産のジャーマンシェパードのオスだ。ビスマルクという名前はその犬とコンビを組むことになったとき、ドイツといえばビスマルクだと友美がつけた。

ハンドラーと警察犬は刑事でいう相棒と同等。とはいえ相手は犬なのだ。友美にすれば、具合が悪いのに、どうしてほしいとも言葉で訴えられない相棒をほったらかしにしておくわけにはいかなかった。

「けど？」

白井が言葉尻《ことばじり》を問いただした。

「眉毛《まゆげ》のコアラが出たんです。コアラのマーチってしってはりますか。一種の動物占いとして流行《はや》ってるんです」

友美は今朝、朝食代わりにそのチョコビスケットを食べた。すると滅多にない眉毛のあるコアラの絵柄が出てきたのだ。

「原君、コアラに眉毛はない。眉毛に見えるのはヒゲの一種である洞毛《どうもう》だ」

白井はうんざりしたように首を振った。

「とにかく特別な日やの！　今日は！」

白井はよくわからないという顔つきで口を開いた。

「それが出るのはどの位の確率なんだ」

「コアラの絵柄は全三百六十五種。その内の一種類だけが眉毛コアラです。絵柄はアトランダムに箱詰めされるんで、どの商品にどの絵が入っているかは運次第。公式発表ではないけどファンの調査では眉毛コアラが出る確率は百三十八分の一といわれてますねん」

「頼みごとなら断る」

言下に白井が告げた。

「まだなんにもゆうてませんやん」

「私は世の中と関わりたくないんだ」

「だけどコアラのお告げやもん」

大晦日にもかかわらず友美が制服姿なのは事件だからだ。しかも緊急の。加えて今回の捜査は特別な知識がある人間に協力を依頼する必要を感じていた。それほど捜査は袋小路に入りこんでいた。白井なら解決策をひねり出せる。それに白井を駆り出す絶好の機会だ。そう友美は考えていた。

今の白井は職に就かず、社会とはまったく没交渉で暮らしている。しかしそもそもは友美が通っていた国立大学の大学院に在籍した動物行動学者だ。学者としての明晰《めいせき》な頭脳は将来の教授候補の筆頭だったし、朗らかで外向的な性格の人気者だった。なにより動物とのコミュニケーションに関して天性の才があった。

だが友美が大学を卒業する頃、白井の両親が亡《な》くなったと噂《うわさ》が立った。それがきっかけなのか、研究室にいた白井は不意に休学し、消息を絶った。やがて友美は大学を卒業、学問の道をあきらめてハンドラーになるために警視庁に入り、白井とは一旦、縁が途切れた。

友美が白井のその後を聞いたのは数年前、大学の同期生と飲みに行った際だ。消息不明だった白井は一年を経て、大学に戻ってきたが大学院を辞め、経済学部へ編入。卒業後、快活だった性格が一転したように屋敷にこもり、動物たちと暮らすようになったという。

一年間の休学の真意は誰も知らず、経済学部に編入したのも両親の資産運用を学ぶためではないかといわれたが、誰も真相を把握していない。友美が思い立って動物屋敷を訪れてから、現在に至っても白井がこれと言ってなにかを打ち明けることはなかった。

なにかがあったのは確かだ。しかし白井を世捨て人のようなままにしておけない。まぶしい思いで見ていた先輩の現状に友美はうずきを覚えていた。だから今朝、出動要請を受けたことと眉毛のコアラが出たことが偶然とは思えなかった。とうとう白井の出番がきたのだ。

白井が民間人であるだけに上層部に無理を通さなければならない事案なのは承知だ。しかし友美の決心は固かった。直接の上司に当たる鑑識課の岸本相手に粘りに粘り、とうとう根負けした相手は例外中の例外として了承した。

退職さえちらつかせた友美の気迫に、岸本は袋小路に入った捜査の足しになればとでも感じたのだろう。ただし管理する犬の不調から友美は出動不能で待機とされた。話は聞かなかったし、その後の捜査は友美が勝手に行ったものであり、なにかあった際の責任はすべて友美に帰することが条件だ。むろん本隊は正規の調べを進めることになる。

「お告げに逆らうと、ばちが当たりますわ。ああ、怖い」

「非科学的なことをいうな」

友美の言葉を白井は一笑した。

「コアラは嘘《うそ》をつきません。このタイミングで眉毛のコアラが出るのは先輩のような特別な人間に頼めっていうお告げとしか考えられませんやん」

友美が言葉を続けようとしたとき、屋敷の裏手から犬の吠《ほ》える声があった。嬉《うれ》しそうな調子に友美は続けた。

「ほら、マックスもそうやって言ってる。ばちが当たるのは嫌やって。いいですか、白井先輩。事件やねん。それで具合の悪いビスマルクに代わってマックスを使わせてもらいたいとお願いにきたんです」

マックスとは白井が飼っているビーグル犬だ。友美は屋敷に数頭いる犬の中からマックスに目を付け、以前から民間が管理する嘱託警察犬にするように白井に薦めていた。そのため屋敷を訪れては訓練を続けていた。

「マックスの訓練に関しては先輩も黙認してましたやん」

　友美は砂を浴びる白井に続けた。

「マックスは優秀やわ。警察犬として働く能力は充分。捜査協力のかたちで出動させて適性を調べる絶好の機会なんです」

　盥の中の白井は友美を一瞥《いちべつ》もしない。友美は意に介さず、説明を始めた。

「六日前の十二月二十五日。杉並区の六十代の資産家、小室修太郎氏が誘拐され、二日後、犯人から身代金《みのしろきん》を要求する電話が入りました」

　被害者家族は警察の指示に従って犯人と交渉を続け、昨日の三十日、身代金の受け渡し場所を指定させるまでにこぎ着けたという。場所は中央自動車道の談合坂上りサービスエリア。時刻は午後五時。

　捜査一課の特殊班は犯人検挙に向けて現場に待機したが受け渡し場所に現れた犯人に悟られてしまった。結果、相手は車を急発進させて逃走を試み、走行してきた大型トラックと正面衝突を起こしたのだ。

「被疑者はそれまでのやり取りから単独犯らしいんです。ただ事故で即死したために人質となっている資産家の監禁場所が聞き出せてへん。そいつは事件発生から数日に渡って電話で資産家の声をこちらに聞かせてます。その時点で無事やったということは殺害の意図はないと踏んでええと思います。問題は被害者がたった一人で誰もしらん場所に置き去りになってること」

「話はそこまでか。ならば答は同じだ。眉毛のコアラなんて話はそれこそ、眉唾《まゆつば》ものだ。本当はマックスを使いたいだけではないんだろ？」

白井は友美の真意を理解したらしい。

「私は探偵ではない。人捜しなら専門家に頼みたまえ」

白井はすげなく断った。友美は思わず視線を泳がせた。応接室の壁にかけられた、いくつもの都市銀行のカレンダー。以前から違和感を感じていたそこへ視線を注ぎながら友美は口を開いた。

「昨日から警察犬を展開して人質の居場所を捜索してます。現在、警視庁に所属する警察犬は四十四ほど。別件で動いているのもおるし、こんな時期やから嘱託犬を招集しても数が足りひんのです」

反応がない白井に友美は続けた。

「ビスマルクは具合が悪うて出動できへん。事件発生からすでに六日が経過してる。この冬の寒い時期に監禁されている被害者は衰弱している可能性もあります。心配になりませんか」

友美の訴えに白井が顔を上げた。

「世の中と関わるのはごめんだといっただろ」

あくまでも拒否する姿勢らしい。むろん友美は白井の拒絶を予測していた。ここからが正念場だ。制服のポケットからコアラのマーチを取り出した。甘さで自身を鼓舞するためだ。箱からひとつ、つまんだ。

「やっぱりお告げや」

友美は指先を白井に示した。ビスケットの表面には腹に傷跡があるコアラが印刷されている。

「盲腸コアラ。眉毛よりも珍しい絵柄です。ファンの調査では二百十三分の一の確率でしか出てけえへん。同じ箱にふたつも特別なコアラが入ってるなんて天啓や」

ざあと砂を浴びる音があった。

「原君、どんなジンクスを信じるかは君の勝手だが、君ももうすぐ三十だろ？」

「白井先輩、この依頼は、あくまでもマックスのことを考えてやねんで」

友美はそう前置きすると説得に入った。

「マックスは働きたいはずですやん！　成果を上げて認められ、褒められたいはずや。

人と関わっている犬は、みんなそうやと教えてくれたんは先輩ですやん！」

友美が最大の説得材料と考えていたのはこの件《くだり》だった。動物のことをよく知り、愛する白井。ことに家族そのものであるマックスを理解しているなら、この言葉が心に染《し》みるはずだと予測していた。

「まっぴらごめんだ」

しかし白井はかたくなに拒絶を述べた。

「なんで、そんなことといいはるの？　人の命がかかってるって、いったやん。頑固と意固地は別物です。意固地を通すんなら、もう二度と関西料理は作りまへん」

白井の母親は友美と同じ大阪の出身だ。つまり関西風の味付けは白井の子供の頃からの家庭の味だと友美は知っていた。

「関西人は嫌になるほどお節介だ。しかも無理強いばかりする」

「お節介で結構ですわ。うちは一歩も引くつもりはありまへんから」

「原君、私は人間が大嫌いだ。だから世の中と関わるつもりは毛頭ない。頑固なのは君の方じゃないか」

「ええ、一度こうと決めたら岩おこしよりも硬いと、よういわれます。どうしてもというならうちをやっつけてからですわ」

「時代劇じゃあるまいし。なにが岩おこしだ。その粘っこさは餅《もち》並みだ」

友美は腕を組むと白井と対峙《たいじ》した。どこかから隙間《すきま》風《かぜ》が冬の寒さを足下に運んでくる。たまりかねたのか白井が溜息《ためいき》をついた。

「悲しいな」

冬の日本海を思わせる声だった。白井は続けた。

「人間は悲しい生き物だ。しかしどんな動物とも同じ存在。生命としての価値は等しい。君の頑固さには負けるよ。仕方ない。被害者のために多少の譲歩はしよう。ただし今回限りだ。マックスは連れて行っていい。私は同行しない」

友美は白井の言葉にうなずき、事件の説明を再開した。

「犯人の使用していた車のタイヤから土が採取されてるんです」

「手がかりになるものなのか」

白井が癖毛をかき分ける。目がわずかながら輝いていた。研究室にいたころのように難題を前にして知的思考が刺激されているらしい。

「土は関東ローム。鑑識で調べたところ、風成二次堆積物《たいせきぶつ》などから山梨らしいと考えられるそうです。河口湖周辺やとか」

ざっと砂のこぼれる音がした。タオルを腰に巻いたままの恰好で白井が盥から立ち上がった。応接室の本棚にあった分厚い地図帳をテーブルで開く。河口湖周辺のページだった。

「捜索に当たらせる警察犬が足りないというのは範囲が広すぎるんだな」

「そうやねん。河口湖周辺の土壌といっても数十キロ四方に及ぶそうです。昨日から各種の調べをしてるけど、まだこれといった手がかりは見つかってません」

「中央自動車道は確かめたのか。土壌の他になにも犯人の残した痕跡《こんせき》はない？」

友美は白井の言葉にうなずいた。開いた地図帳を眺めながら白井はしばらく考えている。続いて白井の視線が地図帳の横にあった新聞に移った。開いていたのは社会面で帰省ラッシュを紹介する記事だった。

大型の連休となることが見出しに書かれ、その横に写真が添えられていた。新幹線に乗り込む東京駅の風景らしい。ごった返す乗客に揉《も》まれた若い家族のスナップで、まだ幼い子供が母親の手をしっかりと握って離れまいとしている。

「電話の逆探知や犯行車両の確認は？」

友美は白井の言葉に意外な思いがした。学究肌の人間だが警察の捜査に関して、それなりに知識があるらしい。今まで知らなかった一面だった。

「犯人は盗難された携帯電話を数台、用意していたらしく、場所を移動して連絡し、使うたびに捨てていたようですねん。そやから逆探知では犯人の動きをつかめず、人質の監禁場所を把握できてません」

友美は続けた。

「また犯人が乗っていた車両は前面のナンバープレートが外されてて、Nシステム（自動車ナンバー自動読み取り装置）には引っかかってません」

「つまり犯人の匂《にお》いだけが手がかりなのか。本当に他になにも残していなかったんだな？　だから警察犬を動員する――」

事件の概要を把握した白井がうなずいた。地図帳を閉じ、友美に視線をすえる。

「少し待っていたまえ」

白井は地図帳を携え、腰にタオルを巻いただけの恰好で応接室を出ていった。一人になった友美は白井が戻るのを待つ間、今までの会話を反芻《はんすう》した。先ほど白井に関西料理を持ち出したが、そのせいで白井が折れたのではないだろう。

決め手はその前のマックスの話だったに違いない。犬は飼い主に似る。友美は屋敷を訪れる内に親しくなったマックスを通じて分かったことがあった。白井は、かつての気持ちを捨てきってはいない。白井とマックスは同じなのだ。本当は動物行動学者として働いて、認められ、褒められたいのだ。

応接室で思いを巡らせていた友美の元へ、ほどなく白井が戻ってきた。地図帳とちょっとした紙袋を下げている。紙袋を友美に手渡しながら白井は告げた。

「捜査に必要そうなものを入れておいた。地図のコピーもとってある。ただこれだけでは足りない。小型のCDプレーヤーとスピーカーが必要だ。スピーカーと接続する長めのプラグも」

CDプレーヤーとスピーカー？ と友美は首を傾《かし》げたが話を先に進めた。

「どんな手順で捜査すればええんですか」

「コピーに添えたメモに従いたまえ。分からないときは携帯電話で連絡すればいい。今晩は山で過ごすことになるだろう。寝袋の用意と厚着を忘れないことだな。フィールドワーク用の道具もだ」

友美はうなずいた。すでに足跡追及の準備は屋敷に乗ってきたバンに揃《そろ》っている。一旦、本庁に戻って機器を用意しても一時間ほどで出発できるだろう。

「マックスは他の犬と一緒に裏にいる。犬舎の鍵《かぎ》の場所は分っているな」

「はい。ところで謝礼ですけど今回は嘱託犬をテストする捜査協力費なんで薄謝で勘弁してもらえますか」

「金はいい」

答えた白井は盥に戻った。白井の協力を取りつけた友美は応接室を後にした。玄関で靴を履きながら、ふと視線が靴箱に流れた。上に卓上用カレンダーがある。なにかが気になったが答は浮かばなかった。

枯れた芝が広がる庭に立った友美が視線をやると庭先に大きなビニール袋が積まれている。屋敷から出たゴミらしい。正月を迎える時期だ。清掃局によるゴミの回収はすでに終わっているのだろう。

自分が住む世田谷のゴミ回収も二十八日が最終だった。そのために出しきれずに溜まっている分別ゴミが自宅にある。ましてや、この屋敷で飼っている動物たちが出すゴミは半端《はんぱ》ではないだろう。袋はいくつも積まれ、つむじ風にはためいている。

本隊は河口湖を起点に捜査を展開している。上司の岸本はそちらだ。進展があったら連絡することになってはいるが心許《こころもと》ないスタートだ。なんとしても白井本人を駆り出すべきだったか。

出てきたばかりの玄関が頭をよぎり、靴箱にあったカレンダーが思い返された。ここは動物屋敷だが、カレンダー屋敷ともいえる。友美の脳裏にそんな印象だけが残った。

午前十一時過ぎ、ハンドルを握る車は中央自動車道を山梨に向かっていた。バンの荷台には寝袋や毛布、テントといった露営用の荷物が積まれている。助手席の金属製のケースには観察用機材が入っている。身につけているのは山岳でも寒さをしのげる衣類だ。いずれも大学時代、友美がフィールドワークに使用していたものだった。

「大月ジャンクションから都留《つる》方面へ向かえばええんやな」

友美はダッシュボードの上に視線を送ると独り言を口にした。白井の紙袋に入っていた地図のコピーが置かれている。尾根や川筋がマーカーで囲まれていた。

「マークされている地域は御巣鷹山《おすたかやま》や桂川《かつらがわ》周辺になるけど、地図記号やと常緑樹が茂っている林や森やな。そこが捜索の重点的な対象ということやろか」

白井は被害者が山林に監禁されていると考えているようだ。友美には、まだ白井の考えがつかめなかった。確かに広範な捜索対象地域を闇雲《やみくも》に調べても成果は期待できない。ではどうするかといわれても友美には手だてが思い浮かばなかった。

ここは白井に任せるしかないだろう。必要があれば電話で確認すればいい。友美はそう考えて、それ以上、思い悩むのをやめた。車が小仏《こぼとけ》トンネルを抜けた。車窓の風景が一変する。それまではまだ東京郊外の様子だったのが左手に相模湖《さがみこ》が広がる。

冬の太陽の光を受けて昼下がりの湖は銀色に輝いている。まるで銀色の仁丹をまぶしたようだ。すると後部座席で小さく吠える声があった。マックスだ。

友美がルームミラーで確かめるとマックスは前足をドアに預け、白い鼻筋が窓にくっつくほど突き出して外を眺めている。友美は思わず口元がゆるんだ。

どうして犬は車に乗っていると、こんなに自慢げなのだろう。まるで自分が運転しているかのように誇らしそうだ。誰よりも速く走っていることが得意なのだろうか。それともマックスがビーグル犬だからだろうか。

友美は体調を崩して訓練所にいるビスマルクを頭に浮かべた。ジャーマンシェパードのビスマルクに比べるとビーグル犬のマックスは、ずっと小型だ。体高は四十センチほど。白い鼻筋と茶色い頭、胴に黒い模様がある外見はペットとして見栄《みば》えがいい。なにより長く垂れた耳、ドロップイヤーは愛嬌《あいきょう》を感じさせる。

しかしビーグルは古くからウサギ狩りに用いられてきた狩猟犬なのだ。大学での授業が友美の脳裏によみがえっていた。紀元前からギリシアで使われていた狩猟犬を中世にイギリスの種と交配させてビーグルは生まれた。

森のトランペッターと称される美しいバリトンの吠え声は遠くまで通る。そして追い鳴きと呼ばれる習性で、獲物をどこまでも追跡しながら仲間と連絡しあう。その能力は日本では猪猟《いのししりょう》に使われているほどだ。

そしてなにより狩猟犬特有の鋭い嗅覚《きゅうかく》を持っている。彼らの鼻は各地の空港で持ち込み禁止の物品を嗅《か》ぎ出す検疫《けんえき》探知に用いられているのだ。

友美が嘱託犬としてマックスに目を付けたのも、そんな点からだった。今、マックスが自慢げなのは、これから狩りが始まると本能で理解しているからかもしれない。

バンは大月ジャンクションを過ぎ、桂川に沿って都留に近づいた。やがて料金所に到着すると友美は車を一般道に向けた。地図に従うと右折し、県道となる高畑谷村停車場線を北上することになる。

『付近の植生を調べよ。常緑樹、特に杉や松が多い地点』

地図のコピーには注意点が走り書きされている。友美は北へハンドルを切った。進路は河口湖の東を巡って御巣鷹山の方へ続く。バンをゆっくりと走らせながら、友美は辺りを観察した。やがて車窓の左手に川が見えた。

案内標識を見ると大幡川《おおはたがわ》となっている。小さな古びた橋をいくつか渡った。ぽつりぽつりと続く集落を通り過ぎながら友美は車をのろのろと進めた。結果、バンは山道のどん詰まりにきた。

狭隘《きょうあい》な道の奥に樹木が茂っている。鳥居がうかがえ、春日《かすが》本社と扁額《へんがく》が掲げられていた。神社らしい。友美はシートベルトを外すと車の外へと出た。一旦、道を戻り、樹木が途切れた道路《どうろ》脇《わき》に立ち止まる。御巣鷹山の頂が見える。ざっと四キロほど先だろうか。彼方《かなた》には白雪をかぶった富士山だ。

「ここがベストやな」

今まで見た地点では一番、杉や松が色濃い様子だった。友美は車に戻ると荷台のドアを開けた。携帯用ＣＤプレーヤーと接続プラグの入ったバッグ、スピーカーを下ろす。

音響機材は小型バッテリーで駆動できるタイプのものだ。長時間の使用に耐える。続いて地図のコピーを改め、後部座席のマックスに告げた。

「マックス、大人しくしてるんよ」

マックスは小さく鼻を鳴らすと仕方なさそうに座席にうずくまった。バンのドアを閉めた友美は神社へ歩んでいった。社の裏手をうかがうと神社から山へと続く斜面には杉の林が続いていた。

『適正な地点に機材を搬入』

メモ書きを思い出しながら友美は荷物を境内裏手の杉林へと運び始めた。神社裏は平らだった。杉にさえぎられて辺りは薄暗い。最後に運んできた金属製のケースを置くと友美は先ほど見えていた御巣鷹山の方角を確かめた。

『スピーカーを山に向けて、CDを再生』

白井の走り書きに従って友美はCDプレーヤーとスピーカーを接続した。次いで紙袋に収められていた一枚のCDを手に取った。

「なんやろ、これ」

CDの表面には、なんの文字も書かれていない。使用方法について白井から説明を受けていない友美は携帯電話を手に取った。

「先輩、ベストと思える杉林に着きました。大幡川の奥の神社。ここで山に向けてCDを再生すればええんですね。それからは？」

「後は待つんだ。紙袋にCDの説明書きを同封した」

「これ、ホンマに捜索に使えますの？」

「ボリュームは最大にしておきたまえ。面白いことが起こる。ショウタイムの始まりだ。私も電話で聞かせてもらおう」

白井が電話の向こうで笑っている。友美は紙袋から説明書きを取り出した。CDは十五秒から三十秒ほど再生して一時停止する。しばらく待って再び再生。それを不規則なパターンで繰り返せと記されていた。

「ショウタイム？」

「しゃがんでいろ。できるだけ目立たないようにするんだ。相手は警戒心が強い」

友美は白井の指示に電話を通話状態にしたまま、かたわらに腰を落とした。ＣＤを挿入し、再生ボタンを押す。かすかなホワイトノイズがあった。続いて締め上げられたような鳴き声が大音量で響いた。

薄暗い杉林にスピーカーから流れたのはカラスの声だ。ヘビメタのコンサートかと思われるほどで、これならかなりの範囲に届くだろう。しかも声は耳に突き刺さるような音質で、騒いでいるというレベルのものではない。スピーカーを通じて、辺り一帯を切り裂くかのようだった。

まるで断末魔の悲鳴だった。火がついたような声でカラスは鳴き続けている。聞いている友美は耳が痛くなるほどだった。なんとか説明書きを思いだし、友美はＣＤを一時停止させた。

杉林が静けさを取り戻した。耳には先ほどの鳴き声がこびりついていて静寂が痺《しび》れているように感じられた。再びＣＤを再生する。カラスの鳴き声による狂乱と沈黙が不規則に繰り返されていく。

「そろそろだな」

電話の向こうで白井の声がかすかに聞こえる。数分が過ぎていた。CDプレーヤーが録音を再生する中、彼方で鳴き交う鳥の声がした。それが近づいてくると不意に杉の枝をわける音があった。枝のしなりが聞こえた途端、立て続けに杉林が鳴った。突然の豪雨に見舞われたような音だった。

叩《たた》きつける雨を思わす音はこちらに舞い降りてくるカラスの群れ。CDの声が号泣する中、音は続いている。薄暗かった杉林が闇に包まれたようになった。舞い降りたカラスはCDの音に答えるように鳴き狂っている。

辺りは叫ぶ闇となった。生きた闇に響く声は絶叫であり、興奮であり、威嚇《いかく》だ。原始的な悪意が杉林に轟《とどろ》いている。黒い影がてんでに交錯していた。羽音は嵐《あらし》のように吹きすさんでいる。

舞い降りてきたカラスは枝にとどまって叫んでいるばかりでなく、樹木の間を羽ばたくもの、地面への急降下を繰り返すもの、中にはスピーカーの前に降りると、それを睨《にら》みつけているものもいる。

どのくらいの数だろうか。翼を持つ黒い影に襲われ、友美はしゃがみこんだまま硬直していた。生まれて初めて鳥に恐怖を感じた。半端な数の群れではない。五、六百羽は優に超えている。もはや杉林は戦場のようだった。

不意にスピーカーからの声が止まった。呆然《ぼうぜん》としていた友美は我に返った。ちょうどCDが終わったらしい。杉林で荒れ狂っていたカラスの群れは潮が引くように鎮《しず》まっていく。スピーカーは沈黙している。すると高い鳴き声が枝からひとつ響いた。

「成功だ。今のは解散の声だ。双眼鏡でカラスの行く先を確認しろ」

耳元の電話から白井の声が聞こえた。友美の胸に安堵が湧いた。金属ケースを開くと中から双眼鏡を取りだす。カラスの行方を追うため、友美は神社の裏手から鳥居まで駆けた。樹木が途切れた道路脇のポイントへ走り、双眼鏡をのぞいた。

「先輩、すごいですわ。カラスは御巣鷹山の方にいきました」

「やはりあの山か。どの辺りだ？」

「四キロほど先、中腹辺りや」

「降下する地点をよく確認しておくんだ」

空に羽ばたく黒い影の群れは友美の肉眼でも確認できるほどだった。カラスたちは爆撃を終えた飛行編隊を思わせた。

「しかし先輩、えらい目に遭わせてくれましたやんか」

「お節介のお返しだ。ちょっとは懲《こ》りただろ」

白井の声がかすかな笑いを示している。

「あんなことが起こるんなら一言、教えてくれてもええのに。一体、あのCDはなんに使うものやの？」

「あれは私がまだ学生だった頃、個人的に製作した日本版だが、もともとは都市化したカラスがアメリカで問題になり始めた七〇年代に考え出されたカセットテープを参考にしている。カラスが救援を求めて仲間を呼ぶ鳴き声が録音されているんだ」

「救援の声？」

「いいか、原君。カラスは典型的なシナントロープで、スカベンジャーだ」

白井の説明が始まった。大学の授業で耳にしたが、シナントロープとは人間の暮しに寄り添って生きる生物をいう。

筆頭はドバトやスズメ、ドブネズミやゴキブリだ。彼らは野生生物ながら人のおこぼれを頂戴《ちょうだい》して生きている。そしてスカベンジャーとはハイエナやハゲタカのように腐肉なども食餌《しょくじ》とする雑食性の生物を指している。

白井によると、加えてカラスは、群れで暮らす鳥類という。彼らの天敵となるのはオオタカを始めとする猛禽《もうきん》類。カラスはそんな天敵と出会うと群れで対抗する。今のCDは闘いに備えて近辺のカラスを呼び集める声だったらしい。

「近隣のゴミ収集所にカラスが頻繁に集まり、ゴミをまき散らすような行動がある際、離れた位置で声を再生するとカラスは、そこへと移動する。被害にあう時間帯にカラスの群れを別の場所に誘導するわけだ」

白井は続けた。群れで暮らすカラスは、集団で眠るねぐらを持つ。そんな彼らには変わった習性がある。日本の学者が発表した論文だが、鳥類の生態学に関する本に必ず引用されるほどの反響を呼んだ。

なにかというと、ひとつは季節ごとにカラスが、ねぐらを変更すること。もうひとつは餌場《えさば》からねぐらに帰る途中に中継地点があることだ。

カラスの餌場はいくつかに分かれている。山地、丘陵、平地などに。日中、それぞれの餌場に通勤していったカラスは帰還時に、いくつかの中継地点で合流する。集団帰宅の待ち合わせといってもいい。そうやってカラスは最終的に大群となって、ねぐらに戻る。その数は冬場の場合、ざっと千羽近い。

自然豊かな環境に暮らすカラスは、川筋や尾根筋を下った林や森をねぐらにする。夕方、暗くなっても空にそびえる尾根や月明かりで光る川面をたどれば迷うことはないからだ。今回ならば、もっとも目立つ尾根は御巣鷹山、川筋はその山裾《やますそ》を流れる桂川水系が相当する。

だが、カラスはそもそもどうして群れるのか。天敵に対して集団で対抗するためだけでなく、スカベンジャーであることも関係している。群れで暮らすことで食べ物を発見するチャンスが増えるのだ。

誰かが電信柱から舞い降りてなにかをついばみだしたら、それは餌があるという合図に他ならない。しかし、それでは発見した餌に仲間が次々と集まってきて取り合いになり、競争が起こって逆に食餌が減るのではないか。

カラスは雑食性のスカベンジャーだ。なんでも食べる。ましてや近年の人里では、ありあまるほどのゴミが発生する。つまり都市化したカラスは群れている方が食餌のメリットが大きいのだ——。そこまで述べた白井は次の指示を出した。

「原君、カラスが消えた方角と位置が把握できたら、機器を回収してそっちに向かうんだ。彼らのねぐらに」

白井の説明を黙って聞いていた友美はやっと気が付いた。今朝の新聞だ。白井がテーブルに広げていたのは帰省ラッシュに関する記事だった。中継地点で集団化していくカラスは、帰省者が東京の各地から集まり、最終的に新幹線の乗客となる様子にそっくりではないか。

白井はそこに目を付けたのだ。誘導し相手のねぐらをつきとめるため、ＣＤの本来の使用方法を逆に利用したのだ。

「ねぐらにいって、なにをしたらええの？」

先ほどの狂乱の名残りか、地面には杉の小枝が散らばっている。携帯電話を片手に機器を回収する友美に白井が答えた。

「推測通りなら待つだけだ。正解でなければもう一度、別の群れのねぐらを探す。その繰り返しだ」

友美は車に戻り、地図のコピーを改めた。

「御巣鷹山へは車で乗り入れることは不可能みたいやわ。この神社の先に登山道があるから徒歩でねぐらを探しに向かうしかあらへん」

白井も手元の地図を確認していたらしい。

「みたいだな。夜になる前に突き止めたまえ。紙袋にビニールパックがあっただろ。それと懐中電灯があればいい」

「そやけど先輩、そもそもなんでカラスなん？　カラスのねぐらを突き止めることで被害者の監禁場所を特定できるのん？」

友美は確認しながら白井の計画がまだ理解できていなかった。カラスの習性を白井が利用しようとしているのは分かった。しかしそれが被害者を見つけ出す決定的な要因になるのだろうか。

「カラスが集団でねぐらを持つのは、ある特別な理由からだといわれている」

その特別な理由こそがカラスを捜索に使う核心なのだろうか。

「だが説明は後回しだ。時間がない。ほどなく日が暮れる。そろそろ切るぞ。冷え込みだすから暖かい恰好にするんだな。到着したら、また連絡をしたまえ」

問いただそうとしたとき、電話が切られた。友美は後部座席のマックスに視線をやった。マックスは目だけでちらりとこちらを見た。しかしまだ出番ではないと理解したのか、再び座席にうずくまった。

「マックス、ちょっとの辛抱やで」

友美はいじらしく感じてマックスに声をかけた。地図のコピーとコンパスを手に取り、懐中電灯をポケットに入れる。続いて紙袋からビニールパックを取り出した。厚手のコートを羽織ると車の外へ出る。

時刻は午後三時近い。カラスの群れが去ったのは四キロほど先だが徒歩による登山道からのアプローチだ。大学時代のフィールドワークの経験で山道にはなれているが日が暮れる前にねぐらが確認できるかどうか、ぎりぎりだった。

目的地に到着したのは一時間ほど登山道を歩いてからだった。山の中腹となる地点に雑木林が広がっている。友美は登山道からその雑木林へと踏み込んでいった。

辺りには各種の樹木が混在していた。冬季のためにクヌギやナラといった落葉樹はすっかり葉を落として裸だが、椎《しい》の木や楠《くすのき》、杉、松は緑の葉を茂らせている。

夕方の四時近く。すでに辺りは薄暗いが、まだなんとか視界は利く。おそらく常緑樹を手がかりにすればよいのだろう。先ほどの神社や地図のコピーからするとカラスが集まる植生らしい。

「先輩。どうにかカラスが降下した近辺に着きました」

友美は携帯電話で白井に連絡を取った。

「よろしい。では地面を観察してくれ。ペリットを探すんだ」

ペリットとはカラスの排泄物《はいせつぶつ》のことだ。ただし正確には糞《ふん》ではない。鳥は歯を持たない。ために呑《の》み込んだ食餌を砕く役割を砂嚢《さのう》に担《にな》わせていることは友美も知っている。焼き鳥でいう砂肝だ。

そして消化できないものは砂嚢でよりわけて口から吐き出す。従って胃や腸を通過していない吐瀉物《としゃぶつ》であるペリットを調べれば、鳥がなにを口にしたかが分かる。

友美が目を凝らすと少し先の山肌に白くミルクをこぼしたような痕跡が残されていた。杉が林となる手前だった。干からびた白滴には黒いなにかが混じっている。友美はそちらへ向かい、斜面にかがんだ。

「ありました。杉林の前です」

「よし、そこが奴《やつ》らのねぐらだろう。カラスは常緑樹の林をねぐらに選ぶ。なぜか。上を見てみろ」

友美は頭上を仰いだ。杉の林は緑の葉を茂らせ、屋根のように上空を覆《おお》っていた。なるほど。この天然の屋根は天敵の猛禽類から身を守ってくれるのだ。

「できるだけ慎重に。カラスは警戒心がとても強い」

白井の言葉に友美は懐中電灯を点けるとゆっくりと暗い杉林を進んだ。しかし数メートルもしない内に、ばさばさと数羽が飛び立っていく羽音が響いた。視線を送ると狙《ねら》い通りカラスだった。

「先輩、確かにここですわ」

「それじゃ、もっとも重要な調査に入ることにしよう。ペリットの中身を調べてくれ。できるだけ新しい奴を」

千羽近いカラスのねぐらだ。電灯で照らすと地面のあちこちに白く乾いたペリットが見つかった。調べてみると斜面に残されたペリットに混在しているものは、ほとんどが木の実だった。おそらくこの夏の果実の種らしい。

一方、小豆色をした鱗片《りんぺん》は、どうやら樹木の冬芽の一部と思えた。ときおり昆虫の甲殻や足が見受けられる。ここのカラスはスカベンジャーながら餌の多くを自然のものに頼っているらしい。食餌がとぼしくなる冬季だからこそ、自然豊かな山地をねぐらに選んでいるのだろうか。

「これやろか」

友美は声を上げた。目星を付けた白いペリットは、まだ濡《ぬ》れていた。友美が黄色い光の中、汚れをこそげ取ると指先になにかが感じられた。つまみあげると小指の先ほどの薄い紙片だ。

「レシートや」

友美の指先にあったのはレシートの切れ端だった。わずかに印字された数字の様子で理解できた。スーパーマーケットかコンビニエンスストアのものらしい。

「レシートなら大いなる成果だ。なんて書いてあるか分かるか」

「電話番号みたいや。03とだけ読めますわ」

「他のペリットは？」

「これだけです。他の新しいペリットには見当たりません」

電話の向こうで白井がかすかにうなった。

「ペリットひとつか。まあ、いいだろう。二十三区内の番号なら見込みがある」

「先輩が探してたんは、これやったんか」

友美は一連の調査を思い返して尋ねた。先ほどから調べていたペリットには人工的な物はなにも見当たらなかった。一方、レシートがあったこちらは、まだ乾いてさえいない。つまり、このレシートは最近この群れのカラスのどれかが呑み込んだことを示しているのだ。

友美は被害者の捜索にカラスを使う理由がうっすら分かってきた。冬場、餌が乏しくなったカラスは山地で自然物を口にしていた。だが千羽近い群れの中には、ねぐらから各地の餌場へ通勤してみるものもいたのだ。

その中のどれか一羽が自然物ではない餌を発見したら。人間が出すゴミ。木の実や若芽などよりずっとカロリーがある食餌を。

「先輩は犯人が出したゴミを手がかりに被害者の監禁場所を特定するつもりやったんですね。やけどこのレシート、必ずしもゴミとして出されたとは限りませんやん」

「原君、動物の食餌量は種によって異なるんだ。例えばヘビはとても小食だ。体長が一・五メートルのものでも一年にリスを二匹、おやつにネズミが二、三匹で事足りる。

しかし鳥類は代謝が活発で体温も四十度ある。そのために哺乳類《ほにゅう》よりも頻繁に餌を食べなければならない」

白井は電話の向こうで説明を始めている。

「しかも空を飛ぶためにはできるだけ体重を軽くしたい。そのために少し食べては飛び、飛んで空腹になると、また食べることを繰り返す。つまり鳥はいつも腹ぺこなんだよ。明日のために食べるのではなく、次の一時間に備えて食餌を取る」

「カラスは大阪のオバさんみたいに始終なにかを食べてるねんな。そのためにいつもどこに餌があるかを探している。つまりペリットから出たこのレシートは餌となるものと同じ場所にあったんか」

友美は白井の説明を理解しつつ、まだ腑《ふ》に落ちない部分を尋ねた。

「としても、どうしてこのレシートの切れ端が犯人の出したゴミやと判断できるんですか。関係ない誰かの可能性もあるはずですやん」

「原君、今日はどんな日だ」

「そうか。ゴミの回収か」

友美は白井の屋敷を出たときのことを思い出していた。母屋《おもや》に面した庭先にゴミ袋が積まれていた。それを見て自分は正月期の休みで、今年のゴミの回収が終わっているからだと理解したではないか。

白井の屋敷だけではないだろう。この山梨の清掃局も年末年始は休む。事件発生は二十五日。人家のある地域では、まだ正月に向けてゴミ出しが盛んだ。当然、スカベンジャーであるカラスはそれを狙って人里をうろつく。

しかし年末最後の回収は二十八日。その日を過ぎるとゴミは回収されない。当然、カラスの被害を被《こうむ》っている人里の人間は、回収までゴミを厳重に保管するはずだ。カラスが手出しできないように。

だからゴミ場を漁《あさ》っていたカラスは食餌の場を変える。自然物を餌にできる山岳地帯に。だが、このねぐらのカラスはゴミを発見した。つまり今、発見したレシートはこの連休にカラスの被害を考慮していない人間によって遺棄されたものなのだ。

それは誰か。おそらく近隣の住人や里帰りしてきた人間ではない。それにレシートは東京二十三区内の電話番号だ。山梨の人間が日常的な買い物に通うところではないのだ。となると東京からきた人物となる。

「しかし先輩、犯人が必ずゴミを出すとは限りませんやん。監禁した屋内にゴミを置いたままにする場合もあるんとちゃう？」

「ビニールパックを」

質問に答えずに白井が指示した。友美は携えていたパックを開いた。カラフルなパッケージはパーティーグッズらしい。中には短い缶と風船があった。風船の表面は黄色い。蛍光塗料を塗ってあるようだ。

「缶の中身はヘリウムガスだ。糸もあるだろ？　それを結んで風船を浮かべれば目印になる。作業はそこまでだ」

友美はガスで風船を膨らませ、糸を結んだ。手を離すと杉の上へと風船が上っていく。やがて樹木の上、自然の屋根を抜けて風船は空に浮かぶ具合になった。友美は糸を手近な枝に結んだ。

「君は犯人が車のナンバープレートを記録されないように外していたと述べたね。また連絡にも数台の盗難された携帯電話を使用して居所をつかまれないようにしていたとも」

作業を終え、友美は出発点に向けて暗い登山道を戻りながら白井の声を聞いた。

「かなり周到な人間だと思わないか」

白井の指摘は正しい。だがそれが、どうして必ずゴミを出すこととつながるのか。

「それに犯人には被害者を殺害する意図がないように思えるとも言っていたな。となるともっとも注意する点はなんだ？」

「そうか。犯人は捕まる可能性を極力、排除したかったんやな」

犯人は身代金《みのしろきん》を手に入れて逃走するつもりだった。誘拐した相手を生きたままにしておくなら、もっとも恐れるのは自身の身元が判明することだろう。だから多くの誘拐犯は被害者に顔を見られないように覆面をしたり、相手に目隠しをする。

だが現代は科学捜査の時代だ。自身が誰であるかの手がかりはミクロの世界で分析される。例えば唾液《だえき》から得られるDNA型鑑定もそのひとつだ。

現時点で事件勃発《ぼっぱつ》から五日が経過している。その間、被害者を生かしておくつもりなら飲まず食わずでは過ごせない。自身にせよ、被害者にせよ、監禁場所で飲み食いしたゴミが発見されれば、そこから新たな捜査が展開される。

となれば犯人には発生したゴミを処理する必要が生じるのだ。白井がカラスに目を付けたのはそんな推理があったからなのだ。

「そやけど犯人がゴミを捨てる必要があったとして、必ず監禁場所の近くとは限らないのと違いますか？」

登山道は出発した神社の裏に近づいている。

「確かにそうだ。この捜査はあくまで可能性を根拠にしている。しかし広範な対象域を闇雲に捜索するには時間が足りなさすぎる」

白井が続けた。

「現在、手がかりらしいものはなにも見つかっていない。となるとなにを根拠に捜索をスタートさせるんだ？　もっとも有効と思われる可能性しかないだろ」

登山道は終わりに近づき、出発した神社が見えている。

「事故死した犯人はこれといったものは持っていなかった。つまりゴミも含めてだ。となればゴミを捨てたのなら身代金の受け渡し場所にくるまでのどこかだ」

「でも先輩、監禁中にどこかで捨てる可能性は？」

質問してから友美は気付いた。犯人は足がつくのを恐れていたはずなのだ。仮にゴミを遺棄するとしても犯行が終わるまでは監禁場所付近では危険だ。身代金について連絡を取った近辺もボロが出ては困る。それに人質を見張るために外出を極力控える必要がある。では、どうするか。逃走までは隠し持つのだ。

焼却する手もあるだろう。しかしそれでは人目に付く可能性があるし、少し時間がかかる。犯人は早く逃げたいのだ。乾燥した冬場だけに延焼でも起こせば、犯行は水の泡だ。

身代金の受け渡し場所は談合坂サービスエリア。やっと逃走できると犯人が中央自動車道でゴミを捨てたとしよう。となれば場所は河口湖とつながる大月か都留のインターしかない。だが、おそらくそちらは警察犬による捜索の対象になっているだろうと白井は考えたのだ。しかし現時点ではなにも情報が届いていない。

では、どこで捨てるか。むろん自動車道を走りながら窓から投げる方法もある。しかしそんな目立つ行動を取るだろうか。後続車の目にとまる可能性もあるし、なにより急いでいたはずだ。できるだけ人目に付かずに手早くゴミを捨てたいなら、自動車道に乗る前の方が都合がいい。

「つまり先輩はゴミを捨てた場所の可能性から捜索範囲を狭めるつもりやったんですね。例えば、どこから自動車道に乗ったかが分かれば被害者の監禁場所の手がかりになると」

「カラスの移動距離は四十から五十キロだ。そして冬場のカラスは千羽となる。二千の目を持つ彼らは餌を求めて広範囲な捜索場所の上空を羽ばたいていたんだ」

登山道の出発地点にもどった。友美はその旨《むね》を告げた。

「風船を目印に朝を待つんだ。待機地点は山を一周して国道一三七号へ出るのがいい。三ツ峠ならねぐらまでは一キロほどだ。その辺りが観測の最適ポイントになる」

「観測？」

「ああ、カラスの動きを待て」

白井の応答に友美はバンに乗り込んだ。耳にしている携帯で白井は付け足した。

「動物は賢い。招集された警察官よりもずっと優秀な捜査員になると思わないか」

ゴミを発見したのが、どのカラスの群れかの特定は困難を極める。しかし白井はわずかな可能性に賭《か》けたのだ。大晦日、新幹線、カラスの食餌に関する習性。

可能性を重ね合わせることで目的達成の精度は上がる。そしてそれは功を奏した。

友美は電話を切ると車を発車させた。


夜がきていた。河口湖を東に回った三ツ峠と呼ばれる辺りで友美は車を停め、岩舞台のように突き出た場所でキャンプを張っていた。簡単な夕食を終えて、コーヒーをコンロで沸かす。暖を取るために焚《た》き火が熾《おこ》されている。

冬の山岳地帯は深閑としていて物音はない。ときおり焚き火がはぜるだけだ。彼方には先ほど捜索したカラスのねぐらがうかがえる。集光率の高い大口径の夜間用双眼鏡で眺めると目印とした黄色い風船も杉の茂みの上にうかがえた。人恋しさから友美は白井に携帯電話で連絡を取った。

「明烏《あけがらす》という落語がある」

電話の向こうで白井が話し始めた。

「吉原に初めて遊びにいった堅物の若旦那《わかだんな》が朝を迎えるという話なんだが、カラスがまだ未明の時間から鳴き出す習性から付けられた題だ」

友美は続く言葉を待った。

「まだ暗い内からカラスが鳴き出すことは古くから知られている。調べによると年間平均で日の出の三十六分前から鳴き始めるそうだ。冬季は平均よりも、さらに三分以上も早い」

相変わらず優秀な動物行動学者だ。この男の頭脳には動物に関するあらゆる知識が詰まっている。白井が続けた。

「だから六時過ぎには捜索に入れるだろう」

「なにを手がかりにすればええの？」

「風船を手がかりに群れから飛び立つカラスを観察するんだ。その中にゴミを漁った一羽がいるはずだ」

「どれが目的のカラスか、特定することなんかできるんですか？」

友美は首を傾げた。千羽近くの群れから目的の一羽を見分けられるのだろうか。

「行動だよ。動物は正直だ。悲しいときは悲嘆にくれ、嬉《うれ》しいときは歓喜にひたる。だから彼らの行動をよく観察するんだ」

白井にはなにか策があるらしい。友美は焚き火に手をかざした。かたわらにはマックスがうずくまっている。友美はその頭を撫《な》でてやると口を開いた。

「マックスは優秀な犬ですやん。働きたくてうずうずしているのに、こうやって指示されるまで我慢してる」

友美の言葉に白井からかすかに笑いがあった。

「君と再会して警察官になったと聞いたとき、なるほどなと納得したよ。そんな手があったんだなと思った」

「大学に入ってから、わたしは先輩を始めとする周囲の方々を見て、とてもかなわないと思ったんです。わたしには学者の道は難しいんちゃうかなと」

友美は続けた。

「でも動物と関わる仕事は続けたい。ご存じのようにただの学卒者にとって関係領域での仕事口は狭き門ですやん」

「動物園の飼育係なども、コネで押さえられているからな」

「そんなとき、ハンドラーの仕事があると思いついたんです。警察官に採用されれば警察犬と働く仕事を希望できるんやないかと。まだ見習いなんやけど」

「岩おこしらしい。君はへこたれるということがない。やがて立派なハンドラーになれるだろう」

会話が途切れ、友美はポケットからビスケットを取り出した。リュックを背負ったコアラが描かれている。ごく一般的な絵柄だが、友美は旅立ちを象徴しているように感じた。

「なにがあったんですか？」

白井と再会してからずっと尋ねたかったことだった。天才と称された動物行動学者に一体、なにが起こったのだろう。白井ほどの人物が研究室をやめたのには、それなりの経緯があるはずだ。

「先輩は経済学部に編入したそうやけど」

「金だよ」

白井がぽつりと答えた。

「私の両親は南米で失踪《しっそう》したんだ。一年間、休学したのもそのためさ」

「もしかして先輩はご両親を捜索するため、自ら現地にいってはったんですか」

「そうだ。現地の警察、両親が立ち寄った場所などに知り合いを作り、捜索への協力を頼んだ。しかし手がかりはまったくなかった」

友美は理解した。白井がどうして警察の捜査に詳しかったかを。

「一年かけても成果は実らなかった。やむなく私は帰国した。だがその時から私には金が必要になった。現地での捜索を続けるなら、調査員を雇わねばならない。だが両親は失踪した状態だ。二人の資産はまだ私には相続されていないんだよ」

白井の実家は広大な屋敷だ。固定資産税だけでも馬鹿《ばか》にならないだろう。それに加えて海外での捜索費用や自身の生活費が求められる。おそらく両親の資産による定期的な収入はあっただろう。しかしそれだけでは大学院生に過ぎない白井には、まかなえない出費だったのだ。

「この話はまたにしよう。そろそろだ。もうすぐ夜が明ける」

目的とする尾根が白々とし始めていた。友美は焚き火に水をかけ、穴を掘って埋めた。かすかに彼方で鳴き声が聞こえた。その声が徐々に増えていく。

六時を過ぎた。一キロほどの距離だけにカラスの声はすでにはっきりと聞き取れるようになっている。友美は夜間双眼鏡に目を当てた。アナログな機材だが、その分は努力で補うしかない。未明の空に目を凝らす。まだ薄暗いが、なんとか様子をつかむことはできた。

するとねぐらの上空に一羽のカラスが黒いシルエットで舞い上がった。颯爽《さっそう》と冬空に飛び立ったカラスは自信にあふれた様子で羽ばたいていく。その後を数羽のカラスが追いかける。友美は息を呑んだ。

「なにか見えたか」

「おった。きっと、あれや」

友美は手元にあったコンパスと地図のコピーを見比べた。

「一羽のカラスが迷いもなく、一直線にどこかを目指してます。後の数羽もそれに続こうとしてる」

「それが目的地だ。そしてゴミを漁った場所だ」

「つまりそこが被害者の監禁場所とつながるのんですか」

「カラスが群れで暮らす特別な理由があるといったろ。それは情報交換をするためではないかとの説がある」

白井が説明した。

「むろんカラスが言葉を使うわけではない。だが彼らは集団で暮らす。だから夜、ねぐらに満腹して帰ってきた一羽がいたり、朝、自信を持ってねぐらから飛び立つものがいれば、その後を追うことで餌にありつけると考えるんだ」

白井の計画を友美はやっと理解した。カラスを捜索に使った核心はそこだったのだ。

「カラスは賢い。そして好奇心が強い。公園の滑り台で遊ぶカラスもいるという」

数羽のカラスは先頭に導かれながら尾根を南下し、やや東へ進路を取っている。

「そんなカラスなら情報交換をしていても不思議はないと私は思う。動物は賢く、そして正直だからだ」

飛翔《ひしょう》する数羽は、やがて河口湖の南の空へ小さな点となって消えた。友美はその方角を見定めて告げた。

「南都留郡、鳴沢村の方やわ」

友美が地図のコピーを指で追うと富士桜高原別荘村との記載があった。それを白井に告げた。

「そこだな。監禁場所そのものかもしれない。マックスの出番だ」

「分かりました。いくで、マックス」

白井の言葉で友美はかたわらにうずくまっていたビーグル犬に声をかけた。スイッチが入ったようにマックスが立ち上がると、ぶるっと体を震わせた。

「ここから先は君とマックスの仕事だ。成功を祈っているとしよう」

電話が切れた。友美は岩舞台の手前に停めてあったバンに向かう。マックスと乗り込むとハンドルを握り、地図にあった別荘地の方角へと車を発車させた。

朝ぼらけの中、遠くから鐘が聞こえる。目的地まで一時間も必要としなかった。冬の木立と雑草が茂る一帯に小さなバンガローが建ち並んでいる。小分けされた敷地にひしめく、茶色い防腐剤を塗られた家屋群は慣れた者でなければ迷いそうだった。人の姿はない。バンガローの前の駐車スペースにも乗用車は停められていなかった。

おそらく冬の時期、ここで過ごす者はいないのだろう。地図によると別荘地帯は分譲時期によるのか、一次から十五次までに分かれている。監禁場所がここなら探し出すのは事情を知る者でなければ難しい。犯人にすれば最適の場所を選んだことになる。

友美は別荘地帯の中央となる辺りにバンを停めた。そして足跡追及のための準備に入った。まず、バンの後部の荷物から鈴が付いた首輪を取り出す。

そしてそれをマックスに装着した。警察犬は捜査の内容によって首輪を変える。例えばジャーマンシェパードであるビスマルク号は犯人の身柄を取り押さえる役割を担うことがある。

相手に飛びつき、その犬歯で身動きを抑えるのだ。一方、足跡追及の際は今、マックスに付けたように鈴のある首輪に替える。リードを外して警察犬を自由に動かすためだ。

鈴の音は離れた位置にいる犬の所在を知るためであり、また首輪を替えることで犬自身もやるべき任務の違いを把握する。むろんその任務の違いは、すでにマックスに訓練してある。マックスは車のそばで友美の指示を待ち受けていた。

友美は鑑識が使うケースからビニールパックを取り出した。中に入っていた布切れをマックスの鼻先に持っていって匂《にお》いを嗅《か》がせる。犯人と被害者の靴底の匂いを染《し》みこませたものだった。

「探せ」

マックスはその指示に鼻先を中空に掲げた。まず辺りの空気に手がかりとなる匂いを探っているのだ。しばらくするとマックスが歩き始めた。

リードがない状態のマックスは、辺りをいったりきたりして、やがて別荘地帯の道路に鼻をくっつけた。なにかを見つけたのか一定方向に進み始める。別荘地帯の道路を東へ歩き出したマックスに友美はケースを下げて続いた。

やがて道路のどん詰まりにきた。小石が転がる広場に数本の落葉樹が生えている。マックスは広場で小さく吠《ほ》えた。マックスなりの合図だ。見ると一本の木の下に石と枯れ葉が積まれていた。

友美は近づくとそれをどけた。中からカップ麺《めん》の容器やレトルト食品の包装が現れた。マックスは続く指示を待っているのか、動こうとしない。吐息を吐《つ》くと友美は携帯電話で白井に連絡を取った。

「先輩、マックスが隠されていたゴミを見つけてんけど、次にどうすればいいですか?」

「隠されていたゴミ? そうか。置き石事件と同じだったんだな。ねぐらである山で他のペリットに手がかりが見つからなかったわけだ」

白井の言葉に友美は再び大学での授業を思い出していた。かつて鉄道のレール上に列車を転覆させる危険性のある小石が置かれる事件が相次いだことがあった。その犯人がカラスだったのだ。

カラスには手に入れた餌を隠しておく習性がある。事件について防犯カメラで調べたところ、線路付近を縄張りとする一羽が犯人と判明した。そのカラスは餌の最適な隠し場所として敷石の下を選んだが、餌を隠す過程でどかした石をレールの上に置いたものの、元通りに戻す知恵は働かなかったらしい。

今、友美が目にしているゴミもそれと同様だ。群れの一羽はこの近辺でゴミを見つけたのだろうが、それを目の前の木の下に石や枯れ葉で隠したらしいのだ。

「原君、犯人は身代金の受け渡しが決定し、隠していたゴミを別荘地のどこかに捨てたんだ。わざわざ遠出してまで捨てに立ち寄るところとは思えない。被害者の監禁場所は近辺である可能性が高いぞ。捜索を続けたまえ。続く犯人の臭《にお》いがあるはずだ」

白井の指示に電話を切ると友美はマックスの頭を撫でてやった。

「マックス、偉いぞ。よくやったやん」

続いて先ほどの匂いを再び嗅がせた。目的はここから先なのだ。犯人が近くにゴミを捨てたなら、その続きを追うことで監禁場所が特定できると白井は述べた。

「探せ」

マックスが歩き出した。辺りを嗅ぎ、どん詰まりの道路を少し戻ると左手に折れた。第三次別荘地帯との案内板が路傍にあった。

道路を進んだマックスは茶色のバンガロー群を抜ける。そして外れにあった一軒の前で立ち止まり、そこで小さく吠えた。嗅ぎ当てたのだ。友美はバンガローの玄関に走った。

「警察です。小室さん、無事ですか。ご本人なら、なにか答えてください」

ドアを叩いて友美が叫ぶと同時にバンガローの内部で反応があった。がたがたとなにかが鳴る音がした。中に誰がいるのかはそれで分かった。友美は携帯電話を取り出すと本隊にいる岸本に連絡した。

「被害者を確保したと思われます。至急、応援車両と救急車をお願いします」

「本当に見つけたのか。一体どうやって?」

驚いたような岸本の声があった。

「動物による捜査です。彼らは我々よりもずっと賢くて正直なんです」

短い答に岸本は怪訝《けげん》な調子でうなった。

「詳しくは後ほど説明します。ただ白井先輩とマックスのお手柄やったことは忘れないで上に報告しといてくださいね」

「分かった。捜査本部の土橋《どばし》さんに伝えてそちらに向かう。実はハシゲンさんには内密に話を通していたんだ」

名前だけは聞いたことのある刑事だった。岸本は信じられないといった様子で所在地を確認し、電話を切った。


元旦を迎えたその日の午後、友美は再び白井の屋敷を訪れていた。マックスの返還と捜査の結果を報告するためだった。応接室で対している白井は、もう砂浴びはしていない。ジャージ姿でソファに座っている。

「本隊が到着したのはすぐでした」

向かい合うソファで友美は今朝のあらましを説明しだした。岸本へ連絡して、サイレンの音が聞こえ始めたのは、ほどなくしてだった。それがバンガローの前で止まると捜査陣が車から飛び出してきた。

先頭を切っていたのは岸本だった。下げていたケースから無言で工具を取り出すと玄関の錠前を叩《たた》き壊した。ドアを開け、捜査員と共に内部へ飛び込む。被害者の確保を優先させたらしい。友美も背後から室内をうかがった。

「もう大丈夫です。あなたを誘拐した犯人は死亡しています。我々はあなたの救出にきました」

捜査員が声を上げている。入ってすぐのリビングらしき部屋に小室修太郎がいた。椅子《いす》に縛り付けられ、目隠しと猿ぐつわをされていた。小室に駆け寄った捜査員がロープを解《ほど》いていく中、小室はしきりにうなずいていた。

「小室さんは疲弊している様子やったけど、命に別状はなさそうでしたわ。ホンマにマックスのお手柄や。岸本さんも驚いてて上にも報告するといってました」

友美の言葉に白井がかすかに微笑《ほほえ》んだ。その様子に友美は現場でのマックスを重ね合わせた。現場でマックスによくやったと声をかけると褒められたと理解したマックスは尻尾《しっぽ》を振ると小さく一声だけ吠えた。

自身の仕事ぶりに喜びを感じているのだ。やはり飼い主と犬はよく似る。尻尾を振り続けていたマックス。きっと今、白井が微笑んだのも同様の思いだろう。やはり社会に役立ちたいのだ。

「そうや。忘れてた。白井先輩、明けましておめでとうございます。今年もよろしくお願いします。今回のお礼におせち料理を作りますけど、なにがよろしいですか？」

「まったく関西人は。特に君は」

白井はそこまでで後は黙っている。友美はキッチンへ向かうため、ソファから立ち上がった。頭をよぎるものがあった。まだまだ確かめなければならないことがある。どうしてこの家にはカレンダーが多いのか。そして白井の両親の事件とは。

なにより白井はわたしをどう思っているのだろうか。思案する友美が応接室から廊下に出たとき、床をなにかが這《は》っていた。それを認めて思わず友美は金切り声を上げた。背後から白井の声があった。

「原君、どうした？」

友美が無言で指さした先には蛇が一匹いた。

「こんなところに出てきたか」

片手で蛇を持ち上げると白井は指先でその口を開いた。

「こいつが食べるのは主に右巻きの貝なんだ。そのために貝の中身を引きずり出しやすいように進化の過程で右の歯が多くなったと聞いた。つまり右利《みぎき》きらしいんだよ」

白井は蛇の口の中を確かめ、どうだというように示した。友美は思わず尋ねていた。

「その蛇、毒はないんですか？」

「毒？　ああ、そのことは確かめ忘れてたな」

悠然と答える白井の様子に友美はやはり凡人ではないと実感していた。同時に天才の思考回路を理解するには、まだまだ時間がかかるとも。

Case2 翼と絵画

三月末、桜の季節。日曜日が非番と重なっていた原友美は武蔵五日市にある白井旗男の屋敷にいた。ただし母屋《おもや》の洋館ではない。敷地の奥にある土蔵だ。

白井の屋敷には土蔵がふたつある。地方の旧家で見るような分厚い白壁の造りで、かつて白井家が豪農であった名残りらしい。白井はその内部を改造して、ひとつを鳥小屋兼鳩舎《きゅうしゃ》、ひとつを犬舎として使っていた。

友美が土蔵にいるのは、数日前、顔を出したいと連絡したからだ。だが白井は鳩《はと》の訓練があると断ってきた。ある大学の心理学研究室に貸与していた伝書鳩が戻ってきたので、中止していた調教を再開するからと。

しかし友美はそれなら手伝いをすると図々しく志願し、渋る白井から了承を取り付けた。強引に話を通したのは、世捨て人のように暮らす白井だが、どこか自分にだけは心を開いていると感じていたからだった。

押し掛ける形の手伝いだけに友美は昼食にテイクアウトとはいえ寿司《すし》を用意してきた。今日の訪問は友美なりの布石なのだ。というのも前回の捜査で被害者を無事に発見できたのは白井の推理があってこそだった。

しかし民間人が捜査に加わることを警察はよしとしない。前回の事件も上司の岸本が黙認しただけで、白井の成果に理解を示す声など皆無だった。一方、友美は白井を捜査に駆り出すことにこだわっていた。白井は両親に関する問題を抱えているらしい。だがそれに拘泥《こうでい》し過ぎるのは考えものだ。

社会と没交渉な状態を続け過ぎると、いつの間にか精神をむしばまれる可能性もあるだろう。世捨て人のように暮らす白井をできるだけ世の中と交わらせたい。だが公式な捜査にはできないし、できたとしても白井の判断は予測できる。となると搦《から》め手で白井を説得し、巻き込むしかないのだ。今日の訪問もその下準備と考えてだった。

時刻は午前十時。白井は現在、つがいの鳩、朝風号と夕風号と共に三十キロほど離れたキャンプ場にいる。そこで放った二羽が鳩舎に戻った時間を記録するのが友美の役回りだ。打ち合わせ通り、土蔵で友美の携帯電話が鳴った。

「原君か。今、二羽を放った。十時ジャストだ。鳩の飛翔《ひしょう》速度は平均で時速六十キロほど。帰還に要するのは三十分程度だろう」

「了解。ほな到着を待ちます」

友美は電話を切り、時刻をメモした。鳩の到着を待つ間、手持ち無沙汰《ぶさた》から持参した女性誌を開く。まず最終ページを読んだ。友美が贔屓《ひいき》にしている占いが掲載されているのだ。

「堪忍《かんにん》や、もう」

友美は照れくさそうな声を漏らした。自身の蟹座《かにざ》の欄には「お家《うち》デート」が二人の距離を縮めます」とあり、幸運の鍵《かぎ》として「屋根裏」と「アヒル」が上げられていた。

思わず鳩舎の天井を友美は見上げた。

友美がいるのは土蔵の二階だ。この階にある窓が鳩の出入り口。一階には各種の鳥類が飼われている。土蔵だけに天上は丸太の梁《はり》も黒い棟木も剝《む》き出しだ。ここを屋根裏とも呼べるだろうか。ならば占いは、かなり意味深なことになる。

次いで視線を戻した友美は隅に積まれている乾燥した植物の束を見やった。茎の長いそれは亜麻だ。古来から亜麻布＝リネンの原料となる、この植物の実、亜麻仁《あまに》を白井は伝書鳩の餌《えさ》に配合している。エネルギー源となる秘中の策らしい。

しかし友美には亜麻が鳩の餌以上のものに思えた。亜麻は青紫色の花を咲かせる。その可憐《かれん》さは鳩にお似合いだ。というのも鳩はギリシア神話では愛と美の女神、アフロディーテの聖鳥とされるからだ。

人間が鳩を可愛《かわい》がるのは伝書鳩としての有益性もさることながら、彼らに美や愛を感じるからではないか。神話や民間伝承が好きな友美は占いに赤面しつつ、そんな思いを巡らせた。

鳩舎内を眺め終えた友美は白井の言葉を改めて思い返した。白井は、ここを食堂鳩舎と呼んでいた。本来、鳩舎とは人間でいえば食堂と寝室とリビングを兼ねたような快適な空間だ。食堂として鳩の餌皿、ベッドには巣、ソファ代わりに休憩用の止まり木が用意される。

しかしここには餌皿と屋敷の湧《わ》き水以外は用意されていない。そればかりか、備品は取り払われ、がらんとした殺風景な空間だ。神経質な鳩が身を隠したり安全であると意識できるケージや物陰はない。

なぜか。白井がここで飼育しているのが移動通信鳩という特殊な伝書鳩だからだ。彼らは移動する鳩舎と餌場を「往復」できるのだ。通常、伝書鳩は片道だけの飛翔しかできない。遠方へ連れて行かれ、放鳥されると鳩舎に戻るだけの一方通行だ。

多くの鳩は電信技術が発達するまで、新聞や商業用に、そんな使われ方をした。だが移動通信鳩とは、そもそも軍用に開発された伝書鳩で、放鳥する場所が移動しても餌場と移動基地を往復できるのだ。

彼らは移動基地で餌を制限されて空腹にさせられ、餌場である食堂鳩舎へ食餌《しょくじ》に帰るが、快適ではない餌場では休眠せず、満腹になると寝床が整えられている移動基地へ戻るように訓練される。

このような鳩は第一次世界大戦中にフランス軍によって開発されたという。バスを移動鳩舎に改良し、部隊とともに前線へ運んだのだ。事実、大戦の終盤には戦線を往復し、貴重な情報をもたらすことに成功している。

さらに伝書鳩の能力は現代の軍事でも一目置かれているらしい。湾岸戦争の際にスイスは自国の三千五百羽を多国籍軍に貸与した。万一、通信網が麻痺《まひ》した場合に備えてだ。鳩はレーダーに映らず、ハッキングされる心配もない。つまりハイテクの弱点を鳩がかいくぐってくれるのだと白井は説明してくれた。

電話をかけてきた白井は相模川の河川敷にあるキャンプ場にいる。朝風号と夕風号が今までの訓練により三十キロほど離れた場所からの往復段階に達しているからだ。

白井は友美が屋敷にくる前日からそこにテントを張り、キャンプしながら、二羽を慣らしていた。というのも普通の鳩が執着を示すのは固定された鳩舎だけだが、移動通信鳩は移動基地が設置された場所に対しても同様の意識を働かせるのだ。

移動基地への慣らしは一日ですむらしい。だからキャンプといっても大掛かりなものではない。二羽の移動鳩舎はミカン箱サイズのケージだ。白井はそれをライトバンに積んでいって手製の櫓《やぐら》をキャンプ場に組み、その上に鳩舎を置いて辺りを鳩に展望させたはずだ。

友美が土蔵で白井の説明を思い返していると乾いた羽音が外から届いた。次いで窓から入ってきたのは二羽の鳩だった。首と羽根にはっきりとした色のコントラストを示している。良種の証しだ。友美は腕時計を確かめ、白井に携帯電話をかけた。

「十時四十分ジャスト。二羽が帰還しました」

朝風号と夕風号は薄暗い二階に到着した途端、床に置かれた餌皿まで進み、熱心に餌をついばんでいる。

「四十分か。少し時間がかかったな」

白井の口調は朝風号と夕風号のタイムに関して不満だったらしい。

「ほんなら二羽がこちらを飛び立ったら、また連絡しますわ」

友美はそれだけ答えると電話を切った。餌皿にあった実をすっかり平らげると二羽はクークーと満足げに小さく鳴いた。ある説によると鳩の漢字に九があるのはこの鳴き声からだ、と白井から聞かされたのを友美は思い出した。

朝風号と夕風号は水を飲むと餌皿から離れ、土蔵の窓の方へと歩いていく。その様子に友美はふと疑問を浮かべた。二羽の鳩は首を振りながら歩いている。こくりこくりと前後に頭を動かして。

そういえば公園などで見かける鳩もいつも首を振る。なぜだろうか。動物の行動はとても正直で必ず意味があるというのが白井の持論だ。おそらく鳩の首振り歩行にもそれなりの理由があるのだろう。

キャンプ地で二羽を回収して白井が戻ってきたときに尋ねてみよう。食餌を終えた朝風号と夕風号はかるく助走を付け、土蔵の窓から飛び立っていった。友美は携帯電話で白井に連絡した。

「十時五十分ジャスト。今、そちらへ飛び立ちました」

「了解。二羽を回収したらそちらへ戻る」

白井も簡潔に答えると電話を切った。これで手伝いは終わりだ。後は寿司が待っている。友美は昼食と占いの真偽を楽しみにしながら白井の帰還を待った。

「納得がいかん。二羽が帰ってきたのは十一時二十分。要したタイムは三十分だ」

応接室で白井が不満げにつぶやいた。唯一《ゆいいつ》の娯楽機器といえる音響セットのラジオから軽快な音楽が流れていた。テーブルには友美の用意した寿司折りがふたつ。奮発してウニとトロの姿が多い。白井の好物の穴子も。

しかし白井は寿司に手を付けず、音楽に合わせて奇妙な行進を繰り返している。浴衣《ゆかた》姿で捻《ねじ》り鉢巻き。流れる音楽に合わせて両手をひらひらと振っている。

「先輩、それ、アヒルの行進ですか」

「馬鹿《ばか》な。どう見てもダンスだろう」

どうやら阿波踊りらしい。白井が知るダンスとは、きっとこの手合いだけなのだ。だが、わざわざ浴衣なのはなりきろうとする真剣さの現れに思えた。

「先輩、お寿司が乾きそうなんで、うち、いただいてええですか?」

幸運の鍵であるアヒルはまだその兆《きざ》しを見せないらしい。ならば目の前の寿司の方が重要だ。友美は白井の返事を待たずに、まずはウニに箸《はし》をつけた。ねっとりとした甘みが口の中に広がった。

「それで先輩、何が気になってはるんですか?」

踊りについては後回しにして友美は核心となる質問を口にした。

「伝書鳩の飛行速度については話したな。二羽のタイムはキャンプ場から三十キロあるここまで往路が四十分。だが復路は三十分だった。今日は晴天で無風だ。往路も復路も条件は変わらない。どうして往《い》きだけ十分オーバーしたんだ?」

白井は踊りながら納得がいかないのか苦い顔をしている。一方、友美はウニに次いでトロを口にした。さらにコハダ、エビと平らげていく。

「十分ぐらいならタイムがふるわなかっただけとちゃいますの?」

「いや。鳩は二点間をほぼ直線で移動する。時速六十キロというと分速にすると一キロだ。つまり朝風号と夕風号は十キロ近い距離を無駄にしたことになる」

「お腹《なか》がすいていてスピードが出なかったとは考えられませんか?」

「確かに空腹だったろう。しかしここへ飛んでくるエネルギー源は与えたつもりだ」

「ほんなら道草でもしていたんと違いますか。きっとなにかおもしろいことを見つけたんやわ。日曜日やし、遊びたかったとか」

「納得がいかない。それを解明するために今、私は鳩になっているんだ。そしてラジオから流れている曲は鳩が飛んでいた空だ」

白井の説明はいつものように理解を超えるものだった。踊るばかりで続く答はない。その内に分かるだろう。自身の寿司を平らげた友美は白井の方に箸を伸ばしながら土蔵で感じた疑問を、この機会にぶつけることにした。

「先輩、朝風号と夕風号を見ていて気付いたんですが、鳩はどうして首を振って歩くんですか?」

「鳩に限らず多くの鳥が首を振って歩く。鳩は一歩に一回なんだが、ひとつには目の位置に関係している」

　友美は二羽の鳩の姿を思い出して答えた。

「そうゆうたら人間の目はまっすぐ前方を向いてるけど鳩は顔の横にありますね」

「鳩は前に歩きながら、いつも横を見ているようなものなんだ。ちょうど我々が電車に乗って前に進みながら窓の外を眺めているのに似ている」

「なるほど。電車の窓から眺める景色は流れてる。だからウチらは進行方向の景色を見るとき、しょっちゅう視線を戻して目で追ってますね」

「鳩も同様なんだ。歩きながら景色を見るためには視線を調整する必要がある」

「それが首振りなんか。なら首より目そのものを動かせばいいんとちゃいます?」

「鳩の眼球は頭のサイズに対してとても大きい。だから視線を動かすためには強い筋肉が必要となる。しかし彼らは飛行のために無闇《むやみ》に筋肉をつけるわけにはいかない」

「丈夫な筋肉は重くなるのんか。代わりに首を振る」

「うまくできているのはそこだ。哺乳《ほにゅう》類の首の骨は普通七つ。しかし鳥類はまちまちだ。鳩は十二個、白鳥は二十三個もある」

「そうか、鳥類の首は長くてよく動くんや。目を動かすより首の方が楽なんか」

白井はまだ踊っている。

「そういえば朝風号と夕風号は大学の心理学研究室に貸していたんですよね。心理学の研究で動物実験をするのんですか」

友美は動物実験に関してあまりよい印象を抱いていない。その辺りを遠回しに白井に確かめたのだ。

「実験といっても痛みを伴うものではない。むしろ心地よいと感じるかもしれん」

白井の言葉によると実験には少なくとも残虐性はなさそうだった。しかし鳩がなにを心地よいと思うのか友美には想像できなかった。

「心理学は心とはなにかを考える学問だ。だが実際に人間を臨床に使うと人体実験になる。そこでかつてはネズミを使った。だがネズミは嗅覚《きゅうかく》は鋭いが視覚が鈍い。そもそも夜行性で人間とは認識の方法が大きく違う」

「それで鳩に目を付けはったんか。彼らは昼型で人間と同じでしたわね」

友美は大学時代に習った内容をそらんじた。

「そうだ。ハトは噛《か》まないから扱いやすい。目がよく、色の識別もできる。どこにでもいて手軽に入手できる。結果、二十世紀半ばからは世界中の心理学研究室で鳩を使うようになった」

白井は続けた。

「しかもあの二羽は移動通信鳩だ。鳩舎の場所が変わっても落ち着いている。そこがテスト用に都合がいいんだ。本来なら関わりたくないところだが、昔なじみの心理学者から是非にと貸与を頼まれるんだ」

「心理学で鳩のなにを調べるん？　知り合いの方はなにを研究してはるんですか」

「端的にいうと審美眼だ。人間は美しいものを見たときに美しいと感じる。しかしその感覚がどのようにヒト固有のものか、ヒト以外の動物ではどうかを調べている」

「審美眼？」

「たとえば絵画だ。鳩は優れた認知能力によって絵画の区別ができる。九〇パーセントの確率らしい。前回はシャガールの絵にゴッホを交ぜて見分けさせたと聞いた。今回はモネとピカソの区別だったそうだ」

「モネとピカソ？　鳩は印象派とキュビスムの違いが分かるんですか？　まるで美術評論家ですやんか」

「分かる。実験器具に鳩を入れてモニターにモネとピカソの絵画を映したらしい。ピカソの場合にはスイッチをつつくとご褒美《ほうび》に餌が出る。すると鳩は両者を見分けた」

「凄《すご》いやん。でも実験を重ねた結果、絵に慣れたということはないんですか」

友美は感嘆しつつも半信半疑だった。白井が嘘《うそ》をいっているとは思えない。しかし鳩が絵画の違い、さらに作風まで見分けるというのは、にわかに信じがたかった。

「慣れたのではない。テストでは初めて見る二人の絵を提示したがそれも区別したそうだ。さらに異なる作家のキュビスムの絵を見せるとピカソとして反応し、ルノアールを見せるとモネとして反応した」

「つまり鳩は絵画のタッチを理解できるんや」

踊りを続ける白井の額にはうっすら汗が浮かび始めている。

「興味深いのは絵の上下を逆さまにして見せるとモネでは反応が低下したがピカソでは変わらなかった。印象派の絵が逆さまになっていれば誰でも気付く。しかし抽象画が上下逆さまに展示されていても鑑賞者は気が付かない。まるで人間とそっくりだ」

「鳩の審美眼か。すると鳩は絵画を評論家のように見ているんかな。才能ある若手画家の家には鳩が集まってきたりして」

友美は白井の説明にちょっとした想像を巡らした。売れない画家は赤貧洗うがごとしの生活だろう。しかしその才能を見込んだ鳩が彼らの近辺に舞い降りる。なんだかファンタジーの世界のようだ。

「鳩の審美眼も一流だが、しかし鳩よりもおもしろいのが土蔵の一階にいる」

踊る白井が話を続けようとしたとき、ラジオの音楽が不意にフェードアウトした。東京近郊のローカルニュースの時間らしい。アナウンサーが原稿を読み上げている。

『昨夜、港区の美術商宅からシャガールの絵画が盗まれました』

白井の踊りは止まっていた。アナウンサーはニュースを続けている。

『被害にあったのは港区在住で美術商を営む近藤進さん、六十五歳。昨夜、旅行先から帰宅したところ、家屋に侵入された形跡があり、室内にあったシャガールの絵画一点が紛失していたため、警察に被害を届け出ました。盗まれた絵は十号の習作で評価額にすると一億円相当とされるものです』

「原君、今、私は思わず踊りを止めたな。もしかして同様のことが私の鳩に起こったんじゃないだろうか」

「つまり先輩は今のニュースと今日の調教の結果が関係あると考えてるんでっか」

「可能性のひとつだが偶然ではないと思う。私の踊りは鳩の飛翔。そして音楽は羽ばたいていた空の状態だったと考えてみてくれ」

白井の今までの行動は二羽の飛行を踊りに置き換えて考察していたものらしい。

「鳩の帰巣《きそう》は本能といっていい。彼らは一生懸命に巣へ戻ってくる。愛鳩家によるとその理由は鳩が厳格な一夫一婦制だからだそうだ」

「夫婦愛が強いんや」

友美は白井の言葉に鳩が愛の象徴とされることを思い出した。

「また、つがいの鳩は交替で卵を温める。そんな抱卵の最中や雛《ひな》の子育ての時期に巣から離して放鳥すると卵を抱いてやったり、雛に餌を与えたりしたい一心で鳩は急いで巣に戻る。実際に伝書鳩レースをする人間は今のテクニックを使って成績を上げるそうだ」

「そんなに鳩舎に執着が強いんですか。それほど帰巣本能が強い鳩が道草をするのはおかしいと先輩は考えてたんやな」

「今日のトレーニングでは往路だけ十分、時間が多くかかった。鳩舎を目指していた朝風と夕風が十分をどこかで浪費したなら理由がなければおかしい」

「先輩の場合、踊りをストップさせたんはニュース。同じように飛行を停止させたなにかと二羽は遭遇した。それが今のシャガールやと」

「二羽は大学の心理学実験で接したことのあるシャガールをどこかで見た。それを見分ければ餌がもらえることは理解していた。二羽がここに着く前だ。餌をもらえる状態と考えたなら、しばらくそこにとどまってもおかしくない。だが実験ではないので餌は与えてもらえず、本来の目的地であるここに戻った」

「復路は満腹していたから餌に関心がなかった。だから通常のタイムやったとか？」

「そう考えることもできる。あるいは往路で見える絵が復路で見えなかった可能性もあるだろう」

「それはどんな状況だと思われますのん」

「往路と復路で進路を変更する必要があった場合だ。鳩は帰巣の際によくしっている場所なら見覚えのある地形を手がかりにする。しかし未知の場所からも巣に戻る」

「太陽コンパスと体内時計、紫外線と偏光パターン、磁気コンパスなどの利用やな」

大学での授業を思い出した友美の言葉に白井はさらなる説明を続けた。鳩は帰巣の際、太陽を手がかりに飛んでいる場所を割り出す。しかし太陽は天候によっては雲に隠れる。

太陽を頼りにできない状態の鳩は体内時計で飛行位置を計算する。さらに紫外線で方角を認知する偏光パターン。脳内にある微量な磁鉄鉱を磁気コンパスとして利用しているとの説もある。いずれにせよ、鳩は様々な帰巣能力を駆使しているらしい。

「鳩にとって巣に帰ることはホンマに重要なことなんやな」

「今、述べた帰巣能力のどれかが往路と復路で異なる影響を受けたなら、二羽が進路を変更したとも考えられる」

「これはほうっておけませんやん。なにが正しいのか謎《なぞ》を解明しないと」

思わぬ展開に友美は内心ほくそ笑んでいた。白井を捜査に巻き込む絶好の機会だ。今回は推理が正しいかどうか、盗難である確証が得られればいい。それ以降は正式捜査で、二人が関わることではない。だがその手前までは白井にとって学術的な解明に価《あたい》する。だから友美は誘い水を向けたのだ。

「君もそう思うか？」

白井の目に力強いものが感じられた。友美は残っていた寿司を続けざまに頬ばった。食べ残したくない展開だからだ。

「先輩が正しいんなら、盗まれた絵はキャンプ場とここを結ぶ直線上にあることになります。鳩は直線で二点間を飛行するんですよね。どないします？」

「とりあえず、キャンプ地に戻ろう。そこで二羽を再び放つ。我々の考えている推理が証明されるかどうか、二羽がどこかに立ち寄るかどうかを確かめるんだ」

案の定、白井はそう答えた。二羽を放鳥し、推理の裏付けを取るつもりらしい。

「着替えて二羽をライトバンに積んで出発だ。キャンプ場まではほんの二、三十分だ。一時過ぎには到着するだろう」

そう述べた白井はすでに応接室を後にしようとしている。友美はうなずくと残っていたウニをつまんで白井に続こうとした。

「穴子は食うな」

テーブルに駆け戻った白井は自身の折りの穴子を頬ばった。

相模川は武蔵五日市から八王子市を抜けるとすぐだ。白井のライトバンのハンドルを握っていた友美は川の右岸にあるキャンプ場に車を乗り入れた。

雑草が首を伸ばす駐車場に車を停めると白井が助手席から降り、荷台の方に回った。車のハッチバックドアを開くと積んでいた荷物に手をかけた。

「キャンプ場にポールを運んで櫓を組む。その上に朝風号と夕風号の移動鳩舎を載せて辺りを展望させてから放鳥だ。昨日、慣らしは済んでいる。二羽には三十分ほど辺りを眺めさせればいいだろう」

白井と友美は荷物を河川敷のキャンプ場へ運んだ。ポールを組み合わせて櫓を作る。柱だけの三角形をした枠組みは、ぱっと見ると遊牧民が露営するテントの骨組みを思わせた。その先端は三本のポールが交差した三叉《みつまた》のような恰好《かっこう》になっている。

「鳩舎をここに」

白井がポールに脚立《きゃたつ》をかけて上っていく。友美が四角いケージを渡すと、白井が三叉の真ん中に載せた。時刻は午後一時半。二時頃に二羽の放鳥が開始される予定だ。その後、空に放った二羽をライトバンで後続しながら高精度の双眼鏡で追尾する。

果たして白井の推理は正しいのだろうか。朝風号と夕風号は白井の屋敷までのどこかで絵を見たのだろうか。

「そろそろいいだろう」

およそ三十分ほどが経過した。二羽は櫓の上でしきりに周りを見回している。ケージは金網で編まれており、外の様子がうかがえる。自分たちが今朝と同様の状況に置かれていることを理解できたはずだ。

脚立に上っていた白井が手を伸ばすと出入り口を開いた。二羽はそれぞれケージの床を首を振って歩き、出入り口から空へと羽ばたいた。

「ライトバンに急ごう」

脚立から白井が降りてくると駐車場へ小走りになった。櫓はこのままにしておくらしい。友美も続いた。見上げると朝風号と夕風号はゆっくりと上空を旋回している。どうやら今いる場所を再確認しているらしい。

「放鳥は二時ジャスト。それじゃ、追尾に入る。運転は原君に頼んだぞ」

ライトバンに着くと白井は急いで助手席に座った。友美もエンジンをかけた。フロントガラスの向こうに空を行く二羽が確認できる。どちらも迷いがなく、まっすぐに武蔵五日市方向を目指していた。

キャンプ場までの道のりを友美は逆にたどり始めた。平均時速六十キロの二羽を追うのは、さほど困難ではない。ただし高度がある。上空をはばたく二羽は小さな点に近い。気を緩めると見逃してしまいかねない。

助手席の白井は双眼鏡から目を離さず、二羽の行方を追っている。ライトバンは相模原市を北上していった。よく訓練されているなと友美は思った。二羽の鳩は確信があるような羽ばたきで進路を直線に据えている。

「特に異常はありませんね。まっすぐ食堂鳩舎に向かっているようですやん」

やがて車窓の左手前方に緑に囲まれた湖が見えた。津久井湖だ。湖を過ぎると車は八王子市内に入った。相模川河畔に比べるとずっと繁華な町並みとなった。

団地や大学らしい校舎、いくつかの工場も見て取れた。このどこかで朝風号と夕風号はシャガールを見たのか。

「変化はおましたか。二羽はなんかに興味を示したようですか」

白井は無言だ。やがて車はJR中央線高尾駅の駅前にさしかかった。踏切を渡り、友美は高尾街道へ進路を取った。助手席に目をやる。白井は双眼鏡から目を離していない。二羽を見落としてはいないらしい。

「変化はない。放鳥したときと変わらず、まっすぐに進路を取っている」

やっと白井が言葉を発した。車は緑の茂る多摩御陵を右手に走る。すぐに中央自動車道とぶつかった。高架をくぐる。病院、学校、物流センター。いくつかの建築物が車窓の外を流れていく。

しかし白井からはなんの指示もない。つまり二羽には変化がないのだ。助手席の白井を確かめる。追尾に集中していることが見てとれた。その様子に友美は二羽の行方とは別の思惑を浮かべた。このタイミングならいいかもしれない。

「ひとつ訊《き》いてもいいですか」

友美は口を開いた。

「先輩の家にはカレンダーがたくさん飾られてますけど、なんでですのん？」

「確認なんだ。両親が失踪《しっそう》して来年で七年になる。生死不明の人間を死亡したとみなすのには法的にそれだけの歳月が必要なんだ。そのことを忘れないようにカレンダーをあちこちに置いている」

白井は続けた。

「期日を満たせば私は事件と決別して、かつての学究生活に戻ることもできる。ただしそのためには失踪宣告をこちらから届け出る必要がある」

友美は白井の胸中が理解できた。白井の家のあちこちにカレンダーがあるのは届け出の期日を睨《にら》んで両親が死んだとあきらめるか、あるいは捜索を続行するか、その煩《はん》悶《もん》からきているのだ。毎朝、目覚めると白井はカレンダーの日付を眺め、残された時間との葛藤《かっとう》を続けていたのだ。

「秋川街道に入ってくれ」

友美が続けて質問しようとしたとき、白井が指示した。楢原町《ならはらちょう》の交差点に達していた。秋川街道に入れば白井の屋敷は目と鼻の先だ。友美が白井を見ると双眼鏡を構える仕草に緊張感が薄れている。運転席の左手の窓には上空をいく朝風号と夕風号の姿が確認できた。

二羽はキャンプ場からまっすぐに食堂鳩舎に向かっているのだ。つまりどこにも立ち寄る気配はないのだ。往路でシャガールを見たはずの朝風号と夕風号が興味を示す対象はなかったらしい。

やがて白井の屋敷が見える辺りまでくると、二羽は降下を始め、土蔵の裏手へと消えた。出入り口とする窓の方角だ。友美が屋敷の前にライトバンを止めると白井が腕時計を確かめた。

「二時三十分。二羽の到着は復路の際と同じタイムだ。わからん。なぜ、朝の時だけ、十分のロスがあったんだ?」

「これから、どないします?」

白井は答えなかった。黙って車を降りると屋敷に向かう。その後の行動を予測できずに友美は白井に従った。


「納得いかん。佐渡おけさなら解明できるだろうか」

応接室で白井がつぶやいた。時刻は三時前。二羽が外へ逃げないように土蔵を閉鎖し、再びキャンプ場へ向かい、櫓や移動鳩舎を回収して戻ってきたところだ。

「なにかがおかしい。それは確かだ。しかしそれがなにか把握できない」

白井の口調は先ほどの鳩の帰還について否定的な口ぶりだった。

「朝風と夕風の行動がおかしいのは確かだ。しかし我々がつかんでいるのは二羽が一度、十分のタイムロスをしたという事実だけだ」

「それだけでは謎を解く手がかりが充分とはいえませんね」

「となると、もう少し情報が必要となる」

白井はまだ究明を続けるつもりらしい。自身の推理に対して納得いく答が出なければ我慢できないのだ。学究肌の白井らしい反応だった。

「原君、事件に関する情報収集はできるか」

「それが、警察には縄張りみたいなんがあるんです。窃盗や暴力事件などは本庁が口を挟むことを所轄《しょかつ》は嫌います。解決した場合の手柄を持っていかれたくないから。本庁もそれをわきまえていて重要案件以外は立ち入りませんねん」

事件は港区で起こっている。つまり情報を持っているのは赤坂署を始めとする港区の所轄だ。しかし今、白井に述べたように本庁は所轄の事件には首を突っ込まない。ましで自身は本庁の管理下にある警察犬のハンドラーだ。その立場で所轄に打診しても煙たがられるだけだろう。だが情報収集には警察関係者が必要だ。

「岸本さんに頼んでみます。前回の成功で話を信じてくれるかも。鑑識の実力派だけに所轄に知り合いがおるはずやから情報を入手できると思います」

妥当と思えるのは上司の岸本ぐらいだった。岸本は前回、白井が事件を解決させた経緯をしっている。白井の能力を多少なりとも分かっているはずだ。それに暗黙の了承を一度、得られている。可能性はあるだろう。

「我々の考えはあくまで単なる推理に過ぎない。それを固める情報を訊き出したい」

そう前置きした白井は続けた。

「だが岸本氏に連絡する前に我々の考えをまとめておく必要があるだろう」

「すると白井先輩はなにか思いついたということですね？」

「先ほど鳩の首振り歩行に関して目の説明をしたな。彼らの視線が横に向いていると。では朝風と夕風が仮にシャガールを発見したなら、それはどこになる？」

「むろん飛行中のどこかやろ。おそらく建物の中とちゃうんかな」

「そうだな。盗んだ絵を屋外に置いていたとは思えない。盗難品だから人目を避けるはずだ。裸で持って歩いていたとも考えづらい。それに鳩は先ほど飛翔していたように、それなりの高度を保っていた。地上の絵画に目を留めた可能性は低いだろう」

「先輩は視線が横に向いている鳩が目を留めるのは飛んでいる高度とあまり差がない場所やと考えてるねんな。すると鳩の飛行する高度はどのぐらいなんですか？」

「およそ八十から百メートルだ」

「ビルにすると？」

「一層が三メートルとすると二十七階から三十三階建てになる。都心のビルやホテルの高さに匹敵するな」

白井は即座に答えた。友美は改めて感心した。白井は頭の回転も速い。

「朝風号と夕風号は今、先輩が述べた高度で飛行してた。そしてその高度に相当するビルのそばを通りかかり、右側か左側かにシャガールの絵を見つけた。推理をまとめるとこんな結果になるわけや」

白井はうなずくと応接室の書棚から分厚い地図帳を取った。

「八十から百メートルに相当するなら、かなり高いビルだ」

地図帳を開きながら白井が続けた。

「私がいた相模川のキャンプ場とここを直線で結ぶと相模原、町田、八王子が候補地となるだろう。高いビルはそれなりに繁華な市街でしか見当たらないからな」

白井は地図を眺めながらしばらく頰を掻《か》いていた。

「以上を岸本氏に伝えて所轄の情報を引き出そう。そして推理の精度を高める」

やはり白井は転んでもただでは起きない。自身の推理の正否はむろん、学究面から鳩のタイムロスになんらかの理由があると信じているのだ。

白井を社会に復帰させるためにも捜査へ駆り出したい。となると民間人が首を突っ込むのをよしとしない警察だけに内部に理解者が欲しい。本庁の実力派鑑識員である岸本が後ろ盾になってくれれば。

上着のポケットにあった携帯電話を取り出すと友美は連絡を取った。数回の呼び出し音で相手が電話に出た。都合がいいことに岸本も今日は非番だった。

「白井さんの推理を確かめたいだけ？　絵画の発見以降は関わらない？　それなら正式捜査の前段階だから非公式でも動けるな。正しければ所轄へのお土産にもなるし。分かった。管轄署を調べて話を訊いてみるよ。情報を収集したら、そっちへ出向くから白井さんの屋敷に待機しておいてくれ」

岸本は思いの外、話を受け入れた。

午後四時前、応接室の椅子《いす》に腰かけた岸本は指先で眉《まゆ》を掻いた。気後れしているのか、しばらく黙っていたが、やがて友美に向き直ると重い口を開いた。

「所轄に同期がいたので絵を盗難された被害者について聞いたよ。内々の情報だけどその人物は美術商を手広くやっていたらしい」

岸本は警視庁の鑑識捜査を第一線で任されている。三十代前半で、百七十センチほどの体軀《たいく》は柔道で鍛えた四角い体付きだ。しかし指紋や糸くずといった遺留品を相手にする職種だけに人づきあいが得意ではない。結果、今回が初対面となる白井に神経質になっているらしい。白井の方もずっと無言だ。

「事件に気付いた夜、つまり昨夜のことだが被害者、近藤進は休みを利用して地方へ美術品の買い付けに出かけ、帰ったところだった」

どうやら被害者である美術商は洋画ばかりでなく、日本美術も扱うらしい。地方へ出張していたという岸本の言葉からも商売の手広さがうかがえた。

「窃盗犯の手口はありふれたものだ。港区にある被害者の自宅玄関の鍵を工具かなにかで壊し、内部に侵入した」

「その際の指紋や遺留品は？」

「ない。手口はありふれているが、それだけに手慣れているともいえるよな。前科がある可能性も考えられる。ただ疑問視される点がひとつあるそうだ」

岸本は犯行について含みを持たせた。今の説明では犯人の手口は特殊なものではない。そのどこに疑問が残っているのだろう。

「所轄が疑問視しているのは被害なんだ。普通、空き巣に入ったなら盗むのは現金か換金しやすい貴重品だろ。しかし今回の犯人はシャガール以外は盗んでいない」

「被害者が手広く美術商を営んでいたなら、自宅には高価な品がいろいろあったんでしょ？　それには手を付けてへんの？」

「ああ、日本美術なら焼き物や掛け軸といった書画骨董《こっとう》の類《たぐい》があった。海外の品ならマイセンなどの陶磁器もだ」

「つまり犯人は最初からシャガールに目を付けてたんですか？」

「被害者が絵を手に入れたのは先月らしい。フランスに出かけていき、そこで十号サイズの習作を見つけたそうだ。シャガールの初期の油絵だとか」

岸本は説明を続けた。

「当人はとんでもない掘り出し物だと理解して、あちこちで貴重なシャガールを手に入れたと触れ回り、買い手を探していたそうだ」

「犯人はその噂《うわさ》を聞きつけてシャガールに狙《ねら》いを絞ったんか。せやけど有名作家の作品を売買すると、すぐに足がつくのと違いますか？」

「その通りだよ。通常の美術品の売買なら盗難品は足がつく」

「つまり犯人はその危険性を知りながら犯行に及んだんや」

「そう考えるのが妥当だろうな。美術品の市場は思っているよりも魑魅魍魎《ちみもうりょう》が跋扈《ばっこ》する世界だ。コレクターによっては所有欲を満たしてくれさえすれば、どんな経緯で手元にきたのか、気にかけないのがいるらしい」

「すると犯人は美術品の闇取引《やみとりひき》専門の人間だと考えられませんか?」

岸本はうなずくと白井に視線を送った。情報はここまでらしい。今の内容から白井がどんな推理を展開するかを待っている様子だった。

「岸本氏。シャガールの初期の油絵といったが、するとキュビスムの影響を受けた作風のものなんだな」

「よくご存じですね。画学校を出て初めてパリにきた頃の作品でシャガールの画風の推移がうかがえるだけに美術商も掘り出し物だと喜んでいたと聞いてます」

岸本の答に白井は首を傾《かし》げた。しばらく考え込んでいる。友美は白井の次の言葉を待った。

「我々がつかんだのは伝書鳩《でんしょばと》が一度だけ、十分のタイムロスをした事実のみなんだ」

白井はおもむろに口を開いた。

「だが今の経緯を聞いて、ある仮説が頭に浮かんだ」

「原君からの電話であらましは聞きました。八十から百メートルの高度を飛んでいる鳩が高層建築物でシャガールを見た可能性がある。鳩は絵画の作風を見分けるとか」

「分からなかったのは、なぜ往路の一度だけ、鳩がタイムロスを起こしたか」

「先輩、タイムロスの理由は朝風号と夕風号が往路と復路で進路を決める能力に異なる影響を受けたからとは違うんですか」

「いや、我々は動物の審美眼について見落としていたことがある」

白井は友美の言葉を否定した。

「動物はとても正直だ。そして彼らの行動には必ず理由がある」

「白井さん。あなたの鳩は審美眼についてどう正直だったんですか？」

白井はかすかに含み笑いを漏らした。

「まだ確実ではない。だから絵画を発見して推理を裏付ける必要がある。手を貸してもらえるだろうか」

白井の要求に岸本はしばらく考え、うなずいた。白井は自身の推理が正しいかどうか、確かめたくて仕方がないらしい。人間嫌いにしては歓迎すべき傾向ではないか。

友美は白井の言葉が嬉《うれ》しかった。

「岸本氏、鑑識の捜査というのは絵画の鑑定ができるのか。シャガールの真贋《しんがん》を確かめたいんだが」

白井は思わぬ言葉を述べた。シャガールの真贋。つまり二羽の鳩が往路に一度だけ、十分のタイムロスを犯したのは絵画の真贋と関係すると白井は推理しているのだ。

「いえ、警視庁の能力では美術品の鑑定はできませんね。ただ、かつて仕事で知り合った鑑定士に連絡を付けられます。作業が必要になれば急行してくれるように打診できますよ」

答えた岸本は携帯電話で相手にメールを打った。

「それで、白井さん。あなたの鳩の審美眼について聞かせてくれますか。なにを見落としていたというんです？」

「原君。君は私の鳩が美術評論家のように絵画を見ているのかと尋ねたね。その通りだ。鳩は絵画の作風を見分ける。そればかりか、巧拙《こうせつ》も見分けるんだ」

「白井さん、それは、つまり絵が上手《うま》いか、下手かの判断ですか」

「そうだ。私が鳩を貸与していた大学の心理学研究室では画家の作風の区別だけでなく、児童画を使った巧拙の判断もテストしていた」

岸本に前置きすると白井は説明を始めた。

「動物の審美眼は我々が想像する以上のものらしい。作者の違いを見分けるだけでも大したものだが、その実験はあくまで作風を理解できるかどうかであって、純粋に美を判定したとはいえない」

「そうか。絵を見分ける実験はどんな絵かの判断やけど、その絵が美しいかどうかを判定したとはいえないわけなんや」

「そこで知り合いの研究者は子供の描いた絵を用意した。巧拙両方の。この場合の上手い絵とは図画の成績がよい子の作品で成人が見ても上手だといわれるものだった」

「見分けたん？」

「ああ、初めて見せた絵の場合でも巧拙《あ》を判定した」

「大したものだな。俺なんかは絵の良し悪しといわれてもからきしだ。ピカソが凄いといわれても美術館にある説明を鵜《う》呑《の》みにして、ありがたがってる口だもんな」

「動物の中には絵を描くのがいる。ゾウやチンパンジーなどが有名だ」

「そういえばテレビで見たことがあるな」

「絵を描く動物が凄いのは、ゾウにせよ、チンパンジーにせよ、それを強要されたからではない点だ。餌《えさ》をもらえるから、あるいはなんらかの条件付けからではなく、彼らは自主的に絵を描く」

「まるで画家だな。描きたいから描くんだ」

「絵画を描く。つまり美を創造するとは、美のために美を追求する行為だ。私が動物の審美眼が奥深いといったのはこのことだ。彼らはとても純粋に美に反応する」

「白井さんはあなたの鳩が盗まれた絵の真贋を見抜いたと推理しているんですね」

「そうだ。大学の心理学研究室で私の鳩はシャガールの判別をテストされていた。さらに絵の巧拙の判断も」

「絵の良し悪しが分かるあなたの鳩は往路でシャガールを飛行中に発見した。遠目だし、移動中だからすぐに判別はつかない。しかしシャガールだろうと感じた」

「だから私の鳩は絵のある場所に立ち寄った。絵を区別すれば餌がもらえる。しかし絵を盗んだ犯人は、私の鳩がそんな実験に使われていたことなどしるはずもない。当然、餌は与えられなかっただろう。だから鳩はさらに絵を観察した」

「そして絵の巧拙を見極めた。こいつはシャガールじゃない。餌はもらえないと」

「絵を見つけ、餌を待ち、真贋を判断して見切りを付ける。それに必要だった時間が十分。往路で真贋を判断した私の鳩は復路では、もはや偽物《にせもの》と分かったシャガールには興味を示さなかった。だからどこにも立ち寄らず、まっすぐに帰還した」

「つまり先輩の鳩は進路を変更したのではないんや。偽物に関心がなかったんか」

友美は白井の推理を聞き終えて納得した。岸本も同様の思いらしい。

「興味深い推理だな。動物の行動が正直だというのも捜査に大変、参考となりますよ。だが問題なのはそこから先だよな。鳩がそれだけ正直なら、もう一度、飛ばしても反応がないでしょ。どうやって盗まれたシャガールの行方を追うんです？」

確かに岸本のいうとおりだ。すでにキャンプ場から朝風号と夕風号を放鳥して失敗している。白井は続く策を思いついているのだろうか。

「絵があるだろうビルの候補を洗い出したい。鳩が飛行する高度に相当する高層建築物をピックアップするんだ」

友美は理解した。岸本の尋ねている策を白井は考えついているのだ。

「先輩がいはった相模川のキャンプ場とここを直線で結ぶと相模原、町田、八王子にあるビルが候補となりますね」

「そういったことを調べるなら警察よりも消防署がいいでしょう。市の都市計画課もあるが今日は日曜日です。手分けして聞き込みをするとして、洗い出したビルには優先順位をつけるんですよね？　虱潰《しらみつぶ》しに当たってたんじゃ、日が暮れます。それで白井さん、洗い出しが終わったらどうするんですか？」

岸本も白井と変わらず、論理の追求についてはうるさいらしい。だが、すんなり話を受け入れ、捜索に加わったのには別の理由もあるように友美には思えていた。

「土蔵の一階から鳥を連れてくる。そして現場の捜査に当たらせる」

候補となるビルの洗い出しはすぐに終わった。朝風号と夕風号が飛行した高度に匹敵する高層建築は捜査対象地域が郊外だけにそれほどの数はなかった。

白井はその中から、まずキャンプ場と屋敷を直線で結んだ位置にある物を優先させた。二羽が、まっすぐに往路を進んだなら、直線上の左右のどちらかに盗難品がある可能性が高いからだ。

ただここから先は実地の検証となるだけに現場の了承が必要だった。そこで岸本は本庁による調べではなく、あくまで所轄への協力という形で同期の人間に話を通した。むろん推理が正しければ手柄は所轄へのお土産だ。

時刻は午後五時前、友美は白井のライトバンのハンドルを握り、車を走らせている。助手席に白井、後部座席には岸本がいる。三月末の夕暮れ、まだ陽はあるが辺りはかすかに暮れなずみ始めている。

「荷台に積んでいるのは文鳥なんだよな」

後部座席で岸本が怪訝《けげん》な口調で尋ねてきた。車の荷台にはケージに入れられた三羽の文鳥が積まれていた。

「白井さん、鳩の代わりに文鳥を使ってシャガールの行方を捜すんですか」

「動物の審美眼が奥深いことは述べた。文鳥も鳩に劣らず、かなりの評論家なんだ」

友美は、白井が土蔵の一階から文鳥を連れてきた段階で、昼食の際に鳩よりもおもしろいのがいると述べたのを思い出していた。それが文鳥なのだ。

「ただ問題なのは文鳥などの小鳥が飛行する高度は二十メートル程度と低く、鳩とは比べ物にならないことだ。自身の能力ではその高さまで上がれない」

「それならどうするんです、白井さん？」

「文鳥を候補となるビルの屋上にケージで運んでいって放鳥する。私は下で別のケージを用意して観察するから、放鳥は二人にお願いしたい」

白井は説明を重ねた。

「この文鳥たちは雛の頃から育てて手乗りをするほどなついている。すり込みにより、すっかり私を親だと思ってる。だから放っても私の元に戻ってくるはずだ。念のために彼らの好物である小松菜をケージに用意しておく」

「危なくないのん？　飛べない高さから文鳥を放すのはビルから落とすのと同じとちゃいますか」

友美の問いに白井は小さく笑った。

「原君、彼らは小さくとも鳥だ。翼を持っている。それに文鳥の飛行は小回りが利《き》く。スズメ目《もく》である彼らは代表者のスズメと同様に空中旋回や空中静止、ちょうどヘリコプターのようにホバリングをこなす。しかも今日は無風だ。空中で静止ができる彼らが落下すると思うか」

白井の説明に友美は安堵《あんど》し、続けて口を開こうとした。まだ確かめていないことがある。白井が文鳥を鳩に代わって捜査に抜擢《ばってき》した理由だ。それを確かめようとしたとき、車が最初の候補地に着いた。

屋敷からキャンプ場に向かう八王子町田線。その津久井湖の手前、相模原市の北端にある工業団地だった。車を停めた駐車場の先にのっぽのビルが幾棟か並んでいた。

白井がドアを開けた。

「急ごう。日が暮れるまでに捜査を終えたい。文鳥は夜間の飛行ができないんだ」

荷台に回った白井はハッチバックドアを開くと文鳥の入ったケージを運び出した。続いて横にあった空のケージも駐車場に置く。次に荷台からデイパックをつかむと、白井は中からビニール袋を出した。

袋には小松菜が入っていた。その数本をつまみ出して空のケージに入れ、文鳥らに分かるように目の前に置いた。三羽の文鳥は餌を見てケージの中で騒いでいる。

「わずかだが、ちゃんとご馳走《ちそう》だと認識しているようだな。これなら放鳥しても逃げていく心配はない。岸本氏、管理者には事前に捜査協力をあおいでくれたね」

「ええ、所轄を通じて打診しました。待機してくれているそうです」

「では始めよう。原君は岸本氏と鳥の入ったケージを持って屋上に向かってくれ。私はこれで彼らを観察する」

白井はデイパックから双眼鏡を出した。昼間、鳩の追尾に使ったものだ。

「この工業団地で候補となる棟はひとつ」

そう告げた白井が指さしたのは、辺りでもっとも高層となるものだった。手分けして洗い出した内、鳩の高度に匹敵するのは、ここではその棟だけだった。

「朝風と夕風があの棟でシャガールを発見したとしたら北を除いた棟の三面のどれかだろう。進行方向から見えるのはその三つだけだ」

ビルの壁面には各階ごとにいくつかの窓がもうけられている。鳩がシャガールを見たとしたら、その中のどれかになるはずだ。友美は白井の指示を確認した。

「そうか。北側は棟を通り過ぎてから振り返らないと見えないからやな」

「ああ、鳩舎《きゅうしゃ》へまっすぐ向かっていた二羽が後ろを振り返るとは思えない」

友美はケージを抱えると岸本と共に目的の建物へ向かった。入口にある管理人室に声をかける。中では男が待機していた。二人が簡単に事情を説明すると男は屋上へ向かうエレベーターへと二人を案内した。

「到着しました。ほんなら南側から始めますよ。そちらの準備はよろしい？」

ケージを運んだ友美は携帯電話で白井に連絡した。すぐ横に岸本が控えている。

「こっちの準備はできている。始めてくれ」

白井の答に友美はケージに手を入れると文鳥を一羽ずつ手すりの向こうに放った。赤い陽に染まり始めた空に三羽が翼をはためかせ、白井が述べたようにホバリングと降下を始めている。

天敵を警戒しているのか、三羽は羽ばたきながら注意深く周りをうかがっていた。どの窓も視野に入ったのは確かだ。しかし文鳥には特に変わった様子はなかった。どの窓を過ぎても文鳥がなにかに興味を示している風ではなかった。やがてそのまま白井の足下にあったケージへと到着するのが屋上にいる友美にも確認できた。

「南は空振りだ。東と西側を確かめよう。降りてきてくれ」

携帯電話に白井からの連絡が入った。友美は空のケージを携えて岸本と地上へ向かった。二人が白井の元に着くと足下のケージでは文鳥がすっかり小松菜を平らげていた。白井は友美の携えていたケージを受け取るとそこに文鳥を移した。

そして空になったケージに再び小松菜を入れ、鳥に示すと友美にうなずいた。先ほどと同様に友美は岸本と棟へ向かい、屋上へ上った。陽は先ほどよりも赤い。捜査の時間は限られている。焦《あせ》りが友美の胸に湧《わ》き始めていた。

思いを振り払うように友美は手すりの向こうに文鳥を一羽ずつ放った。それが夕焼けの空にホバリングと降下を繰り返して地上へ向かう。しかし東でも西側でも小鳥の様子に変化はなかった。友美が岸本と地上に戻ると白井は鳥のいるケージの横で頬を掻いている。

「動物による捜査も我々と変わらないな」

岸本がつぶやいた。

「いきなり、めざましい成果が上がるわけではないんだな」

友美は岸本の言葉の先が気掛かりだった。岸本は今回の空振りに落胆しているのだろうか。とすれば捜査の中止を申し出ることも考えられる。

「とはいえ、我々の捜査と変わらないということは地味な調べだとしても、続ければ核心に突き当たるということか。白井さん、次を当たりますか」

岸本は駐車場のライトバンへ向かって歩き出している。友美は今の言葉を反芻《はんすう》しながら車に向かった。捜査がどう転ぶにせよ、やるだけやった上でないと納得はできない。鑑識員である岸本はそう述べているのだ。

岸本が今回の話をすんなり受け入れた一端が理解できた。岸本は組織論よりも事件の解決が第一と考えているのだ。友美は白井と共にライトバンに乗り込んだ。

「次の候補は八王子市内のホテルだ。高尾駅の手前にある」

白井の言葉で友美はハンドルを握ると車をスタートさせた。二羽の鳩がシャガールを飛行中に見たという確証はなにもない。あくまでも状況を分析した白井の推理による。今後も白井を駆り出すためにはベテラン鑑識員の岸本の後ろ盾が欲しい。それだけに友美は文鳥の捜査がなんとしても成功して欲しかった。

「うまくいってくれればいいんだけどな」

岸本が車中でつぶやいた。

「そしたらハシゲンさんへの土産話にできるんだけどな」

岸本が前回の事件で口にした刑事の名を挙げた。ハシゲンこと土橋源造。面識はなかったが友美も捜査の鬼として耳にしたことがある人物だ。ようやく岸本が今回の話に乗った理由が友美に理解できた。岸本は前回の白井の成果を上層部にうまくアピールできなかった点について申し訳なく思っているのだ。

ライトバンはすぐに目的地に着いた。候補となるホテルは高尾駅南口にある商店街のどん詰まりに当たった。周りは背の低い建築物ばかりで、一棟のみのホテルはのっぽぶりが目立つ。洗い出しを担当した白井によると二十八階建てで約八十メートルの高さらしい。

「このホテルも先ほどと同様、三面が捜査の対象だ」

車を出ると白井が告げた。その言葉を岸本が確かめた。

「白井さん、これから調べに入るのは分かりますが、ひとつ聞いておきたいことがあるんですよ」

岸本の前置きがうっすらとだが友美には理解できた。

「首尾よくここで鳥に反応があったとします。このホテルの部屋に盗難品があることが判明した。しかし問題はそこから先。あくまでシャガールがあると確認したのは鳥ですよね」

「そうやわ。つまり鳥が反応したとしても、それだけで客室内を強制捜査するのは難しいということやね」

「ああ、盗難品があると証言しているのは鳥だ。それを根拠に令状を申請しても許可されるとは思えない。白井さん、なにか手だてを考えてあるのですか」

「人間も動物の一種なんだ。つまり文鳥と変わらない。彼らにシャガールが見えるなら我々にも見える」

白井は手短に述べながらライトバンの後方に回った。手だてはあるらしい。空は赤さを増している。陽を受けてホテルの客室のガラス窓はきらきらと輝いていた。あと十分もすれば日が暮れるだろう。そうなれば文鳥の飛行は不可能になる。

急ぐことを理解したのか岸本はそれ以上、口を開かなかった。先ほどと同様に白井は文鳥を別のケージに移し、小松菜を示している。やがて双眼鏡を手にするとうなずいてきた。友美は岸本とともにホテルの入口に向かった。

所轄からの連絡が届いていたらしい。ロビーに入った岸本がフロントへ向かうと、すぐにホテルマンが友美と岸本をエレベーターへと先導した。中に入ると友美は続く展開を確かめ直した。

屋上に着いたらホテルの三方を文鳥で捜査する。果たして白井の推理は証明されるのだろうか。鳩はシャガールを見たのだろうか。

隣にいる岸本に視線を送った。やるだけやらなければ納得いかない。岸本は先ほど、そんな意図を口にした。その通りだろう。結果を心配する前にやるべきことは捜査なのだ。そして現在、我々にはそれしか手だてがないのだ。

最上階に着いた。先頭をいくホテルマンが屋上に通じる鉄の扉を開いた。友美はケージを抱えて扉をくぐった。外に出ると赤い空が広がっている。友美は屋上を歩きながら白井に携帯電話で連絡した。

「どっちから始めます？」

「南側から始めよう。こっちの準備はできている」

白井の指示に友美はホテルの南側の壁面にある手すりへ進んだ。そしてケージに手を入れると文鳥を一羽ずつ慎重に空に放った。岸本も横で様子をうかがっている。

空に放たれた三羽は順番にゆっくりとホテルの壁面を旋回し始めた。端から端へと螺旋《らせん》を描くように降りていく。おそらくそうする方が飛翔《ひしょう》が楽なのだろう。

最上階は二十八階だ。それをなめるように回って二十七階。そして二十六階にさしかかる。すると最初の一羽が奇妙な様子を示した。壁面の途中で羽ばたきを空中静止に変えた。文鳥が対しているのはひとつの窓だ。

文鳥はそこで降下を停止するようにホバリングし続けている。最初の一羽の反応に、続いていた二羽も旋回をやめ、空中静止に入る。三羽はそこで、まるで人間が並んでたたずむように窓の外にとどまった。友美の携帯電話が鳴った。

「反応があった。そっちも見えるだろ？」

「はい。まるでなんかに興味を示すように静止してますやん」

「彼らのとどまっている位置の真上に移動して、そこになにか目印を付けてくれ」

白井の指示に友美は空のケージを文鳥が空中静止する位置に置いた。

「できました」

友美の返答に白井が携帯電話を切った。下を窺《うかが》うとポケットからなにかを取り出して口に当てている。可愛《かわい》らしい笛の音が聞こえた。その音が数度続くとホバリングしていた文鳥は魔法が解けたように再び旋回しながら降下し始めた。

白井が吹いたのはおそらく呼び笛なのだ。やがて三羽は降下を無事に終えて白井の足下へと着地した。それを白井がケージへと戻している。友美は横で様子を確かめていた岸本に視線をやった。岸本は大きくうなずいている。

「鳥を車の荷台へ戻したらそちらへ向かう。屋上で待機していてくれ」

白井が改めて連絡してきた。友美は嬉《うれ》しかった。文鳥は反応した。朝風号と夕風号の審美眼は正しかったのだ。盗まれたシャガールはここにある。このケージがある位置の二十六階の客室に。

後はそれを人間に対して立証する手だてだ。白井はどんな対策を立てているのか。ほどなく背後で鉄の扉が鳴った。白井がデイパックを下げて現れた。岸本が白井に微笑《ほほえ》みながら尋ねた。

「白井さん、あなたの推理は正しかったみたいですね。それで鳥たちの証言をどう証明するんですか?」

「簡単だ。鳥に見えるものは人間にも見える」

説明しながら白井はデイパックの中からなにかを取りだした。小型のビデオカメラだった。白井はそれに細いロープを結ぶとスイッチを入れた。続いてケージのあった位置から手すりの外へそれを垂らしていった。

「確か二十六階のこの窓だったたな」

白井は手すりから下を眺めて確認するようにつぶやいた。そしてロープを垂らすのをやめた。しばらくカメラを窓に向けている。

「さて鳥たちが見たのはなんだったのかな」

白井は嬉しそうにロープをたぐり上げると結んでいたカメラのスイッチを切った。ボタンを操作し、映像を再生している。しばらく表示画面を眺めていた白井は友美と岸本にカメラを示し、つぶやいた。

「ビンゴ」

友美は白井の手にあるビデオカメラに顔を近づけた。岸本も頬を寄せるように画面に視線を注いでいる。白井が再生ボタンを押した。カメラの映像が動き始める。ゆっくりとぶれながら壁面を下がっていく様子がとらえられている。

しかし降下が止まり、視点が定まったカメラは鮮明な映像を映し出した。問題の二十六階の客室だ。室内に人影はなかった。窓のカーテンが開かれ、狭い部屋のベッドに一枚の絵画が立てかけられていた。

空を飛ぶ人間らしきものが鮮やかな色で点在して構成されている。確かにシャガールの作品のように見える。キュビスムで描いたものらしい。白井の推理は正しかった。二羽の鳩が見たのはこの絵なのだ。

「岸本だ。例のシャガールを見つけた。高尾駅近くのホテルだ。証拠となる映像も用意できた。至急、令状を請求してくれ」

横にいる岸本が携帯電話で所轄に指示を出している。電話を切った岸本は自身の携帯電話に持参していたコードを接続した。

「このカメラの映像をメール添付で所轄の同期に送りますよ」

岸本は微笑みながら二人に告げた。

高尾駅前の店の小上がりに座っていると岸本の携帯電話が鳴った。

「そうか。容疑者が外出先から戻ってきたか。するとこれから聴取に入るんだな」

電話の相手は所轄の同期らしい。すでに捜査員がメールで送られたビデオカメラの映像を被害者に見せ、盗まれた物であると確認ができていた。今のは容疑者が逮捕され、事件が終わったという一報だ。電話を切った岸本が告げた。

「今、知り合いの鑑定士が所轄に向かっています。押収したシャガールの真贋は、ほどなく結果が出るそうですよ。楽しみだ。白井さんの鳩が見抜いた通り、贋作かな」

岸本と友美、白井がいるのは鰻屋《うなぎ》だ。捜査の成功を祝すとともに、鳩の訓練以上に付き合わされた代償を払えと友美が白井に主張したからだ。友美と変わらず岸本も食いしん坊らしい。鰻屋と聞くと即座にうなずいた。

しかし友美は岸本が断ったとしても、強く誘うつもりでいた。というのも本来の目的が捜査の打ち上げではなかったからだ。文鳥を使った捜査は無事に成功した。それについて岸本はどう感じているだろうか。白井の今後の社会復帰に手を貸してくれるだろうか。

「白井さん、聞かせてくれますか。捜査を急いでいたために、推理の詳細をうかがっていない。まず文鳥の審美眼なんですが」

岸本が質問したとき、店の奥から香ばしい匂《にお》いと共に焼き上がった鰻が運ばれてきた。三人は一斉に蓋《ふた》を取った。甘辛いタレの匂いが友美の鼻をくすぐった。捜査の成功もあって胸に幸福感が広がっていく。

「動物の審美眼が奥深いことは今回の捜査でご理解いただけたはずだ。鳩は絵画の作風を見分け、なおかつ巧拙を判定する。ただ、文鳥の審美眼は鳩のものとは少しタイプが違う。先ほど私はホテルの下から文鳥を呼び戻した」

「ああ、呼び笛ですね。あれは戻ってこいという合図なんでしょ」

「そうだ。鳥の仲間でも文鳥やウグイスといった歌うように鳴く鳥をソングバードという。知り合いの心理学研究室では絵画ばかりでなく、音楽に関しても鳥の反応を調べたんだ」

「絵画を区別させたように異なる曲調のものを聞かせ、聞き分けるかどうかを確かめたんですか」

「ああ、実験では鳩はバッハと現代音楽を聞き分けた。文鳥もバッハとストラヴィンスキーを区別できたそうだ」

「つまり聴覚でも作風が分かるということなんですね。ですが文鳥が鳩と異なる審美眼を持つというのは？」

「文鳥はストラヴィンスキーよりもバッハが好きなんだ」

「先輩、文鳥には音楽の好みがあるのん？」

「ソングバードにとって、ある種のメロディが心地よいと感じられる能力を持つことは、唄《うた》を歌うのに大事らしい。求愛の唄が上手に歌えるオスほどモテる。知り合いの研究者によると訓練した文鳥は英語と中国語の区別もできるそうだ」

「つまり文鳥は芸術に対して好き嫌いの審美眼を持つのんや。それは絵画に対してもということなんか」

「そうだ、原君。先ほどホテルの窓の外でホバリングしていた文鳥の様子を覚えているか。三羽が並んでたたずむように窓に向かっていたはずだ。その様子はなにかに似ていなかったか」

「絵画の鑑賞や。美術館で客がやるように文鳥は絵の前に静止していたわ」

「知り合いの研究者は、まさにギャラリーのように細長い実験装置を作ったんだよ。そこに長い止まり木を取り付け、展覧会のように三つのモニターで絵画を並べて文鳥に見せた。日本画と印象派、キュビスムをアトランダムに映写しながら」

「すると白井さん、文鳥はキュビスムの絵の前にとどまることが多かったのですか」

「そうなんだ。文鳥は絵画ではキュビスムの作風を好む。文鳥がかなりの評論家というのはそこだ。だからさっきの部屋のシャガールの初期作品に惹《ひ》かれたんだろう」

香ばしげに上がる鰻の湯気。捜査は終わった。やるべきことは箸《はし》を伸ばすだけだ。

友美は鰻を口に運んだ。

「この鰻は捜査協力費として私が経費で落としますよ。さあ、ご馳走になるか」

述べた岸本と白井は鰻を口に運び始めた。

「白井さん、そもそもあなたはどんな理由で盗まれたのが贋作ではないかと思いついたんです？」

「私は美術の門外漢だ。だが何ごとも一人前といえるまでに熟練するには、それなりに専門性を極める必要があることは分かる。現代ではあらゆるジャンルに通じることは不可能だ」

「確かにね。あなたは動物に詳しいが犯罪者には素人《しろうと》。こっちはその逆だものな」

「今回の被害者は西洋絵画だけでなく掛け軸や焼き物といった美術品にまで手を広げている。しかもフランスに買い付けに出かけるほどだった」

「つまり専門家にしては手広すぎるということなんだな」

「今回のシャガールも掘り出し物だとあちこちに触れ回っていた。買い手を求めるためだろう。動物はそんなことはしない。美しいものをただ美しいと純粋に感じるだけだ。そこが鳥たちと被害者が違った点なんだ」

岸本は鰻を平らげると白井の説明に小さく笑った。

「つまり被害者の美術商はまさに欲に目がくらんだんだ。金儲《かねもう》けをもくろんで審美眼が曇ったわけだ。一方、鳩は純粋に絵を見極めた。白井さんはそう考えたんだな」

そう告げた岸本の携帯が鳴った。しばらくやり取りしていた岸本が電話を切った。

「やはり贋作だったそうですよ。容疑者はそうとはしらずに、被害者の言葉を鵜呑みにして盗み出し、ホテルのロビーを舞台にして客に売り飛ばすつもりだったらしい」

岸本は笑った。上機嫌の様子だった。白井もつられて微笑んでいる。大丈夫だ。岸本と白井はすっかり打ち解けている。今後、捜査に白井を駆り出す場合は根回し役を頼めるだろう。

「今回の事件は被害者といい、容疑者といい、どちらの審美眼も鳥より下だったことになるんだな。それじゃ私は事後処理があるんでこれで失礼しますよ」

軽口を飛ばした岸本は白井に視線をやると眉《まゆ》を掻いた。次いで小上がりから立ち上がると支払いを済ませて店を出ていった。残された友美に白井が口を開いた。

「岸本氏は変わった人だな。私に対して、変に緊張する」

人のことをいえるのかと友美は内心、思っていた。白井は自身の偏屈さを自覚していないのだ。そもそも他人に自分がどう映っているかに頓着《とんじゃく》していない。

「岸本さんのどこが変ですのん」

不意に白井が小さく笑った。

「あの人は熊《くま》だな。体型も反応も。昔、北海道のマタギに聞いたことがある。熊はへビを嫌うと。だから熊に出会ったときはベルトを振り回して地面に投げると逃げることができるそうだ。科学的かどうかは別だが」

白井が続けた。

「彼は眉を掻く癖があるな。あれは毛繕いや羽繕いを思わせる。葛藤《かっとう》行動を大学で教わっただろ」

「動物が相手と出会ったとき、戦うか逃げるか、同時に相反する刺激を受けて心理に葛藤が生まれる場合のことですねんね」

「必要があって二匹の動物が接触したが、さらに近づくと緊張が高まる。すると動物は相手に毛繕いを誘う信号を発する。わたしはあなたの毛繕いをしたい。つまりあなたに害を与えるつもりはないと伝える。動物界であまねく広まっている信号だ」

白井が結論を述べた。岸本と打ち解けた事情が理解できた気がした。

「つまり岸本氏は心の奥になんらかの緊張を抱えているんだろうな」

「岸本さんが熊なら、わたしはなんですか」

「そうだな。それこそアヒルだな。いつも私の周りで騒ぎ立てているだろ」

占いは当たっているようだ。友美の脳裏に大空を飛翔する朝風号と夕風号が浮かんだ。二羽は青空に嬉々《きき》として羽ばたいている。美しいものを純粋に美しいととらえる鳩。彼らにとっては絵画の価値など意味のないことなのだ。

ただ美を美として求める彼ら。なによりもっとも美しいのは、ねぐらへ一心に羽ばたいていく鳩そのものではないか。友美は脳裏の光景に思わず溜息《ためいき》をついていた。彼らの翼は愛そのものなのだ。

Case3　チャップリンの新しい靴

今夜、俺が殺したのは俺だ。夜更《よふ》けの風呂場《ふろば》で作業の手を止めた男は脳裏にそんな思いを浮かべた。タイル張りの床には全裸の男性が横たわっている。辺りに散っているのは、おびただしい血だ。

五月、ゴールデンウィークを迎えた頃だった。死体と対する男は四十代とおぼしい。こちらも全裸だ。ゴム手袋をした手に握っているのは両刃のノコギリ。男は改めて中断していた作業に取りかかった。

ノコギリの粗い方の歯を死体の首に当て、静かに挽《ひ》き始める。皮膚が切れる音が始まり、ノコギリが死体の首に埋まっていった。死体にはすでに両腕、両足がない。男が切断したのだ。

歯が骨にあたった。男はノコギリを置くと横にあった鑿《のみ》とカナヅチを使って頸骨《けいこつ》を分断し始めた。白い骨を露出させた喉《のど》は声を漏らさない。代わりに硬い音が響く。

死体の脂《あぶら》で鑿が滑る。男は懸命に作業を続けた。やがて鈍い音がすると骨が折れた。男は再びノコギリに持ち替えると首の裏側の筋肉を切り、死体の頭部を切り離した。頭部には血にまみれた凹《へこ》みがある。男が鈍器でしたたかに殴打《おうだ》したからだ。これが相手の致命傷なので四肢を切り刻まれても痛くはなかっただろう。だから悪く思わないでくれ。謝罪の中《うち》、作業は終わった。

男はシャワーのコックをひねり、風呂場と自身の体についた血を念入りに洗い流した。そして脱衣所から黒いビニール袋を持ってくると、まず死体の頭部を入れ、もう一枚のビニール袋で二重にくるんだ。続いて胴体も同様に処理した。

脱衣所に脱ぎ捨てていた衣服を身につけた男は頭部と胴体の入ったビニール袋を抱えて廊下へ出た。台所に入り、抱えていたビニール袋を床に置く。

冷蔵庫のドアを開き、野菜室のトレイを改め、丸ごと一個のキャベツを取り出すとゴミ箱に捨てる。代わりに頭部の入ったビニール袋を入れて冷蔵庫を閉める。

続いて男はもうひとつのビニール袋を抱えて玄関へと向かった。黒光りする上がり框《がまち》には大小二つの段ボール箱が置かれている。小さい方にはすでに二重のビニール袋にくるまれた両腕と両足が入っている。男は大きい方の段ボール箱に胴体の入ったビニール袋を納めた。

次の作業のために男は上がり框の横にある階段を上った。目を付けていた書斎らしき部屋に入る。本棚には和書や事典が並んでいる。そういえば、こいつは郷土史が趣味だといっていたな。

男はそんな回想を思い浮かべ、物色を始めた。壁際《かべぎわ》の机が有力な候補となる気がした。天板にはペン立てやメモ用紙が並び、壁にはカレンダーが貼《は》られている。日常の雑多な品はここに納められている可能性が高い。

男は机の抽斗《ひきだし》を改めた。中に小箱がある。蓋《ふた》を取ると銀行通帳と印鑑、保険証とマイナンバーカードが入っていた。捜していた物が手に入った。男は通帳と印鑑には手をつけず、保険証とマイナンバーカードを上着のポケットに入れた。

安堵《あんど》の息が男から漏れた。これで今日から俺はあいつだ。難しい条件だったが、なんとかくぐり抜けた。ターゲットは自身とほぼ同年齢であること。勤め人ではなく、一戸建てに一人暮らしであること。近所づきあいがあまりないこと。

これらの条件を満たしていれば殺害現場を相手の家にすることで犯行が発覚する可能性は低くなる。だが、なにより重要だったのは相手が運転免許を持っていないことと海外旅行をしたことがない点だった。

それに見合う相手を捜すために男は頭を絞った。そして自動車教習所に目を付けた。

教習所にくるなら当然、免許は持っていない。そこで生徒を装《よそお》い、候補になりそうな人間を数名みつくろった。怪しまれないように近づき、渡航経験の有無を確かめ、この男に白羽の矢を立てたのだ。

こいつはアパート経営をしていた。目を付けた範囲ではベストの選択だったろう。回想を終えた男は階下へと向かった。段ボール箱の中身を捨てに行かなければならない。それが済めば「学習」の成果を発揮し、晴れて自由の身になる。

男は風呂場から死体の切断に使ったノコギリとカナヅチを始め、手袋や鑿を台所に持ってきた。頭部同様に冷蔵庫の中に隠す。後始末は終わった。風呂場の血はきれいに流してある。指紋は残していない。頭部は野菜室の中だ。従って腐敗臭は漏れない。

書斎は努めて荒らさなかったし、台所も殺害前と変わりない様子だ。これで相手は完全に消えたことになる。男は計画が無事に終わったことに微笑《ほほえ》んだ。

だが家を出ようと歩みかけた男の視線の端に、なにかが映った。台所のテーブルの上に夕刊が置かれていた。A新聞だった。不意に男は理解した。

危ないところだった。相手は一人暮らし。届いた新聞を回収する者は誰もいない。しかし家人の死亡に気が付かない新聞配達員はいつまでも新聞を届けてくるだろう。結果、あっという間に郵便受けにあふれてしまう。

男はちょっとした問題に突き当たった。死体の発見はできるだけ引き延ばしたい。だがこの家を担当している新聞店はどこか。それを訊《き》き出していなかった。NTTの番号案内に問い合わせるか。計画になかった行動だけに気後れした。予定外の行為はボロが出るようで不安に思えた。きっとなにかにメモしてあるはずだ。男はそう考え、二階の書斎に戻った。

先ほどの机に近寄るとアドレス帳の類《たぐい》を捜す。しかし目指すものはなかなか見当たらなかった。やはり番号案内に訊くべきか。男は思案しながら顔を上げた。答が目の前にあった。

壁に貼ってあるカレンダー。そこに新聞店の店名と電話番号が印刷されていた。カレンダーは新聞店が配った物だったのだ。ついているな。空の上の誰かが俺に味方してくれている。

男は机にあった電話の子機を取り上げると番号をプッシュした。相手はすぐに出た。夜更けだが新聞店だけに朝刊の配達に向けて作業をしていたらしい。

「二丁目の中村だけど。中村順一郎。電話局の近くの」

「はいはい、いつもお世話になってます」

話はすんなり通じた。相手は怪しんでいる気配ではない。新聞店とは不思議な商売だ。毎日、家にやってくる割に客と会話することはほとんどない。だから声が違っても分からないのだろう。

「今日から一カ月、新聞を休みたいんだ」

「一カ月のお休みですね。すると――」

相手は配達を再開する日を確認しているらしい。しばらくしてその日付を口にした。

「ああ、その日でいい。その日まで朝刊と夕刊を止めてくれ。今朝からだぞ」

「分かりました。ご旅行かなにかですか。うらやましいですね」

相手の問いに男はしばし考えた。イエスと答えるべきか、お茶を濁すべきか。

「ああ、ちょっと遠方へね」

イエスを匂《にお》わせた。こう答えておいた方が時間稼ぎになる。仮に殺した相手をこの頃、見かけないと周囲が話題にしたとして、新聞店が長旅に出ているといえば、騒ぎになる前に話はそこで一段落する。

男はそのまま電話を切った。階段から玄関へと向かいながら男は家の鍵《かぎ》をポケットの上から確かめた。頭に回想がよぎる。なんと長かったことか――。五年の歳月を逃げ続けたのだ。

数年前までは、まだまだ逃亡を続けるつもりだった。しかし時効に関する法改正によって逃げる意味がなくなった。殺人事件の時効は撤廃されたのだ。

だが、その問題とも今日で決着が付く。なぜなら死んだ男は俺だからだ。人を殺したのはこれで二度目。まったく馬鹿《ばか》なことをしたものだ。最初のは今回に比べるとあまりにも杜撰《ずさん》だった。

金を巡る揉《も》め事に過ぎず、しかも大した金額ではなかった。だから殺さずに盗むだけでよかったのだ。だが頭に血が上ってしまった。おかげで全国にポスターが貼られる始末となった。これでは整形しようにも医者で身元が割れてしまう。

今までよく逃げおおせたものだ。だが経験は人間を賢くする。逃走を続けながら学んだことがある。まず金だ。金は指紋と似ている。誰がどこでどう使ったか。その痕《こん》跡《せき》があると、すぐに手がかりとなる。だから奴《やつ》の銀行口座に手を付けてはならない。

もうひとつは車だ。逃走に乗用車を使うのは命とりに近い。一見、早く遠くへ移動できるように思えるが、警察はそのことをよく理解していて車の移動ルートや車種といったものをNシステムや市中の防犯カメラで調べ上げる。だからこれから段ボール箱の中身を捨てに行くのに目立たない特別な車を選んだのだ。

男は玄関にくると三和土《たたき》にある自身の靴を履いた。そして段ボール箱を上がり框から下ろす。そのとき、玄関にある靴に目が留まった。殺した相手のものだ。

まだ新しい茶色の革靴が三和土に置かれている。これはウイングチップとかいうタイプだったな。洒落《しゃれ》たのが好みじゃないか。男は靴について、そこまで考えて思い出した。自身の手配用のポスターが思い返されていた。

ポスターには自身の似顔絵とともに、おおよその身長や特徴が書かれていた。その中に足のサイズが25センチであると明記されていたではないか。おそらく殺しの現場に残してしまった靴跡だろう。

俺がやった前回の殺しは警察の記録に残っている。とすると足跡ばかりでなく、匂いも保管されているだろうか。どこまで記録があるかは分からない。しかし今回の殺しには細心の注意を払う必要がある。

警察には犬がいる。これから死体の部位を捨てに行くのだ。人間が気付かないとしても犬が俺の足跡の匂いを嗅《か》ぎつければ、厄介な話になるかもしれない。捨てる場所を再考するべきだな。

男はそこまで考え、台所に戻るとビニール紐《ひも》をみつくろった。三和土にとって返すと茶色の新しい靴を裏返す。靴底に記されたサイズは25・5。これなら俺にも履ける。

男は自身の靴を上着の左右のポケットに納め、新しい茶色の革靴に足を入れた。ついているな。空の上の誰かが協力してくれている。男は先ほどと同じ感想を浮かべながら、玄関を開けた。二つの段ボール箱を運び出す。ほぼ成人男性一人分の肢体が入っているのだ。どちらもそれなりに重い。

男は辺りを確かめ、誰もいないことを確認すると玄関に鍵をかけた。そして二つの段ボール箱を停めてあった車の荷台に載せ、ハンドルを握ると車を走らせ始めた。殺害現場である家の前から表通りへと向かう。

角を通り過ぎようとしたとき、左手に続く路地に人影があった。こちらに背を向けて歩いている。両手には紙袋。かすかに音が聞こえた。金属がきしむような音だ。ホームレスらしい。住宅街から出されたアルミ缶を拾って回っているのだ。

今朝はその手のゴミの回収日なのだろう。だが向こうがこちらに気付いた素振りはなかった。安堵した男は空の上の誰かに感謝し、表通りへと車の速度を上げた。


昼前、原友美は鑑識課員が着る青い作業着姿でベンチに座っていた。吉祥寺にある井の頭公園の入口近く。空模様はどんよりとし、五月にしては蒸し暑かった。

友美が待機している場所は公園の北側で、だらだらと続く坂の終わりに当たった。坂はコンクリート舗装で歩行者のみの通路だ。もうすぐここに白井旗男が顔を出す。ビーグル犬のマックスと一緒に。

「マックスとトレーニングにこいだと？」

友美は二時間ほど前、白井を電話で誘い出していた。白井の対応は当初、乗り気でないようだった。しかし続く言葉でやや調子が変化した。

「井の頭公園だって？　ふうむ。あそこには例の池があるな。この天気ならおもしろいかもしれん」

白井はどんよりとした空模様について思いを巡らせたらしい。幸運なことに今日の天候が白井の気持ちを動かしたのか、しぶしぶながら了承した。むろん友美には相手の関心がなににあるのか理解できなかった。

しかし屋敷にこもりきる、世捨て人のような白井を外へ連れ出すことには成功した。

問題は白井が現れてからだ。

友美はベンチの横を見た。ジャーマンシェパードの雄、ビスマルク号が腹這《はらば》いになっている。作業着のポケットに手を入れると友美は紙箱を取り出した。指先でつまみ出したのは魚の形をした小さなクラッカーだった。

「フグのおっとっとやん。これでは今ひとつや。魚の骨でも出たらええのに」

海の仲間を模したのが売り物のおっとっとは魚の骨ならレアだ。しかしよくあるフグでは友美には幸運を示しているようには思えなかった。

友美はそれをビスマルクに投げ与えた。ビスマルクはクラッカーに目がない。だから捜査には欠かせない品となる。自身もひとつ口に入れて考えた。

フグのクラッカーは手がかりの少ないこれからの捜査を象徴しているように思えた。この公園で推理を進めるなにかが得られるだろうか。白井は上手《うま》く、今回の捜査を乗り切るだろうか。

坂の上をうかがうように友美は首を伸ばした。ちょうど白井とマックスが現れた。リュックを背負った白井はビニール袋を下げ、もう片方の手にはリードと軍配を握っている。頭にはプラスティック製の玩具《おもちゃ》のチョンマゲをかぶっていた。

理解に苦しむ恰好《かっこう》だが、いつものように白井にはなにか思うところがあるらしい。相手を認めた友美はベンチから腰を上げ、手に付いていたクラッカーのかけらを払った。友美の動きにビスマルクがゆったりと立ち上がった。友美を振り仰ぐ顔には鼻に皺《しわ》が寄っている。笑っているのだ。

とても警察犬には思えなかった。ビスマルクはジャーマンシェパードだ。ときには犯人に飛びかかって取り押さえる任務もする。だが、がっしりした体軀《たいく》とは裏腹に、本来はのんびりとした性格なのだ。

「先輩、仮装行列にでも出はるんですか」

「相撲だよ。回しも用意した。今日はこれから天気が崩れる。雨の前の水中生物は気分が高揚するんだ。そこを相手の好きな相撲とこいつで誘い出そうと思ったんだが」

白井はビニール袋を開いて見せた。中には何本ものキュウリが入っている。

「相手って、もしかして」

「ああ、河童《かっぱ》だ。ここの池には河童がいると子供の頃から聞いていた」

「信じてはるんですか」

「原君、東南アジア、特にメコン川流域ではこの二十年で新種の生物が二千種以上も発見されているんだ。同じアジアの水辺なら、なにがいてもおかしくないだろ。だから出てきたというのに」

どんな基準かは分からないが白井にとって河童は非科学的ではないらしい。だが言《こと》葉尻《ばじり》を濁らせた白井は苦い顔をしながら続けた。

「どういうことだ？　君は電話でマックスを連れてトレーニングにこいといったな」

軍配とチョンマゲをリュックに納めた白井は、不機嫌そうな口調でマックスのリードを握り直した。一方、マックスは嬉《うれ》しそうに尻尾《しっぽ》を振っている。ビスマルクがマックスに近づくとゆっくりと尻尾を振った。そして相手の口元をなめた。

久しぶりだなとの挨拶《あいさつ》らしい。マックスもなめ返す。すでに二匹は顔見知りだ。挨拶を終えた二匹は整列すると友美の顔を見つめた。どちらの目にも輝きがうかがえる。これからのことを理解しているらしい。

「ええ、トレーニングですよ」

友美は答えながら胸中で舌を出していた。

「だったらどうして仕事着なんだ」

「トレーニングを兼ねた仕事やとゆうたはずですけど」

「いってない。非番だったんじゃないのか」

「せやった。ホンマは非番でしてん。でも招集がかかって。ほな、マックス、ビスマルク。いきまっせ。こっち」

白井の次の言葉を待たずに友美は二匹の犬に声をかけて歩き出した。その言葉にマックスとビスマルクは、はやるように続いた。今回は犬たちを絡《から》めた強引な作戦でいこうと友美は考えていた。

とにかく白井を外へ引っ張り出す。後は犬たちが白井を巻き込むはずだ。案の定、リードを引っ張られる恰好になった白井はマックスを制する言葉を数度かけたが、犬の耳には届いていないらしい。これから始まる仕事が楽しみで仕方ないのだ。

「シャガールのときは別として、捜査協力は河口湖の際に一度限りといったはずだ」

強引なマックスの動きに引っ張られながら白井が反論した。

「そうやったかな。やけど岸本さんのたっての要望なんですわ。過去二回にわたる捜査と同じ成果を期待しているのと違うのんかしら」

あながち嘘《うそ》ではなかった。確かに上層部は未《いま》だに民間人が捜査へ介入することに懐疑的だ。だが過去二件の捜査結果は岸本を通じて本庁捜査一課にいる一人の刑事に伝えられていた。岸本が尊敬し、信頼する通称ハシゲンこと土橋源造にだ。

土橋は捜査の最前線で動くノンキャリアで、事件解決のためにはあらゆる手を尽くす捜査の鬼と聞く。その土橋に相談の結果、白井の手を借りてみたらと岸本に内諾があったらしいのだ。

現場へ介入する件は内々に土橋が口を利《き》いているらしい。白井を少しでも社会に触れさせたい友美には渡りに船だ。白井の尻を叩《たた》いて無事に事件が解決できれば今後の大きな一歩となる。だからこそ友美はフグのクラッカーに落胆したのだ。

「岸本氏が？　本当か。だったら彼に真意を聞きたいんだが」

「ここにはいてはりません。本庁で詳しい鑑識作業に従事してますねん」

白井の舌打ちが聞こえたが、友美は犬を先導して歩いた。ほどなく公園にある池の西側に着いた。立ち入り禁止の黄色いテープが巡らされ、数名の鑑識課員が作業を続けていた。

周りには作業の終了を待つ刑事らしき人間がうかがえる。別方面を当たっているのか、土橋の姿はないが口利きのせいだろう、二人をとがめる声はなかった。友美は仕事着のポケットから紙片を取り出した。

「岸本さんのメモですねん。今回、指示されたのは被害者の身元を確認するために遺留品を捜す作業やの」

友美は紙片を無理矢理、白井に握らせた。A5判のメモ用紙だ。白井は周囲を見回し、連れているマックスに視線をやった。マックスは尻尾を振って指示を待っている。

渋々ながら白井はメモを読み上げた。

『本日午前十時頃、当園の池にきた釣り人が人間の腕二本を釣り上げた。腕は剝《む》き出しで黒いビニール袋にくるまれ、浮上しないように石を入れて紐で密封されていた。二本の腕は同一人物のものと推定される。所見によると四十代の男性。近辺に争った痕跡、血痕は皆無』

「岸本さんは腕を本庁に持ち帰ってＤＮＡ鑑定などの作業に従事してはります。ただ腕は剝き出しですし、指はどちらも指紋が潰《つぶ》れていたんやて」

白井は続きを読み上げた。

『発見された被害者の腕以外の部位や遺留物を確保できれば身元の特定に役立つ可能性がある。特に頭部。そのため警察犬による捜索が残された手段と思われる』

「腕は腐敗具合から遺棄されて十日ほど経過しているそうですわ。十日前の匂いとなるときびしいけれど、幸い晴天続きやったからなんとかなるかもしれまへん」

『初動捜査では近辺のNシステムや防犯カメラに不審な車両、人物は見当たらない。また腕が入れられていたビニール袋その他に犯人の痕跡は皆無』

「以上が今回の事件のあらましですねん。つまり犯人らしき人物の手がかりはなし。従って捜査は腕が誰のものか確定しなければ始まりまへん。そこでマックスとビスマルクで、この近辺に被害者の腕以外のなにかがないか捜す必要があるんですわ」

白井は強く息を吐いた。そしてマックスを見つめながら告げた。

「原君、強引なのにもほどがある。私は一回限りといった。どうしてこうなる？」

「さあ、なんでですかね。そうや、マックスに聞いてみたらどうですか。なあ、マックス。外へ出てきたんやったら、もう一回ぐらい、手伝っても、ええやんねえ？」

友美はそう述べてマックスを見やった。耳に手を当てて答を聞く仕草をする。するとマックスが一声、小さく吠《ほ》えた。嬉しそうに。

「イエスとゆうてますよ」

白井がしらない合図だった。耳に手を当てれば吠えろと友美が教え込んでいたのだ。

白井が再び息を吐き、ぽつりと告げた。視線がメモ用紙に注がれている。

「これは新幹線だな」

つぶやきに友美はメモをのぞきこんだ。岸本の几帳面《きちょうめん》な筆跡の下に鉄道車両のイラストが一両、印刷されていた。

「先輩も鉄道に詳しいのん？　岸本さんは大の鉄道ファンやって。そのメモ用紙もなにかのイベントで手に入れたそうやわ」

「いや、鉄道に詳しいわけではない。ただこれはJR西日本の500系新幹線で騒音対策としてフクロウを参考にしている。動物の能力を科学技術に取り入れるのは、よくあることだ。例えば同じ乗り物ならヘリコプターの設計の際、ホバリングが得意なハチドリを手本にしたと聞く」

白井は天才的な動物行動学者だ。この人物の頭脳には動物に関するあらゆる知識が詰まっている。話が岸本に及んで、友美は白井の言葉を思い出した。岸本がしきりに眉《まゆ》を掻《か》くのは、なんらかの緊張を心に抱えているのではと白井は述べていた。

「岸本さんは根っからの趣味人みたいですわ。仕事に余裕があると鉄道模型の製作に没頭してしまうとか。それもあって奥さんと離婚したって聞いたんよ。息子さんとも別れたままやとか」

白井と岸本はまだ知り合ったばかりだ。これからも白井を捜査協力に駆り出すことを考えると知っている方が円滑だろうと思っての言葉だった。しかし白井は特に興味がないのか、黙ってメモを上着のポケットに入れた。

「これが被害者の腕の匂いですねん」

友美は鑑識用のケースからビニールパックを取り出した。中にあった布切れをマックスとビスマルクに嗅《か》がせる。

「先輩はマックスと捜索して下さい。わたしはビスマルクと始めますから」

白井の言葉を待たずに友美は二匹に短く声をかけた。

「探せ」

待機していたマックスとビスマルクは中空に鼻を掲げて匂いを探り始めた。この公園のどこかに被害者の遺留品があれば、その匂いが風にのって運ばれる。二匹はそれを探っているのだ。

やがてマックスは地面の匂いを嗅いでは次へと動き始めた。マックスは正直で勤勉だ。働く楽しみを覚え、熱心に任務を遂行している。

捜査活動は警察犬にとっては楽しいゲームなのだ。嬉々《きき》として励むマックスに白井は制止することをあきらめたのだろう。キュウリが入ったビニール袋を足下に置くとリードに引っ張られて、後ろに続いている。

友美は白井と少し離れ、ビスマルクと作業を開始した。犬の嗅覚《きゅうかく》による捜査は一回十五分ほどが限界となる。時間になれば一旦《いったん》、切り上げ、遊びやおやつで犬を休ませ、再び再開する。おっとっとを持参したのもそのためだ。

五分ほどが過ぎた。不意にビスマルクが立ち止まると地面を嗅ぎ改めた。そして確信したように一定方向へと歩き始める。

進み始めたのは友美が白井を出迎えた公園の入口の方だった。そちらへと行きつ戻りつ、匂いを確かめては近づいていく。友美は疑問を覚えたが続いた。

やがて公園の入口がうかがえる辺りにきた。視線の先にだらだらと続く坂が見える。そのとき、地表に影が走った。ゴム鞠《まり》ほどのサイズだ。影は友美が待機していた辺りからつむじ風のように疾走すると手近な木に駆け上って梢《こずえ》の中に消えた。

「今のはニホンリスだな」

背後で声がした。振り返ると白井とマックスがいた。白井は黙ってマックスのリードを預けてくるとリスが飛び出した辺りに足を運んでいく。友美も続いた。白井がしゃがみこむと雑草の上を指さした。

「見てみたまえ。焼き菓子かなにかのかけらしい。これを見つけたんだろう」

「それはウチが食べていたおっとっとやわ」

クラッカーを発見したのはリスだけではないらしい。数匹のアリが雑草の上にたかっていた。友美が手から払ったものを巣に運ぼうとしているのだろう。

「アリにとってはすでに夏なんだな。冬が終ってせっせと働いてる」

白井は立ち上がると続けた。

「井の頭公園には自然文化園がある。そこではリスを飼育施設で放し飼いにしている。今のはそこから逃げだしたのが野生化したんだろう」

「マックスもなにかの匂いに気が付いたん？」

友美は白井がいつの間にか背後にきていたことを尋ねた。

「そうだ。君がビスマルクと捜査を始めて、すぐにマックスも同じ方角に進んだ」

「変やな」

友美はビスマルクの行動に感じていた疑問を口にした。

「まるでビスマルクは遺留品ではなく、被害者の足の匂いによる進路を追及したように思えますけど」

「確かに変だ。手がかりは被害者の腕の匂いだけだ。血痕がない以上、ここで切断されてはいない。となると被害者は両腕がないまま公園を歩いたことになる」

「すると被害者は死んでいないのでっか。自分の腕を持ってきた？」

「人間はしょせん動物だ。そして動物の行動には必ず理由がある。いずれ分かるだろう。とりあえず二匹に任せてみよう」

そう告げた白井は友美に預けていたマックスのリードを受け取った。不機嫌そうだった様子が消えていた。白井は難題に向き合うと意欲を燃やす傾向がある。その点は頑として捜査を続けるマックスとそっくりだ。

二人は捜索を再開した。匂いに確信を得ているらしいマックスとビスマルクは行きつ戻りつしつつ、公園の入口へと向かっている。やがてだらだら坂と接する地点にきた。マックスとビスマルクは匂いを頼りに入口のポールから坂へと出る。

そこで匂いを確かめるように少し辺りをぐるぐると回った。だがしばらくしてビスマルクはあきらめたのか、腹這いになった。マックスも立ち止まったまま、友美を見つめている。

二匹とも少し困っているらしい。友美はポケットの紙箱からおっとっとを取り出し、マックスとビスマルクにそれぞれ与えた。

「いい子だ。よくやった」

二匹を褒《ほ》めてから友美は告げた。

「ここまでのようですわ。被害者の匂いはここで途切れているみたいやし」

「みたいだな。現場に戻ってみよう」

「おいで」

友美が声をかけると二匹は元気に歩き始めた。新しいゲームが始まったと理解したらしい。白井と友美、二匹の犬は池まで戻った。立ち入り禁止のテープが張られている中では鑑識課員が刑事を待たせて、まだ作業中だ。

「入れるかな。匂いを確かめる必要がある」

白井にはなにか考えがあるようだった。友美はビスマルクのリードを白井に預け、テープの中に入った。

「吉成《よしなり》さん。犬が手がかりらしい匂いを見つけました。中で捜索してよろしいか」

白井は足跡追及を続けようとしている。友美はそう理解した。声をかけられ、地面に屈《かが》んでいた男が顔を上げた。まだ二十代後半らしい。若々しい笑顔を友美に向ける。

「やあ、原さん。岸本さんから警察犬を使う話は聞いています。鑑識作業はあらかた終わってますから結構ですよ」

吉成は岸本の部下だ。友美も捜査で何度か一緒になったことがある。答えた吉成は視線を友美の背後にやった。

「あちらは？」

「白井さんとマックスです」

「ああ、例の河口湖やシャガールの事件の方ですね。よく解決できたものだと岸本さんが漏らしていましたよ」

吉成は納得したように続けた。

「岸本さんは動物よりも機械が好きだから、理解の範囲を超えているのかもしれませんね。でも僕はなるほどなと思いました。ビスマルクたちの発見は解決の糸口になりそうですか」

「それはあの人次第です」

友美は背後を振り返るとテープの外で待機している犬たちの元へと戻った。

「許可は出ましたで。さっきの匂いを探ればよろしねんね」

白井がうなずいた。友美は規制線のテープをくぐると犬たちに再び指示した。

「探せ」

その声に二匹が地面を嗅いで回る。すぐにどちらも嗅ぎ当てた。地面に鼻を着け、ゆっくりと池の方へと進んでいく。並ぶように池に近づいた二匹は岸辺にくるとそこで立ち止まった。

「吉成さん。ここは釣り人が腕を釣り上げた場所ですか」

声を聞いた吉成は作業していた場所でうなずいた。つまり被害者の両腕はここで池に捨てられたのだ。

「やっぱり変やわ。被害者の匂いは、池と公園の入口を結んでる。つまり入口と池の間を歩いたことになります」

「そうだな。被害者は両腕を切断した状態でここにきた。原君、仮に君が自分で自分の腕を切り落としたとして、どうやってそれを運ぶ？　すでに腕はないんだ」

「袋を口でくわえるとか、首からぶら下げることもできますけど」

「確かに可能かもしれない。しかし片腕になった人間が、残りの腕をどうやって切り落とす？　腕が三本あれば別だが」

「たとえば固定した電動ノコギリを使って実行したとか」

「として終わった後、どうやって袋に入れて紐で縛る？　相当、困難なはずだ。行動としては無理がある。人間はしょせん動物だ。そして動物の行動には流れがある。今の仮定は流れとして不自然だ」

「するとやはりこの足跡の匂いは被害者が残したのではないんや」

「おそらくそうだろう。今の人に我々が発見した進路を伝えなさい。何らかの痕跡が発見できるかもしれない」

友美は吉成のところへいくと、その内容を伝えた。吉成は数名の鑑識課員とともにテープの外へと作業に向かう。

「相手はまるでリスだな。先ほどリスを見て思いついた。犯人は被害者の遺体をバラバラにしているんだろう」

白井は続けた。

「自身で両腕を切り落とした人間が痛みに耐えてこの池まで腕を捨てにきたとは考えづらい。多量の出血があり、ショック状態だったはずだ。瀕死《ひんし》の人間に自力でそんなことができるだろうか。腕を捨てたのは別人と考える方が自然だ」

「ですよね。犯人は被害者の匂いを残しながら公園の入口と池の間を歩いた。もしかして被害者の靴を履いとった？」

友美は白井の推理に納得したが、まだ理解が及ばない点があった。

「そやけどリスから思いついたこととは、なんですのん？」

「分散貯蔵だ。リスは余った餌《えさ》をあちこちにひとつずつ隠す習性がある」

リスは秋に手に入れた木の実を貯《たくわ》え、餌のない冬に備える。あちこちに餌を隠すのはリスクの回避だ。一カ所にまとめて貯蔵すると地ネズミや別のリスに発見された場合、食べられてしまうからだ。

「犯人は被害者の身元を隠蔽《いんぺい》するために腕を切ったのか？　それだけとは思えない。身元を隠すためなら指紋を潰すだけでいい。わざわざ腕を切断するのは無駄なエネルギーを使うことを意味する」

「しかし犯人はそうした。その行動はリス同様、遺体が発見されるリスクを分散するためなんか」

「そうだ。犯人が被害者の遺体をバラバラにしているなら、ここは木の実のひとつを貯蔵した場所に過ぎない」

「するとさらに切断されている部位が別のどこかにあることになるわけなんや」

「わざわざバラバラにした死体を同じ場所に捨てるのは行動として不自然だ。被害者の体を元通りにするようなものだからな」

白井は続けた。

「馬鹿な奴だ。知恵を働かせたつもりだろうが、同じ行動はリスがずっと昔からやっている。だから悪事は行動から暴露される。では別の貯蔵庫はどこか」

友美は移動を理解して尋ねた。

「先輩の車は？」

「コインパーキングだ」

答に友美は白井を自身のバンへと誘った。助手席に乗り込んだ白井が告げた。

「課題がいくつかある。ひとつは仮に犯人が被害者の遺体をバラバラにしたとして、なぜ池に捨てたかだ」

マックスとビスマルクは勝手知ったる様に後部座席に乗り込むと体を丸めた。白井は先ほどまでの不機嫌さがどこにいったのか、捜査に没頭しているようだ。謎《なぞ》を解かなければ気がすまない性格が頭をもたげているらしい。友美は思惑どおりの運びに喜びを隠しながら白井の言葉を待った。

「リスは餌を隠す際、前足で落ち葉をどけ、数センチほど土を掘り、くわえていた木の実をそこに押し込むと落ち葉や土をかぶせる」

「餌が発見されないための工作なんや」

そう述べた友美は白井の言葉の先を理解していた。

「犯人が池に腕を捨てたのも同様の工作やったというんですか」

「なぜ池か。そこがポイントだ」

「あえて池を選んだ理由か。腕を隠すためなら土中に埋めてもええもんな。急いでいたんかな。あるいは土を掘っていると人目につきやすいから？」

「どちらも可能性としては捨てきれない。しかし別の可能性もある」

「なんですのん？」

「ここは公園だ。暖かくなっただけに夜間に人が出ていても不思議はない。一般に人間が集まる場所は群衆にまぎれるために逆に人目につきづらい。そして池に捨てるのは水中に隠すことを意味する」

「土中なら匂いがするけど水は匂いを遮断してくれますもんね」

「どうも相手は警察犬の捜査について詳しいのかもしれないな。ただ分からないことがひとつある」

つぶやいた白井は車中でしばらく黙っていたが、やがて告げた。

「それについては、いずれ判明するだろう。今は解決できることから始めよう。近辺の地図はあるか」

友美はダッシュボードにあった地図を取ると手渡した。受け取った白井は一旦、膝《ひざ》に置き、ポケットから岸本のメモを取り出して眺めた。

「岸本氏のメモには近辺のNシステムや防犯カメラに不審な車両、人物が見当たらなかったとある」

白井はメモを眺めながらつぶやいた。

「なぜ車両や不審人物といった手がかりがなかったのか。河口湖のときのようにナンバープレートを外した車でここにきたのか。いや、それでは目立ちすぎる。ここは人の出入りがある公園だ。誰かに見られる可能性がある」

白井は謎に関して自問自答している。

「犯人がさっきの入口と池とを歩いたのは確かなんだ」

白井の視線は手にしたメモに注がれている。不意に白井が含み笑いを漏らした。

「なるほどな。岸本氏のメモに思わぬヒントが潜んでいた」

「ヒント？　なんのことですのん？」

「このメモ用紙のイラストだ。私とマックスが下りてきた坂のこと思い出してみたまえ。あそこは車両が進入できない道だった」

確かに白井のいう通りだった。そのために白井も車をコインパーキングに停めてやってきた。

「メモのイラストは新幹線やわ。先輩は犯人が鉄道を利用したと考えてるのん？」

「違う。かつて人間は動物と同様に徒歩での移動を長く続けていた。しかし効率を求めた結果、十九世紀初頭に蒸気機関車が登場した」

「産業革命の時代?」

「私は動物の移動距離について調べたことがある。鉄道以前の時代に人間が移動手段としたのは主に馬だった。やがてそれは郵便馬車としてヨーロッパの各地を結ぶことになった」

「どのくらいの移動距離やったん?」

「季節や場所によって異なるが平均すると一時間で八から十三キロ。馬の交換によって一日に百キロほど移動できたらしい」

「馬を利用したとは思えません。人が集まる公園なら車以上に目立ちますやん」

「鉄道も同様だ。血の匂いがするなにかを持って乗ったなら乗客に気付かれるだろうし、駅には防犯カメラがある。しかし蒸気機関が発明されたのと同時期、別の移動手段が考え出された。ヨーロッパではその頃、ちょうどナポレオンによる戦争がピークを迎えていた」

「別の移動手段?」

「ドライジーネだ。ドイツで発明された自転車の原型だ。チェーンはまだなく、足で地面を蹴《け》って走らせる。その頃、戦禍をこうむっていたヨーロッパは凶作も重なり、食糧不足で使役させている馬さえ食べたという。そこで代わりとなる移動手段が必要となった」

「つまり犯人は自転車で遺体を運んだ？」

「馬を除いた車以外の手段なら、それがもっとも効率的になる」

白井は膝の地図を取り上げると見つめた。

「では自転車による移動距離はどのくらいか。車ほど広範囲とは思えないな」

地図を改めて白井が告げた。

「犯人はここ井の頭公園の池に遺体の部位を捨てている。地図によると近辺に池がある公園は善福寺と石神井《しゃくじい》公園。当たってみる価値がありそうだ」

白井がそこまで告げたとき、バンのドアをノックする音がした。見ると吉成だった。

友美は窓を開いた。

「なにか見つかりましたか」

「ご指摘のあった辺りを調べてみました。すると下足痕《げそこん》が見つかりました。サイズは25・5。これがその土壌です。捜査の参考になるといいのですが」

吉成はそう述べると土の入ったビニールパックを渡してきた。

「助かりました。これで捜査がまた前に進むと思います」

吉成は再び鑑識作業へと戻っていく。

「どちらに向かいましょうか」

「とりあえず一番近い善福寺公園だ」

「犬というのは想像以上に賢いんだな」

池の畔で岸本がつぶやいた。吉祥寺から北上して一キロ半ほど。杉並区にある善福寺公園でだった。白井の指摘は正解だった。

吉成から手渡された土壌を手がかりに友美はマックスとビスマルクによる捜索を善福寺公園で開始した。するとほどなく同じ足跡臭が見つかった。

そこで本庁にいた岸本を呼び、本格的な捜査をした結果、公園の池から被害者の両足が発見されたのだ。足は両腕同様に剝き出しのまま、黒いビニール袋で二重にくるまれ、石が入れられていた。

「こんな機械が開発されれば鑑識作業も楽になるんだけどな」

岸本は眉を掻きながら再びつぶやいた。多少なりとも動物の捜査能力を理解し始めたらしい。池には立ち入り禁止の黄色いテープ。中で鑑識課員が作業をし、相変わらず刑事が作業の終わりを待っていた。

「ハシゲンさんの指摘通りだな。今回は別方面で調べを進めてるけど内々に進めてみろって指示は大正解だ」

「マックスとビスマルクだけの手柄ではないのんよ。遺体の遺棄場所に当たりを付けたのは白井先輩や。そのことを上によくアピールしてえな」

「私の手柄だけではない。岸本氏。あなたは鉄道が趣味だそうだな。あなたのメモ用紙がヒントになったんだ。あの車両はＪＲ西日本の５００系新幹線だろ。あれはフクロウと関係があるので私も知っていた」

補足した白井の言葉に友美は笑いをかみ殺した。白井なりに岸本に気を遣っているらしい。とはいえ、白井の人柄を知らなければ、露骨なお追従《ついしょう》に聞こえるだろう。しかし岸本は眉を掻く指を止めると微笑《ほほえ》んだ。

「ご存じでしたか。新幹線のように高速走行をする車両は騒音の大半がパンタグラフの風を切る音なんですよ」

「そうらしいな。そこで技術者はフクロウに目を付けた。ハンターであるフクロウはとても静かに飛翔《ひしょう》できる。なぜか。通常、鳥が空を飛ぶ際、翼の後ろに空気の渦が生じる。その渦が大きいほど、はばたく音つまり騒音は大きくなる」

「だけどフクロウには風切り羽根の縁にノコギリの歯に似た小さな羽毛が生えているんだそうですね。それが小さな渦を作り、大きな渦をうち消して音を殺してくれる」

「そうだ。500系の技術者はパンタグラフにフクロウの羽毛同様の突起を施した」

「機械が動物から学ぶべき工夫はいろいろあるんだな」

そうつぶやいた岸本は白井に微笑んだ。それを受けて白井がうなずく。岸本が喜んだのは趣味に関する会話だったからだろう。そして白井がうなずいたのは動物の能力に対して岸本が一目置いたからだ。

友美はなんとか笑いを嚙《か》み殺した。二人の会話はあまりに子供っぽい。どちらもいい大人なのだ。なんらかの計算が働かないのだろうか。

「そうそう。ヒントといえば、ひとつ報告があります。本庁で詳しく被害者の両腕を調べました。ささいな発見ですが捜査の手がかりになるかもしれません」

そう前置きして岸本は続けた。

「被害者の右腕なんですが、その中指にペンだこがありました」

「被害者は四十代だったな。ワープロやパソコンに慣れていてもおかしくないが」

「事情は分かりません。私は鑑識だから物理的な事実を突き止めるのが仕事です。推理するのはお任せしますよ」

そこまで述べた岸本は友美にビニールパックを手渡してきた。

「被害者の足の原臭だ。足跡より捜索に役立つだろう。こちらはここで鑑識作業を続ける。原君たちはどうするんだ？」

友美が見やると白井はうなずいた。

「次の候補となる場所に向かいます」

「君の話の通り、犯人は被害者の遺体をバラバラにしているようだな。だから次に遺棄された場所を捜す訳か。なにかあれば連絡してくれ。駆けつける」

岸本は友美に述べると作業を続行するために現場に戻っていった。友美は白井と公園の外に停めてあったバンに向かった。

「ペンだこか。今時、随分、ローテクだな。すると被害者は手でなにかを書くのが仕事か趣味だったのだろうか」

助手席に乗り込んだ白井がつぶやいた。後部座席にはビスマルクとマックスが待機している。友美はバンをスタートさせた。

善福寺公園の次は練馬の石神井公園だ。距離にして三キロほど。自転車ならば無理なく移動できる範囲だ。ほどなく到着したが空模様はかなり怪しくなっていた。

「すでに両腕、両足は発見された。残されているのは胴体だ」

「頭部も残ってますやん」

「それは一番見つけにくいだろう。岸本氏のメモにもあったが身元を特定するのに、もっとも重要な部位だ。犯人はわざわざ遺体をバラバラにした。頭部の隠し場所には慎重を期したはずだ」

友美はビスマルクとマックスを車の外へ出した。そして岸本から渡されたビニールパックの中身を嗅がせた。三度目の足跡追及だ。加えて被害者の足の匂《にお》いが手に入っている。捜査は楽に進んだ。

石神井公園には池が二つある。その内のひとつ、三宝寺《さんぽうじ》池《いけ》の方で足跡臭が見つかった。善福寺公園にいる岸本を至急、呼び出し、本格的な捜査が展開された。結果、池から胴体部分が発見されることとなった。

胴体も腕や足同様に剝き出しで黒いビニール袋に入れられていた。岸本を中心として池の周辺で鑑識捜査が始まっているが、身元の特定に至る手がかりは見つかっていない。

「遺留品は出てこないようだな。だが犯人はリスと同様の行動をしている。それが手がかりになるはずだ」

「分散貯蔵に関することなん？」

「そうだ。ここ石神井公園から井の頭公園までは五キロほど。自転車による移動が可能な距離だ。犯人はここを起点に善福寺公園を経由して南下していったことになる」

「なんで？　他の二つの公園が起点になる可能性はありませんの？」

「それは行動学上、無理がある。リスの分散貯蔵は反発行動や餌によって距離が変化するからだ」

「反発行動って威嚇《いかく》してくる相手がいたり、危険がある際の反応やったかな」

「そうだ。優位にある相手に運んでいる餌を奪われたり、自身が襲われる危険性がある場合、リスは餌をより遠くへ隠しにいく」

「距離を稼ぐことで餌が失われるリスクを回避しているんか。今回の場合、犯人が反発の対象とするのは遺体を捜す相手、つまり我々、警察。せやけど餌によって距離が変化するとはなんのことやの？」

「ある調査によるとリスは餌の違い、たとえばクルミと、それよりも軽い花の種、ヒマワリでは分散貯蔵する距離に違いが出るそうだ。重い物は近くに、軽い物は遠くに運ぶ。遺棄された遺体の部位も同様だろう」

「そうか。犯人がリスやと仮定したら、まず一番重い胴体を最初に捨てたんやな。それがここ石神井公園やった」

「犯人の進路をたどってみよう。胴体はここ石神井公園だ。次に重い足は善福寺公園。最後に腕が井の頭公園。重たい物から順番に捨てたなら、ここが最初の遺棄場所になる。それはなにを示している?」

「つまり先輩はここが犯行現場にもっとも近いと考えてはるのんですね」

「そういうことだな。そして相手は被害者の靴を履いていたらしい。それを手がかりに捜索を続けよう」

「なにをどうするのん?」

「動物の行動範囲。ことに人間が徒歩の場合、日常的には一キロ圏が妥当といわれている。自転車の場合は三キロ。確かに犯人が犯行現場からどのくらい自転車に乗ってここまできたかは分からない。しかし――」

「自転車だけにそれほど遠距離にはならんのですね。車とは比べ物になりまへんから。それでどこから手を付けます?」

「交差点だ。自転車が自動車と違う点は移動できる距離ばかりではない。車は停止しても運転手の匂いを残さない。しかし自転車は赤信号で止まれば地面に足を着ける」

「なるほど。つまりこの公園の近辺で交差点に残された足跡臭を捜し、犯人がどこからきたかをたどっていくわけか」

白井はうなずいた。

俺は立川にある施設の申請窓口で手数料を払い、小さな赤い手帳を受け取った。パスポートだ。一週間ほど前に申請手続きをしたのが、やっと出来上がったのだ。

パスポートを上着のポケットに入れると俺はビルから外へ出た。駅の改札と百貨店や商業ビルを結ぶ高架橋を歩く。俺の心は快晴といっていいほど軽かった。とうとう自由の身になったのだ。

遺体をバラバラにして捨てた翌日、俺は練馬の区役所に封書を送った。奴のマイナンバーカードの写しを使って必要分の住民票の写し、戸籍謄本を郵送するように依頼したのだ。奴の家へ。転居を理由にしたが、すでに遠方に越していたり、忙しい場合は郵送での請求が可能なのだ。

次に府中の運転免許試験場へ。試験に必要な書類は保険証があれば、あとは住民票の写しだけでいい。申請書に貼《は》る写真は、むろん俺のものだ。

試験に関しては交通法規が不安だったが、なんとか合格できた。犯行前に勉強した成果が実ったのだ。といっても俺が受けたのは自動車の試験ではない。もっとも簡易な原付免許だ。なぜなら必要なのは俺の顔写真が貼ってある自己証明書だからだ。

原付免許は即日発行だ。だから俺はその足でパスポートの申請手続きに向かった。必要書類は揃っている。ただパスポートは免許証とは違い、申請した本人に間違いないことを示す証明書が必要とされる。免許証がない場合は本人の顔写真が貼ってある学生証や会社の身分証明書などが必要だ。逃亡者である俺にはそんなものはない。

一方、免許証があればその一点で事足りる。だから最初に原付免許を取得したのだ。奴になりすまして。そして計画はまんまと成功した。晴れて俺は奴となり、海外へと逃亡できる。奴を殺し、死体をバラバラにしたのはすべてこのためだ。完璧《かんぺき》に奴をこの世から消し去り、自身がなりすますためだ。

仮に高飛び前に遺棄した死体の部位が発見されても、指紋は潰されている。頭部は冷蔵庫の中。身元はなかなか判明しないだろう。殺害するのは心苦しいが、奴に生きていてもらっては困る。この世に同じ人間が二人いるのは厄介の種になるからだ。

それにパスポートが仕上がるまで、ざっと一週間ほど必要だった。その期間にどこでどんなボロが出るか分からない。生かしておいた奴が保険証がないことや住民票を勝手に利用されたと気が付けば警察に通報するだろう。

売買と称してホームレスから保険証を手に入れる手もあった。しかし相手を完全に消し去るには殺害が不可欠だ。すると困ったものが残る。死体だ。特にその頭部。俺は潜伏と逃走を続けている身だ。

となるとどこで死体をバラバラにし、その頭をどこに隠すのか。屋外では人目に付いたり、発見される可能性も捨てきれない。しかし一人暮らしの人間なら、その家を犯行現場とし、隠し場所にできる。

今回の計画を思いついてからは、金を節約し、肉体労働に明け暮れて手近な国への渡航費用は用意した。後は高飛びして現地に着けばなんとかなる。どんな労働でも、どんな生活でもいい。隠れ、逃れ、つかまるのに怯《おび》え続ける今までの暮らしに比べれば天国だ。自由はなにものにも代え難いのだから。

俺はパスポートを入れた上着のポケットを軽く叩いた。小さく笑う様な音がした。手近にある旅行代理店に向かおう。財布の中には現金が入っている。

おそらく船の方が渡航費用は安いだろう。目指すは大陸。幸い日本が犯罪人引き渡し条約を結んでいるのはアメリカと韓国だけだ。向こうで俺は奴になり、生きていく。二度とこの国には戻らない。

友美はビスマルクとマックスによる捜査を石神井公園近辺で続行していた。すると公園のすぐ北、富士街道沿いにある石神井中学校前の交差点で足跡臭が見つかった。

しかしそれは白井が推理していたものとは違った。富士街道を西へと向かう道路沿いの歩道に点々と残されていたのだ。

「変やわ。犯人は自転車を使ったはずやのに。これは歩いた様子ですやん」

白井は捜査の結果に黙り込んでいる。なにか考えているのは確からしいが内容は友美には把握できなかった。

「先輩、とりあえず次の交差点にいきましょう」

友美は路傍に停めてあったバンに戻るとマックスとビスマルクを乗せた。助手席に白井が乗り込む。次の交差点は六百メートルほど先の区庁舎前だ。すぐに目的地へ到着したが、そこにも点々と靴の匂いが残されていた。

「どういうこっちゃろか」

友美の質問に白井はバンへと戻る。助手席に座り、目を閉じると額を掻いている。なにかを熟考しているのは確かだ。友美は目の前の区庁舎の駐車場へと車を乗り入れ、言葉を待った。

「そうか。私はリスの分散貯蔵に関して忘れていたことがある。それが今の矛盾と関係していたんだ」

「なんのことですのん」

「リスは冬季に隠した餌を一旦、回収して別の場所に再貯蔵する習性がある。貯蔵した餌の三割近くをそうするらしい。頻繁に最初の隠し場所から別の隠し場所へと餌を運ぶんだ」

「リスがしきりに餌を隠し直す？」

「先ほど私は人間の行動範囲について説明したな。今の足跡の匂いが犯人の残した物でなかったとしたらどうだ？　犯人が犯行時に自転車を利用したなら、そう考える方が論理的だ。では誰がリスの再貯蔵のようにこの辺りをいったりきたりした？」

「被害者のことですか。先輩は徒歩の場合、人間の行動範囲は一キロ圏内が通常であるとゆうた。すると被害者はこの近辺に住んでいた可能性が高いやん」

「とすれば必ず訪れる場所がある。それを捜査の対象にしよう。候補は駅、食料品があるスーパーやコンビニエンスストアだ」

白井がそう告げたときだった。不意に辺りが暗くなった。どんよりしていた空がにわかに黒雲に覆《おお》われると大粒の雨が降り注いできた。近年、頻繁に起こるゲリラ豪雨らしい。あっという間にバンの屋根を叩く雨音がひどくなった。

「ほんまや。先輩がゆうてはったように雨になった。そやけどまずい。これでは匂いがすべて流されてしまいます」

白井はなにか手だてを考えつくだろうか。どちらとも判断できなかった。いずれにせよ、雨が止《や》むのを待つしかないと友美は思った。豪雨の中、ビスマルクとマックスを捜査させるわけにはいかない。車の外では雨が駐車場のコンクリートを覆い、川のように流れている。彼方《かなた》で雷鳴が聞こえた。

「白井先輩のご両親は――」

雨が止むのを待ちながら友美は気になっていた質問を口にすることにした。

「どこで失踪《しっそう》されたのですか」

「アルゼンチンだ。かねてから観光に行きたいといっていた」

アルゼンチンで白井の両親はなにかに巻き込まれたのだろうか。その手がかりは皆無なのか。友美は続く言葉を探し、ポケットからおっとっとの紙箱を取り出すとビスマルクとマックスに与える。

「白井先輩も食べはります？」

白井は首を振った。友美は自身の口にひとつ放り込んだ。かりかりと小気味よい音が後部座席と運転席で鳴った。

「そうか」

不意に白井が口を開いた。

「捜査の対象を改めよう。先ほどは駅やスーパー、コンビニエンスストアとしたが、そのクラッカーで別の可能性を思いついた」

三十分ほどが経過していた。長い沈黙の後だった。雨足は次第に弱まってきている。駐車場のコンクリートに流れていた雨水の層が薄くなってきていた。

「別の可能性？　どんな？」

「むろんリスだ。彼らの前歯は放っておくと伸び続けるのを知っているか」

「確かリスの歯は生きている間はずっと伸び続けるんやったな。一年間で二十センチに届くほどやと大学で教わりましたけど」

「そうだ。彼らの前歯はクルミやドングリといった硬い殻の木の実を食べることで適度に摩耗する。でないと上下の歯が嚙み合わなくなり、最悪は餌が嚙めなくなる」

「それが捜査とどう関係するのん？」

「リスは歯が伸びるから硬いものを食べるのか。硬いものを食べるから歯が発達したのか。どちらだと思う？」

「どっちなん？」

「どちらでもない。ひとつの特徴には相互の関係がある。リスの歯が伸び続けることと硬いものを食べるのは、あざなえる縄のように表裏一体なんだ」

白井が続けた。

「被害者の指にはペンだこがあった。だから私はなにかを手書きする仕事か趣味を持っていたのかと感じた。だがそれは表裏一体の特徴だ」

「書くことが手がかりになるんですか」

「書くこととは読むことでもある。絵にせよ、文章にせよ、書く人は読む人だ。書くことには資料や参考文献が欠かせない。だから読む場所を捜索対象にするんだ」

「ですが今の雨で匂いはすべて流されてますやん」

「君は被害者の遺棄された両腕の写真を持っているか」

「ケースの中にあります」

「屋外の匂いは雨で流されてしまった。しかし屋内の匂いは屋根があるために消えてはいない。被害者が読書をした場所で匂いの痕跡を探り、腕の写真で絞り込むのだ」

雨音がやっと鎮《しず》まった。空を覆っていた黒雲が消えていく。ゲリラ豪雨は終わったらしい。屋内で匂いを探る。匂いが発見できれば腕の写真で絞り込むと白井は告げている。

「屋内って図書館ですか？　そもそも腕からだけで被害者が特定できるんですか？」

「図書館には読書する人間の腕を頻繁に見ている存在がいる。司書だ。彼らは利用者が本を借り出したり、返却したりする際にいつもその腕を目にしている」

「つまり被害者が利用した図書館を見つけ、腕に見憶《みおぼ》えがないか聞き込むのんか。うちはハンドラーで経験がないけど、ここまできたらやってみましょう」

友美はケースの中にある写真を思い浮かべながらダッシュボードにあった地図を手に取った。被害者の腕は切断されている。そのまま見せれば図書館員にとってはかなり刺激的だろう。できるだけおとなしいものを選ばなければ。

「石神井公園のそばに区立の図書館があります。そこが一番近いことになるかな」

「そこから始めよう」

友美は駐車場からバンを出すと雨上がりの道路を公園方向にとって返した。すぐに図書館に到着した。予測のつかない展開になることは理解できていた。

「館内で警察犬による捜査を展開することを説明しなければあきません。先輩は二匹と待機しといてください。今、うちが話してきます」

友美は白井に告げてバンを降りた。後部座席にいたマックスとビスマルクを外へ誘い、二匹を白井に託そうとしたときだった。マックスが小さく吠《ほ》えた。そして図書館の前にある道路に鼻を寄せている。

ビスマルクも動き始めた。辺りを回り、なにか捜している様子だった。雨上がりの道路はまだ濡《ぬ》れていた。そこを二匹の犬は匂いの痕跡《こんせき》を探るように動いている。

「どないしたんやろ。まるで足跡追及を始めたみたいや」

友美は二匹の行動が理解できなかった。先ほどのゲリラ豪雨だ。辺りに残された匂いはきれいに流されているはずだ。しかも被害者はすでに死亡している。新しい匂いが残るはずはない。しかしまるで二匹はずっと続けてきた被害者の足跡追及を始めようとしているかに見えた。

「なにかに気が付いたんだ。しばらく様子を見よう」

白井が告げた。マックスとビスマルクは匂いに確信を得たのか、ゆっくりと進み始めた。どちらも行きつ戻りつしつつ、同じ方角へ向かっている。やがて二匹は徐々に図書館から離れ、小道を進んでいく。

ほどなくして公園の近くを流れる石神井川に突き当たった。その川沿いの歩道を二匹はたどっていく。やがて川にかかった橋にたどりつき、二匹はそこで止まった。ビスマルクはうずくまった。マックスは小さく吠えると友美を見やって尻尾《しっぽ》を振っている。明らかに二匹はここだと告げている。友美は辺りを見回した。

橋を渡った先で男が作業をしていた。青いビニールシートを数枚、整理している。かたわらに廃材で作ったらしい小さな小屋がうかがえた。垢《あか》じみた出《い》で立ちからするとホームレスらしい。

「どういうことなん?」

「クラッカーを二匹にやってくれ。お手柄だ」

「お手柄？　なんのことですか。もしかしてあの男が犯人なんですか？」

「いや、違う。彼はおそらくチャップリンだ」

答えた白井は付け足した。

「君はチェット・アトキンスというギタリストを知っているか」

初めて聞いた名前に友美は首を振った。

「カントリー系のソロ・ギタリストなんだ。後で説明してやるが、その前にあの男に話を訊《き》こう。まず図書館にいたかどうかだ」

白井はマックスのリードを握りながら橋を渡っていく。作業をしている男は不審そうにこちらを見ている。友美は男に切り出した。

「少し聞かせて欲しいんです。さっき図書館にいはったんじゃないですか？」

「ああ、いたよ。俺はこの辺りをねぐらにしているんだが、今の豪雨だろ。川が増水してあふれると危ないと思って図書館に避難していたんだ」

答に白井はうなずくと男の足下を見ている。男は履き込まれた革靴を履いていた。

白井が耳元に口を寄せ、続く質問をつぶやいてくる。それをそのまま友美は口にした。

「そのウィングチップはおたくさまのですか？　どこかで買いはったんですか？」

「これか？　確かに俺の靴だ。しかし買ったんじゃない。二週間ほど前かな。ゴミから拾ったんだ。まだ充分に履けるからさ。よくアルミ缶を回収する辺りだ」

目の前の男が履いているのは被害者が捨てた靴なのだ。ビスマルクとマックスが雨で流れてしまったはずの足跡臭を追及できたのは、この男が靴の匂いを残したからだ。被害者は新しい靴を買い、古くなった靴を捨てたのだ。

「その場所を詳しく聞かせてもらえます？」

男が靴を拾ったのは石神井公園駅を越えた先の住宅街らしい。電話局の近くの一軒家。その前の集積所に出されていたという。詳しい道順を聞いた二人は橋を戻り始めた。

「今のは被害者の古い靴やったんですね」

「ああ、ただし今のチャップリンにとっては新しい靴だな」

「チャップリン？　さっきチェット・アトキンスともいいはりましたね？」

「チェット・アトキンスは名ギタリストなんだ。何度もグラミー賞に輝いている。私も好きなミュージシャンの一人だ」

白井がカントリー系の音楽を好むとは知らなかった。あるいはそのギタリストも動物となんらかの関係があるのかもしれない。

「彼の曲にチャップリンのニュー・シューズというのがある。なかなか洒落《しゃれ》たタイトルをつけたもんだ。放浪者であるチャップリンはいつも古びたドタ靴を履いているからな。今の男を見ていて、ふとそのことを思い出した」

図書館前の道路に停めてあったバンに戻ると白井は続けた。

「今の男が説明した家へ向かおう。おそらくそこが被害者の家だ」

友美は運転席に座った。ダッシュボートの地図を開き、男が説明した地点を確かめた。そして携帯電話を取り上げた。

「岸本さんですか。原です。被害者の身元が判明しそうです。今から伝える場所にきてください」

友美は説明を終えるとバンを走らせ始めた。目的地は目と鼻の先だった。車を停めた友美は捜査陣の到着を待った。サイレンの音が聞こえたのは小一時間ほど経過してからだった。停車した警察車両から慌《あわ》ただしく岸本と部下の鑑識課員が降りてきた。

「ハシゲンさんに連絡したところ、捜査令状は後回しでいいってさ。犯人の確保が最優先だ。人殺しをそのままにしてられるかっていってた」

岸本の説明の間に捜査員が近隣で家の主は一人住まいであると聞き込んできた。岸本は施錠《せじょう》されていた玄関の鍵《かぎ》を壊して中へ入った。

「犬で本人確認をしてくれ」

岸本の指示にビスマルクを使って玄関の三和土《たたき》で匂いを確かめさせると被害者のものと一致する反応があった。作業を終えた友美は白井と進展を外で待つことにした。屋内では鑑識課員による捜査が展開されている。

「どうやら被害者の家で間違いないな。それに殺害現場である可能性も高い」

やがて家の前で待機していた友美と白井のもとに岸本がやってきた。

「電話でチャップリンの新しい靴と聞きましたが、それが捜索のヒントに？」

岸本の言葉に白井は小さくうなずいている。

「被害者は中村順一郎。書斎に郷土史に関するノートがありました。指にペンだこがあったのは手書きにこだわっていたからでしょう。身元が判明しましたから刑事が捜査に入ることになります」

岸本がそう述べたとき、家から吉成が出てくると三人のところへきた。

「被害者の頭部が発見されました。冷蔵庫の中に隠してましたよ」

「腐敗臭がしないように工作したのか」

「それとこの家の電話の記録を調べました。最終の履歴は新聞販売店でした。電話をかけて尋ねたところ、被害者が一カ月ほど新聞を止めるように指示したそうです。旅行に出るからといって」

「待ってくれ」

岸本への報告を横で聞いていた白井が不意に声を上げた。

「そうか。そういうことだったのか」

白井は続けた。

「岸本さん、相手は高飛びしようとしている。至急に連絡してくれ。手配する人物は中村順一郎本人。事情は後で説明する」

白井の目は真剣な様子だった。しばらく躊躇《ちゅうちょ》していた岸本は、決断したように携帯電話を取り出すと話し始めた。

「ハシゲンさんですか。容疑者が高飛びするおそれがあります。捜査本部に上げてください」

岸本は緊急手配を土橋に伝えている。友美はそれを眺めながら白井に尋ねた。

「どうして高飛びやと判断したんですのん」

「アリだよ」

白井が一言だけ告げた。

潮の香りが空気にまじっていた。俺にとっては自由の匂いだ。横浜港大さん橋の国際客船ターミナル。その二階の出入国ロビーで俺は船の出港を待っていた。

ほどなく乗船が始まる時間となる。そうすれば後は税関で手荷物のチェック、出国の審査をすませて船に乗り込めばいいだけだ。すべて順調だ。やはり空の上の誰かがこちらに味方してくれているのだ。

近未来的なデザインの建物内部はだだっ広い。ウッドデッキの床に並ぶ長椅子《ながいす》に座り、ガラスの向こうで沖を行く船を見た。あと少しで俺もあの海へ出る。誰にも邪魔されない大海原へ。

脱出をこがれる思いで俺の胸は痺《しび》れてきた。やがてターミナルの客が三々五々、税関の方へ手続きに向かい始めた。乗船許可の合図があったらしい。俺は鞄《かばん》を手に椅子から立ち上がった。

税関検査をすませ、ポケットのパスポートを取り出すと出国審査のカウンターへ近づいていく。最後の関門だ。ここを切り抜ければ晴れて自由の身となれる。俺は努めて平静を装《よそお》ってカウンターにパスポートを提示した。

「中村順一郎さん？」

カウンターの向こうで係員がパスポートを眺めて名前を確かめてきた。俺はうなずいた。すると係員の視線が奇妙に動いた。かすかな不安が胸をかすめた。

途端に周りを取り囲まれた。どこから現れたのか五、六人の男がこちらを取り押さえるように両腕をつかんでくる。俺はすばやく男たちに視線をやった。

よく知っている種類の顔つきだった。職業は人間の顔を作るという。今まで何度も逃げのびてきた相手であると即座に理解できた。しかし理解できないこともあった。奴を殺してから十日。どこかでボロを出した憶えはない。なのになぜだ。分からなかった。なにがきっかけになったのか。

「どうしてだ。なにが手がかりになった?」

誰もなにも答えなかった。うなだれた視界に履いている靴が映る。25・5の茶色のウィングチップ。殺した奴の靴だ。俺はそれをまだ履いていた。少しぶかぶかする革靴。

ロビーの光の中に潮の香りがする。結局、自由は匂いだけだったらしい。観念するしかないだろう。おそらく空の上の誰かは俺のことを裏切ったのだ。汽笛が聞こえた。

船が出港するらしい。その船に俺は乗れない。

「アリがヒントやと先輩はいわはりましたね」

その日の夜、友美は白井の屋敷で尋ねた。岸本も捜査報告を兼ねて、いつもの閑散とした応接室に座っている。

「井の頭公園でクラッカーのかけらにアリがたかっていただろ」

それが高飛びとどう関係するのだろうか。友美は白井の説明を待った。

「ずっと変だと思っていたんだ。なぜ犯人は被害者の死体をバラバラにしたのか」

「遺体を発見されたくなかったんで、池に捨てたんやろ？」

「そうだ。だがわざわざ池にだ。犯行現場に選んだ被害者の自宅には隠さなかった。遺体を切断して隠して回るのは、かなりのエネルギーが必要だ。そうまでして遺体を捨てたのはなぜだ」

「確かにそうや。遺体を隠したいんなら家のどこかに埋めたり、頭部のようにすべてを冷蔵庫に入れておくこともできる」

「だが犯人はそうしなかった。それは被害者宅に遺体があると発覚するのを危惧《きぐ》したからだ。ここに餌があるとばれるのをリスが恐れるようにだ」

「つまり犯人が恐れていたのは被害者の家に目を付けられることやったんや」

「頭部だけは別だ。それを外に捨てれば被害者の身元が割れる可能性が高い」

「顔を潰《つぶ》しても歯型や復顔術がありますもんね」

「動物の行動にはかならず理由がある。被害者宅で聞いた報告で犯人が執拗《しつよう》に遺体を遺棄して回った理由に納得がいった」

「なにに？」

「新聞を止めるように指示したのは被害者ではないだろう。旅行に出ると電話をした後に殺害されたとは思えない。タイミングがよすぎる。つまり犯人は被害者が生きていることにしたかったんだ」

岸本が二人のやり取りにうなずいた。

「なるほど。新聞が溜《た》まったままでは怪しまれるもんな。犯人が死体をバラバラにしたのは、被害者になりすますためだった。ですがアリというのはなんのことですか」

「アリの中に奴隷《どれい》を使うことから奴隷アリと呼ばれるのがいる。異なる種のアリの巣を襲い、相手を全滅させると巣にいた幼虫やさなぎを自分たちの巣に持ち帰る。そして奴隷として育て、子育てやその他の作業に奉仕させる。奴隷アリ本人は働かない」

「よく素直に奴隷になってるな。逃げ出したりしないのかな」

「化学擬態だよ。アリの体表には仲間同士を見分けるワックスがある。奴隷アリは奴隷にしているアリのワックスを身にまとうことで匂いによって相手に仲間だと偽っているんだ」

友美は白井の説明にやっと納得がいった。

「つまりアリのワックスは、いわばアリの身分証明書のようなものなんや」

「そうだ。となると犯人はどんな人間だ？」

友美が質問に答えた。

「誰にも怪しまれない身分証明書がほしい奴。相手になりすまして逃げる必要がある奴。例えば手配中の逃亡犯」

「なるほどね。犯人は日本を脱出する時間を手に入れたかった。殺人を犯してまでそうする必要があったわけか」

「遺体を発見されたくなかった真の意図はそれだ。となれば生きていることになっている中村順一郎こそが犯人なんだ」

「これで推理の経緯をハシゲンさんに説明できますよ。あの人は叩《たた》き上げの刑事だが、事件解決に役立つなら、なんでも取り入れる。だからなにも聞かずに緊急手配を上に掛け合ってくれたんだ」

そこまで述べた岸本は尋ねた。

「チャップリンのニュー・シューズという曲。後学のために一度、聞かせてもらえませんか」

「じゃ、かけよう。なかなかいいんだ」

白井が応接室の端にいき、CDを選び出した。始まったのは軽快で、しかし少し憂《うれ》いのある曲だった。友美の胸がかすかに熱くなった。捜査の成功に喜びを感じていたが、それだけではないようだった。

屋敷の外からマックスの吠える声がした。友美の思いを応援するように。胸の火照《ほて》りをごまかそうと友美は二人に告げた。

「ほんならうちは、なにかおいしいものでも作りますわ」

その言葉に白井と岸本の口元が緩んだ。どちらも独身だ。家庭料理に飢えているのだろう。キッチンへと向かおうとして友美は思い出した。

「そうそう。先輩、キュウリは？　サラダも作りますけど、あります？」

「あっと、忘れてきた。井の頭公園だろう。まあ、取りに戻るまでもない」

白井の選択は正しかった。仮に公園に戻っても無駄足だった。池の畔《ほとり》のキュウリは誰が持ち去ったのか、すでに消えていたのだ。

Case4　森にいる時計

「遅れてすまなかった。しかし今日は暑いな。まるでもう夏みたいだ」

六月中旬の平日、午後一時過ぎ。白井宅の庭に現れた男が開口一番、そう述べた。身長は百七十センチほど。がっしりした体軀《たいく》は武道で鍛えたらしい。短い髪に白いものが目立つところは五十代半ばと推測できた。

「あなたがハンドラーの原友美さんだね？　捜査一課の土橋だ。お招きいただいて感謝してますよ」

友美は土橋の問いかけにうなずいた。挨拶《あいさつ》を終えた土橋はネクタイを緩めている。非番というのに生真面目《きまじめ》にも背広姿だ。浅黒く陽に焼けた顔は捜査の一線に立つベテラン刑事らしい風貌《ふうぼう》だった。

「冷たい飲み物を用意してます。ビールがよろしいですか、それとも日本酒に？」

この日、動物屋敷の庭では食事会が予定されていた。白井の活躍によって三件の事件が解決したことから非番を調整して関係者による慰労会を友美が呼びかけたからだ。

　むろん白井は乗り気ではなかったが友美は数日前から荷物を屋敷に持ち込み、食材を揃《そろ》え、なし崩しに当日を迎えさせた。岸本が乗り気だと告げたのが、なぜか渋々ながらの了承につながったらしい。

「それじゃ、ビールをいただこう」

　友美はテーブルにあったクーラーボックスから缶ビールを手渡した。土橋がプルトップを派手に鳴らす。

「それじゃ、全員揃ったので改めて乾杯といきましょか」

　友美の言葉に白井と岸本が手にしていたビールを掲げた。二人はかたわらにあるバーベキューコンロにかがみ込み、団扇《うちわ》でしきりに風を送っている。コンロから少し離れてマックスとビスマルクがうずくまっていた。二匹の犬も事件解決に協力した大切な仲間だ。だから会に参加させている。

「僭越《せんえつ》ながら幹事として、音頭をとらせていただきます。皆様のご健康とご多幸を祈って乾杯。つるかめ、つるかめ」

　友美の音頭に土橋は、並べられていたアウトドア用のチェアに腰かけた。白井と岸本が団扇で熾《おこ》した炭火は、網に載せた鉄鍋《てつなべ》の油をはじかせ始めた。

「つるかめとは、またなつかしい言葉だな。西でもそういうのかい。子供の頃、俺の婆《ばあ》さんもよく口にしてた。まじないなんだろうな。雷が鳴ると、くわばらくわばら。雷様は桑が嫌いだから桑原には落ちないんだといっていた」

「ハシゲンさん、原君はなにかに付け、縁起を担ぐんですよ」

岸本の言葉に友美は気恥かしかった。実は昨夜、窓にてるてるぼうずを吊《つる》したのだ。そのおかげなのか晴れた。なんとか会を無事に開催できそうだ。

ただし話はこれからだ。今日の集まりは特別なのだから。友美は気を引き締め、手にしていたコーラを口に運んだ。友美はこのパーティーで酔うわけにはいかなかった。

「岸本さん、おまじないのどこがあかんのですか？　世の中は科学だけで割り切れへんものがあります。そんなことゆうんやったらプレゼントはあげません」

友美は足下にあったバッグから取り出したものを周りに示した。小さな白いお守りで赤い五芒星《ごぼうせい》が描かれている。

「なんだい、原君。それは？」

「かの晴明《せいめい》神社のお守りです」

「いつの間に京都に行ったんだ？」

「今はネットでも買えます」

「それこそ科学的と思えるけどな」

友美は人数分のお守りを配った。岸本のつぶやきに土橋は笑っている。リラックスしているらしい。会の先行きに友美は安堵した。慰労会の開催を申し出たのは今後も白井を捜査協力に駆り出す根回しのためであり、岸本と土橋に警察内の後ろ盾となってもらうよう親睦《しんぼく》を深める必要があるのだ。

「ほほお、犬にもあくびがうつるんだな」

不意に土橋が椅子《いす》から声を上げた。コンロを前にした白井があくびを漏らしたのに続いて、マックスも口を大きく開いたからだった。

「あくびは犬にうつる。特に飼い主からでは五倍の影響力があるそうだ。失礼した。夕べ、遅くまで調べものをしていたもので」

「あなたが白井さんだね。今までの捜査協力に感謝しますよ」

初対面となる土橋は初めて白井に声をかけた。頃合いを見計らっていたらしい。挨拶を終え、土橋が鍋に視線をやった。

「鍋が熱くなってきたな。さっそくいただくか。ジンギスカンかい。こいつは俺の好物なんだ。若い頃、さんざん腹に入れた。なにしろ牛や豚より安かったからな」

「岸本さんから話をうかがったんです。ちょうど北海道の物産フェアが家の近くでありましてん。タレはあっちで定番のベル食品でどうぞ」

友美は人数分の小皿にタレを分け入れた。鉄鍋に野菜を添え、薄切りの羊肉を並べると香ばしい匂《にお》いがすぐに漂う。犬のことを考え、下味は付けていない。しかしタレで充分にいける。腹這《はらば》いになっていたマックスとビスマルクが立ち上がった。炭火を熾し終えた岸本が椅子に座ると友美に視線を送ってきた。

「原君、あのさ」

「分かってますよ。用意してます」

友美はクーラーボックスからマヨネーズとケチャップのチューブを取り出すと岸本の前に並べた。岸本はどんな食品に対しても基本的にマヨネーズかケチャップで味付けをする。子供のような嗜好《しこう》だが、それも岸本の個性の一端なのだ。

「やっていいのかい」

土橋がマックスとビスマルクを見つめている。うなずいた白井を見て、土橋は焼け始めた肉を二片、ビスマルクとマックスの方に投げてやった。二匹は嬉々《きき》としてそれを口に運んだ。

「友美さん、これはラムか、マトンか」

「柔らかい方がええと思ってラムです」

友美の答に土橋はテーブルに用意された紙皿を取り、鉄鍋の肉に箸《はし》を伸ばした。

「婆さんの話から昔のことを思い出したよ。子供の頃からジンギスカンについて疑問があったんだ。羊は英語でシープだと学校で教わった。だが肉として喰うときはラムかマトンだ」

「確かにそうですよね。羊だけじゃなく、ピッグである豚は肉になるとポーク、牛はカウからビーフ。飼うのと喰うのじゃ別なのですかね」

言葉を受けた岸本はケチャップで赤くなった肉を口に運んでいる。

「でもニワトリはチキンのままとちゃいますか」

「確かにニワトリはチキンのままだよな。すると二本足で歩く動物は名前が変わらないのかな。カンガルーはどうなんだろ。ウサギもときどき立ち上がるけど」

口元を赤くしている岸本がウサギの耳を真似《まね》て手を頭に添える。

「ウィリアム征服王のせいなんだ」

白井が紙皿のラムに軽くタレを付けると、箸で掲げた。

「西暦一〇六六年、イギリスはフランスに征服された」

「ああ、うっすら覚えているぞ。高校の世界史で習った。確かそいつはロンドン塔を築いた王様だな」

土橋がたっぷりとタレを絡《から》めた肉片を頰ばる。世代のせいか、土橋は濃い味付けが好みらしい。

「そうだ。フランスからやってきた王様や貴族、騎士たちはイギリスに築いた宮廷でもフランス語を使っていた。牛はフランス語でブフ、豚はポルク。ビーフとポークはそもそもフランス語を語源にしている。羊肉も同様。英語は三割近くが外来語を語源にしているそうだ」

「なるほど。宮廷の言葉遣いなのか。庶民が上流階級の言い回しの方を洒落《しゃれ》ていると思って広まったんだな。日本でも舶来品が珍重されたみたいに」

「当時の騎士道物語であるアイヴァンホーにも、生きている動物の世話をするのはイギリス人だが、肉となったのを口にするのはフランス人だという一文がある」

白井はやはり動物に関して博学だ。それに土橋や岸本と打ち解け始めているらしい。ごく普通に会話している白井の様子が友美は嬉《うれ》しかった。

「すると先輩、チキンもフランス語なん？」

「いや、ニワトリに関しては話が少し込み入っている。そもそもかつてのイギリスでは肉と言えばニワトリだったんだ。牛や豚は主流ではなかった」

「そうか。すると食べなれたチキンに関してはビーフやポークのようにフランスかぶれにならずに、昔の英語の言い方が残ったってことか」

納得したように岸本がつぶやく。

「ウサギについては別の話になる。ラビットもフランス語が語源だが、これは我々が現在、一般的に知っている穴ウサギのことだ。しかしイギリスには十二世紀まで穴ウサギはいなかった。いたのは野ウサギ、英語でいうヘアだけだった。その頃、穴ウサギはヨーロッパ大陸の修道院で家畜として飼われていた」

「つまり大陸のウサギが次第にイギリスに広まり、食べられるようになってからラビットと呼ばれることになったのか」

土橋が尋ねた。

「そうだ。ただし二本足で歩くものを特別扱いするという岸本氏の説は興味深い。カンガルーについては勉強不足だから今度、調べてみよう」

「食べ物の名前が変わるのは日本でもやわ。関西やとシメサバはキズシといいますわ。おでんは関東煮《だき》」

話が盛り上がりを見せている。友美は話題をさらに広げようと試みた。土橋が手の平をひらひらと泳がせる。

「東西だけじゃない。魚なら出世魚も成長するたびに名前が変わるな」

「鉄道にもありますよ。島根県の山陰本線には出雲《いずも》大社口駅というのがあったんだ」

「お得意の鉄道談話だな」

土橋が茶々を入れた。

「ところがこの駅はまるで出雲大社に近くないんです。タクシーで三千円ほどかかる距離にある」

「それじゃ、少しも大社口じゃないぞ」

「そうなんですよ。そもそも出雲大社の最寄り駅は大社線の大社駅だったんですが、路線そのものが廃止されてしまった。でも観光名所である出雲大社の名前はなんとしても駅名として残したいと地元が要望した。それで山陰本線神西《じんざい》駅が出雲大社口に名称変更されてしまったんです」

「しかしそんなに遠いんじゃ、間違って下車した観光客から苦情が出なかったのか」

「非難囂々《ごうごう》だったそうです。結果、六年して再び駅名が出雲神西駅に変わりました」

「名前が変わるといえば、我々、刑事の世界では犯罪に関して隠語を使う場合がある。トンビってしっているかな。かっぱらいのことだ」

「油揚げをさらわれることとひっかけてるんですね」

「じゃ、友美さん。カンタンシってのは分かるかな」

「びっくりマークのことですか。突然、襲ってくる相手、強盗かなにか」

「原君、それは感嘆符だろ」

赤い口で岸本が反論した。土橋はテーブルのウェットティッシュを一枚抜いて岸本に渡しながら説明した。

「カンタンシのカンタンとは邯鄲《かんたん》だ。旅館で寝入っている客の金品を狙《ねら》うのが専門の泥棒なんだ」

「中国の故事、邯鄲の夢からきているんですね」

「そうだよ。じゃ、源氏はどんな犯罪だと思う？」

「源氏物語の源氏ですか。だったら恋愛関係でしょうか。例えば結婚詐欺《さぎ》とか」

「残念。源氏は源氏車、公家《くげ》が乗っていた牛車《ぎっしゃ》、御所車からきている。トラックや乗用車の荷物を専門に盗んでいく犯行のことだ。さて話はここからだが」

土橋は本題に入る準備なのか、ラム肉に再びたっぷりとタレを絡めた。

「今、岸本が最寄り駅といったので思い出した事件がある。白井さん、あなたは動物に関して、とても詳しいが、今から述べる事件の推理ができるかな。ある生き物がきっかけとなって捕まった男の話なんだが」

友美は白井に視線を送った。土橋の言葉は、ある種の試験といえるだろう。白井の捜査能力を確かめようとしているのだ。

「それは内容による。動物といっても範囲は広い。私にはまだしらないことがいっぱいある。私の専門は主に脊椎《せきつい》動物だが、それが関わっていますか」

「ヒントは話が終わってからだよ。とりあえずどんな事件か聞いてみたまえ」

白井の質問に土橋が微笑《ほほえ》んだ。

「私がこの事件を知ったのは、ちょうど今日みたいに暑い日だった。師匠ともいえる先輩刑事から教えてもらったんだが、先輩がまだ駆け出しの刑事だった頃のことだから今から何十年も前になるだろう」

「へえ、捜査一課の鬼、ハシゲンさんにも師匠がいたんですか」

岸本のラム肉は絡める物がマヨネーズに替わり、口元が黄色くなっている。これで緑の調味料があれば交通信号だ。

「当たり前だろ。刑事として生まれてくる赤ん坊はいない。人は生まれてから刑事になるんだ」

「それでどんな事件だったんですか」

友美は岸本の脱線を戻した。

「私の師匠である刑事は釣りが趣味だった。だがその頃は、まだ駆け出しだから仕事が忙しくて、なかなか暇を作れなかった」

「鉄道模型を作るのにも時間がかかるんだよな。俺は鉄板を切り抜くところから始めるから、一台を作るのに何カ月かいるな」

土橋が小さく咳払《せきばら》いをした。岸本が黙った。

「その頃、先輩は本庁の捜査一課に配属されたばかりで、当直と昼番を繰り返していた。そんなある日、住んでいるアパートの最寄り駅で釣り師を見かけたんだ」

友美は土橋の話を聞きながら白井に視線を走らせた。白井は土橋の挑戦に耳を傾けている。話に興味が湧《わ》いているらしい。

土橋が先輩から聞いた事件というのは、かいつまむと以下のようだった。その先輩刑事は当時、中野に住んでおり、駅のホームでその釣り師をときおり見かけることがあったという。当直明けの帰りとなる平日の朝十時頃が多かったという。

当初、先輩刑事は平日に釣りに出かけられるとは、うらやましい限りだと思っていたそうだ。ただし先輩刑事が当直明けで桜田門から中野へ戻るのは中央線で下りとなる。一方、釣り師がいるのは向かいの上りのホームだった。つまり都心へと向かう列車に乗り込むことになるのだ。

そこで先輩刑事は疑問に思った。男は働き盛りの四十代とおぼしき年齢だ。数度の目撃結果からすると悠々自適のようにも思えない。どこか貧相な身なりなのだ。しかも時間は朝の十時。本来、釣りに出かけるならもっと早いはずだろう。釣りは朝間詰《あさまづ》め、夕間詰めといって早朝や日没頃が、もっとも釣果《ちょうか》を期待できるからだそうだ。男の恰好《かっこう》は着古してはいるが上から下まで釣り師そのものだ。竿袋《さおぶくろ》を持ち、クーラーボックスをかつぎ、帽子にサングラス。そこで先輩刑事は思った。あの釣り師はおそらく池、例えば鯉《こい》かヘラブナ釣り専門なのではないか。

というのも鱒《ます》や鮎《あゆ》などの川魚を狙うなら東京だと、なんといっても多摩川だ。しかし、中野からなら使う列車は下りになる。では都心を通り抜けて羽田なり、浦安なりで海魚を狙うのか。それも疑問だった。というのも先輩刑事は数度の目撃結果から男がいつも長靴を履いていないことに気が付いていたのだ。

渓流釣りの場合、釣り師は河岸《かし》の魚屋のように胸まである長靴、通称バカ長を履く。川に立ち込むためだ。また海釣り師も岩場であれ、堤防であれ、足下が濡《ぬ》れるのを嫌って長靴を使用する。

だが男はバカ長が入るような鞄《かばん》は持っていない。それに長靴も履いていない。いつも運動靴だ。となると唯一《ゆいいつ》、水に濡れる心配のない池の釣りしか考えられない。だが鯉やヘラブナをクーラーボックスで持ち帰ってどうするのだろう。よほどの清流の釣果でなければ食べる対象にはならないのだ。

「それで土橋さんの先輩はどうしはったんですか」

「先輩はそこまでで推理を終えたんだ。忙しい頃だったし、まだ刑事の勘が養われていなかったからだろうな」

「でも事件という以上、なにか展開があったんですわね」

「その通りだ。それからしばらくした夕方、当直勤務に向かうために上りホームにいた先輩は、下りホームに降りる釣り師を見かけた。午後四時近くだったらしい」

「つまり相手は朝の十時頃、列車で釣りに出かけて夕方の四時頃帰ってくるんだな」

「そうだ。先輩は、だとすると、と計算した。仮に相手が海釣り師で釣り場が最短となる東京湾だったとしよう。すると岸本、どうなる？」

「中野と東京湾を往復すると二時間ほど。となると男は午前十一時から午後三時までの四時間程度、釣りをしていたことになりますね。あれ、ちょっと変だよな。そんなに短くて満足するのかな」

「岸本の疑問通りだ。先輩も怪訝《けげん》な思いだったので同期の仲間と呑《の》んだ際にその話をした。すると一カ月ほどしてその釣り師らしい風体の男を捕まえたと同期から連絡があったんだ」

「どこで捕まったんですか」

「錦糸町《きんしちょう》だ。同期が勤めていた所轄内《しょかつ》」

「錦糸町なら荒川の手前だよな。釣りになるような川も海もない。そんな下町でなにを釣ってたんだろ。亀戸天神《かめいどてんじん》の亀かな」

土橋からウェットティッシュを渡され、岸本は口元のマヨネーズをぬぐった。

「白井さん、どうかな？　なにがきっかけとなって男は捕まったと思う？」

白井は肩をすくめた。

「これだけではまだ推理ができないみたいだな。じゃ、最初のヒントだ。男が捕まったのは午後四時。奴《やつ》はいつもより一時間ほど長く都心にいたんだ。そのせいでお縄になっちまった」

「つまり時間に関するミスか。生物に関係するとなると周期性が絡むかもしれない。男が逮捕されたのはいつ頃だ？」

「七月初旬」

「もう少し詳しく知りたい。男が逮捕されたときの様子は？」

「いい質問だ。その釣り師は通報によって現行犯逮捕された。通報者は近所のお爺《じい》さん。そのお爺さんはもともと山梨出身だが中学を卒業して上京後、長年、錦糸町で働き、引退後もそこで暮らしていた。これが二つ目のヒントだ」

土橋の言葉に白井は鉄鍋に視線を注いでいる。やがて手にしていた紙皿に野菜を移すとうなずいた。

「それだけではないな。もっと大きなヒントがあるはずだ。今のだけではまだ周期性の変化には至らない」

「それでは最大のヒントをあげよう。男が捕まった界隈《かいわい》では、数カ月前に新しく公園が整備されていた」

白井は紙皿の野菜を見つめた。ナスが油を含んで黒光りしている。白井はそれに箸を刺すように突きつけて声を張った。

「なすか、なさぬか」

「なんだって？」

突然の行動に土橋が尋ねた。

「なすびを脅かしたんだ。なります、なりますと答えている」

「なすびを脅かす？」

「土橋さん。逮捕の日は、よく晴れていた。しばらく雨は降っていない。だろ？」

「へええ、答を思いついたんだな」

「公園にはヒノキを植えた。都市の緑化の一環として。違うかな」

「解答を聞こう」

「ヒグラシだ」

「ご名答。さすがに動物行動学者だ。昆虫にも詳しいんだな。白井さん、あなたの推理を述べてくれ」

「周期性だ。蟬《せみ》というのは種によって鳴く時間帯が異なるんだ。クマゼミは午前中のみ。ニイニイゼミは終日。ミンミンゼミやアブラゼミは午前九時から午後七時くらい。しかしヒグラシは夜明け頃と日が暮れる夕方の四時頃だけしか鳴かない。だから日暮らしと名前が付いた」

「よく分かったな。通報者であるお爺さんがヒントになったか」

白井は紙皿のナスをつまみあげると微笑んだ。

「このナスも関係している。脅かしたことは後で説明するが、結論からいうと植物の開花や生長は季節、つまり温度に依存しているんだ、桜前線みたいに。狂い咲きするのもそのせいだ」

「蟬は違うのか」

「蟬は季節ではなく、時間に依存する周期性を持っている。鳴く時間が違うのも、明るさからきているらしい」

「先輩、よくヒグラシやと分かりましたね」

「ヒグラシは高度成長期までは東京で普通に見かける蟬だった。しかし下町の工場の煙で神社仏閣のヒノキや杉が枯れて以降、二十三区から、ほぼ姿を消した。本来、彼らは森に住む蟬なんだ。ちょうど山梨のような環境で。だが地方の樹《き》を植林した場合、根に付いていた幼虫が思わぬところで羽化することがある」

「そうか。お爺さんは山梨出身だったので都心にいないヒグラシに親しんでたんか。それが羽化して鳴いた」

「友美さんの言うとおりだ。お爺さんは子供の頃、故郷でよく耳にしていたヒグラシの鳴き声が、その日、珍しく錦糸町で聞こえたために懐《なつ》かしくて外に出てきたんだ。そこで釣り師とばったり出くわした。奴がいつものように三時ぐらいに仕事を切り上げていれば捕まることはなかったんだ」

「蟬はそんなに時間に几帳面《きちょうめん》なのか。まるで鉄道のダイヤみたいだよな」

岸本の反応に白井が腕の時計を皆に示した。

「ボルネオの熱帯雨林に生息する固有種にクロテイオウゼミというのがいる。別名六時ゼミと呼ばれ、全長十三センチもある世界最大の蟬なんだ」

「ちょっとした小鳥並みだよな」

「この蟬は早朝と夕方の六時になると決まって鳴き始める。だから近隣の部族、ダイヤク族の時計と呼ばれている」

「そいつは学校で習わなかったな。さしずめ森にいる時計か」

「岸本氏が感心したように蟬の時間依存はとても几帳面だ。例えば沖縄にいるクロイワゼミは夜の七時十五分から四十五分までの三十分間しか鳴かないといわれる」

「まさに時計並みだよな。でもなぜ、蟬がそんなに時間に几帳面なんだろ」

「有力な仮説として素数ゼミの羽化があげられている。アメリカにいる蟬で十三年ゼミ、十七年ゼミと呼ばれるタイプの周期ゼミだ。長い期間、土中で過ごし、十三年、十七年の幼虫期間を終えると羽化する」

「その話は大学で聞いたことがありますわ。ものすごい数が一斉に発生して大騒ぎになるんですよね」

「多いときには特定の地域に八十億匹、六畳間の部屋にすると八百の数が出現する」

「それじゃ、蟬時雨《せみしぐれ》と言うより、土砂降りじゃないか」

土橋が大袈裟《おおげさ》に目をむいてみせた。

「このタイプの蟬がどうして十三年や十七年もの長い年月、羽化するのを待つのか」

「なるほど素数か」

真面目な顔に戻った土橋がうなずく。

「その通り。遠い昔、蟬は他の生物同様に温度への依存性を持っていた。つまり暖かくなるのを待って成虫になるといった、季節への対応をしていたらしい。しかしやがて氷河期が訪れた」

白井の説明に岸本が箸でつまんでいた肉を見つめた。

「ははあ、寒さに耐えるために土中に長く留まる必要性が出てきたってことか。この肉みたいに、よく焼けるためには時間が必要なんだ」

「幼虫でいる期間が長くなれば天敵に襲われやすく、死亡率も高くなっただろう。しかし種の保存のためには同じ仲間で繁殖する必要がある」

土橋がうなずいた。

「同じ時期、同じ場所で羽化する別の蟬がいれば、交雑してしまい、本来の子孫を残せなくなるわけだな」

「一方、バラバラの時期に成虫が地上に出ると繁殖相手がいなくて子孫を残せない」

「そこでその蟬は素数を選んだのか」

「素数というのは一とその数以外では割れない数字だ。彼らはもっとも他のグループと重なり合わないことになる周期を選んだ」

「最小公倍数だな。つまり十三年や十七年周期なら他の種の周期と一致せず、種を維持する確率が高まるのか」

「おそらく。それ以上長くては天敵のモグラに食べられて個体が生き延びる確率が低くなる。短いと周期が重なる。だから彼らはベストタイミングとなる素数の年月を選んだ。それに大発生することで仲間が喰われても自身が生き残る率が高くなる」

岸本が鉄鍋を見つめてつぶやいた。

「水餃子《すいぎょうざ》を思わす人海戦術だよな。大鍋でゆでられて、一斉に浮かんでくるみたいだ」

「この次に素数ゼミが発生するのは、二〇二一年だそうだ」

「その年にはまたニュースが紙面を賑わしますやろな」

そう告げた友美が白井を見やると肉を運ぶ箸を止めている。どこか物足らなさそうな様子だった。まだ自身の推理に納得いかない点があるらしい。

「土橋さん、ヒグラシがきっかけで男が捕まったのは推理できた。だが重要な点がまだだ。その釣り師はなにをやったんだ？」

「我々の隠語でタコ釣りというのがある。先輩の時代は今と違って、おおらかな暮らしぶりだったんだ。特に下町は」

「タコ釣り？　ハシゲンさん、釣りの恰好が必要な犯罪ってなんですの？」

「友美さん、タコ釣りというのは釣り竿のような長い棒を使う窃盗だ。そいつを開いた窓の隙間《すきま》や格子《こうし》から差し入れる」

「つまり先に付いている鈎《かぎ》かなにかで金品を盗むのんか」

「そうだ。財布や時計、衣類など。昔はそれでも質屋に持っていくと充分、金になった。タコを引っかけて釣るのと似た手口からきた隠語だよ」

「そうか。今じゃ、考えられない盗みだよな。まだ、おおらかだった頃の下町では夏には窓を平気で開けたままにしてたから仕事になったのか。だから怪しまれないように釣り師に扮装《ふんそう》していた」

岸本の言葉に白井がしばらく考え、口を開いた。

「時代が変わったというなら、今いった六時ゼミもだ。そもそも六時ゼミが日本で紹介されたのは一九三七年に出版された一冊の探検記による。記述では探検家たちが腕時計を眺め、森で夕方六時を待っていると、ぴったりその時間に蝉が鳴き始めた」

「それは、びっくりやったんちゃいます？」

「当時、六時ゼミの時間に対する正確無比さは話題を呼んでいたようで、世界に名だたる富豪のロスチャイルドも、わざわざ飛行機で空輸させたそうだ」

「白井さん、その蟬に関する時代の変化ってのはなんだい？」

「少し時代が下った一九七一年、アメリカのスミソニアン研究所の学者が、この蟬が鳴き始めるのは六時から六時十五分頃だと報告した」

「おっと、そいつは問題だな。かつてより十五分の誤差が出始めたのか。時計の機構をオーバーホールをする必要があるな」

「さらについ最近の二〇〇七年、日本の研究者の報告があった。ボルネオの森で一斉にけたたましく鳴き始める六時ゼミは現地では六時半ゼミと呼ばれていると」

「すると時代が経過するのと同時にその蟬の鳴く時間が三十分ほど遅くなったのか」

「日本でもヒグラシの鳴く時間が早くなったり遅くなったりしている。理由はまだはっきりしないが」

「白井さん。あなたなりの考えがあるのか」

「都市のヒートアイランド現象と関係しているのではないかといわれている。そもそも蟬は深夜の時間帯には鳴かないものなんだ。だが最近の都心では夜中になっても蟬が鳴いている。これは深夜になっても暑いままの都心では蟬の時間感覚に狂いが生じるのではないかと考えられる。夜が明るいせいともいわれるが」

「確かにこの頃の天気は変だな。雨が降れば土砂降り、降らなければ干ばつ並みの日照りだ。一体、世の中、どうなっちまってるんだろ」

土橋がつぶやいた。話が湿っぽくなった。友美は別の話題を考えた。

「岸本さん、蟬は鉄道ダイヤ並みに時間に几帳面なんやって。そのうちに蟬の恰好をした車両がデザインされるかもしれませんわ」

「どうかな。鉄道は時間や時代の変化をものともせずに頑張るんだ。白井さん、アルゼンチンに荻窪《おぎくぼ》行きの列車があるのをしってますか」

岸本の言葉に白井の目が鋭くなった。

「正しくは荻窪行きだった列車になりますが。あっちの首都、ブエノス・アイレスの地下鉄には丸ノ内線の中古車両が使われているんですよ。日本の鉄道車両は優秀で、中古がアルゼンチンだけでなく、フィリピン、ミャンマー、インドネシアなどの外国で活用されてます。車内には日本語で禁煙と書かれたプレートが残っていたりするんだよな。訪れた日本人は懐かしく思うだろうな」

「ちょっと失礼する」

白井が椅子から不意に立ち上がった。手にしていた紙皿をテーブルに置くと庭から屋敷の方へと歩き出した。突然の白井の反応に土橋と岸本が友美に視線を送ってきた。

友美は屋敷の中へ消える白井の後ろ姿を眺めながら二人に事情を打ち明けるタイミングだろうと理解した。

「実は先輩のご両親がアルゼンチンを旅行中に失踪《しっそう》されたんです。六年前に。以来、先輩はずっと行方を捜しているんです」

「すると今の岸本の言葉になにか思いつくことがあったんだな」

「おそらく、そうだと思います。先輩は未《いま》だにご両親の捜索を現地の人に依頼していますねん。先輩本人も一年間、向こうに滞在して手がかりを探してたんやて。わたしもネットで様子を調べてるところですけど、きっと岸本さんの情報でなにかが閃《ひらめ》いて、メールしにいったんとちがうんかな」

「そうか。昨夜、遅くまで調べ物をしていたというのも、あるいはその一件だったのかもしれないな。白井氏も大変だな」

土橋は納得したようにうなずくと目を閉じた。指で瞼《まぶた》を揉《も》んでいる。ほどなく、白井が戻ってきた。

「中座して失礼した。さあ、食事を続けよう」

「ほな、肉をもっと焼きますわ。飲み物も食べ物もたんとおます。今日は食い倒れるまで帰しませんで」

友美は関西弁で軽口を飛ばした。残りのメンバーは先ほどの友美の説明に気を遣っているらしく、あえて事情を聞こうとはしなかった。油のはじける音が再び上がる。マックスとビスマルクが小さく吠《ほ》えた。おかわりを要求しているらしい。友美は土橋に視線をやった。さっきのように肉を投げてやるだろうと思ったからだった。しかし土橋は紙皿を手にし、目を閉じたまま、うつむいている。かすかに寝息らしい音を立てていた。

「捜査一課の鬼は昼寝の時間なんだな。ハシゲンさんが遅れてきたのは、きっとお母さんが原因だろうな」

岸本が焼けた肉にマヨネーズを絡めると口に運ぶ。

「ハシゲンさんはお母さんを老人ホームに預けているんだよ。数年前から認知症がひどくなったんだ」

「世話をしてくれるご家族は他にいてはらへんのですか」

「ハシゲンさんは奥さんを亡《な》くし、お子さんが独立してからはお母さんと二人で暮らしていたんだ。お姉さんがいるが結婚されていて家庭がある」

「主婦なんか。すると二人はこれまで家事や仕事をこなしながらお母さんの面倒を交替で見てはったんですか」

「そうなんだ。でもお母さんの塩梅《あんばい》はあまりぱっとしなくてね。以前もホームからいなくなったんだ。ときどき徘徊《はいかい》することがあるんだよ。昨夜もなにかあったんじゃないかな。きっとその世話にいってたんだよ」

岸本の説明に友美はうたた寝する土橋を見つめた。白井ばかりでなく、土橋にも私生活における事情があるのだ。それは岸本も同じだろう。

「岸本さんは最近、どないですのん」

友美はさりげない質問を装《よそお》って近況を尋ねることにした。聞いた話では岸本には息子さんが一人いて別れた奥さんが育てているという。口には出さないが思うところがあるはずだ。

「俺か。相変わらずだな。鉄道模型ばかり作っているよ」

特に代わり映えしないということらしい。友美は白井に視線を送った。岸本の離婚の顚末《てんまつ》はすでに話している。

「先ほど話したラビット、穴ウサギの雌は出産すると少し変わった習性を発揮する」

白井が焼けた肉を口に運ぶと不意にウサギに関する話に触れた。

「穴ウサギの母親は一日の内に一回、しかも夜の三分間ほどで子ウサギに授乳すると穴の入口を土で慎重にふさぐ。子ウサギがいるのは本来の巣とは離れた場所にある育児用のトンネルなんだが、母ウサギは穴をふさぐと子ウサギをトンネルに残して本来の巣へ戻ってしまうんだ」

「世話をせえへんのですか」

友美は白井が始めた話の真意を探ろうとした。おそらく岸本に告げたいことがあるのだろうと感じたからだ。

「穴ウサギは子ウサギに対して最小限の世話しかしない。子供に費やす時間は平均すると一日の〇・一パーセント程度だ。しかも子ウサギが一人で動けるようになると育児トンネルには、まったく戻ってこない」

「やけに冷たいやん。子育てというより、ほったらかしに近いと思えますわ」

「しかし意味があるんだ。これは別居保育と呼ばれる子育ての方式なんだ。子供が未熟な状態で生まれてくる哺乳類《ほにゅう》の中でも異例の戦略といえるだろう」

「確かに多くの哺乳類は子育ての期間には子供の世話にかかり切りになると大学で習った憶《おぼ》えがあるなあ」

「原君の言うとおり、多くの哺乳類は保護保育だ。しかし穴ウサギが別居保育をするのは子ウサギの安全のためなんだ」

「別居保育が子ウサギの安全になるのんですか？」

「ウサギは補食されやすい動物だ。食べられそうになると逃げるしか手段はない。捕食者と対決する術《すべ》をもたない母ウサギにとって子ウサギを守るには自身を狙う捕食者の注意をできるだけ子ウサギに引きつけないことなんだ」

岸本は肉を運ぶ箸を止めて白井の説明に聞き入っている。

「おそらく補食される立場にある穴ウサギは子育てに対する特殊な適応戦略を選んで進化したんだろう。蟬が時間の周期性を選んだように」

白井が言いたかったことはこのことだと友美は感じた。蟬やウサギを始め、動物たちは、いろいろな子育ての方法を選んでいる。社会性の高い我々、人間ならなおさらだ。個別にいろいろな形式があっても少しもおかしくはないと岸本に伝えたいのだ。

「適応か。安全のためにわざと子供と触れあわない。薄情そうに思える行動は本当は親の愛情だった」

うたた寝していたはずの土橋から声があった。いつの間にか目を覚まして白井の話を聞いていたらしい。

「新国劇の演目なら評判を取りそうだな。やがて一人前になった子ウサギが親の真意をしるなんて筋書きかな」

土橋も岸本の事情についてしっているらしい。白井が述べた母ウサギの行動は父ウサギにも共通するだろう。本来、子供の世話を焼く哺乳類がとらない行為。だがなぜ、父親が子供と離れて暮らしているかは、子ウサギが大きくなれば、意味を理解すると土橋は告げたいのだ。

「へへ、肉が焼けてきたよ。次はこれで食べるかな」

岸本が小さく鼻をすすった。そして自身のポケットからなにかを取り出した。中身が緑色の小瓶だった。

「最近のタバスコには緑のがあるんだ」

小瓶のキャップをひねると岸本は紙皿に移した肉に中身を振り注いだ。

「おいおい、岸本。そんなにかけて辛くないのか。赤と黄色の次は緑か。お前の口元は交通信号だな」

土橋がウェットティッシュを一枚抜き出している。

「ハシゲンさんも試してみますか。眠気が一気に飛びますよ」

岸本の言葉に一同が声を上げて笑った。マックスとビスマルクがまた小さく吠えた。そちらだけ楽しむな、こちらにも肉を回せと催促しているらしい。友美は焼けた肉を二片、二匹に投げてやった。

「ところで、先輩。ナスを脅かすって、なんのことですの？」

「原君の専売特許だよ。木まじないという験担《げんかつ》ぎ。果樹を脅かして早く実れとせき立てるんだ。ナスにしてみりゃ、いい迷惑だ」

白井の説明に一同が微笑んだ。友美が鍋を眺めて告げた。

「皆さん、ニンジンもちゃんと食べなあきませんよ」

その言葉に残りの三人が急に目を伏せた。大丈夫だ。白井も土橋も岸本も互いの事情を理解し、それを気遣っている。仲間意識が芽生えているのだ。この調子なら、うまくメンバーとしてやっていけるだろう。

このまま、うまくいけ。友美は胸の中でつぶやいた。呪術《じゅじゅつ》の親分、天下の安倍晴明《あべのせいめい》も味方に付けた。まじないはよく利《き》くはずだ。てるてるぼうずのように願いを叶《かな》えてくれる。友美はコンロの鉄鍋に羊肉と野菜を追加しながら空を見上げた。よく晴れている。とても心地がよい六月だ。天気だけではなく。

Case5　目撃者たち

七月中旬の平日、午前十一時頃。友美が運転するバンは中央自動車道を山梨方面へと走っていた。後部座席にはマックスとビスマルクがうずくまっている。

「それ、効きますの？」

「ああ、思ったよりも冷めなくて具合がいい」

助手席で白井がつぶやいた。半ばシートを倒し、目の上に一枚のコンニャクを載せている。出発前に湯で温めたものだった。なぜコンニャクなのかは分からないが白井が目を休めていることは友美にも理解できた。

「岸本氏のおかげで向こうの一件に少し進展があった。今回は喜んで協力しよう」

続く白井の言葉で事情が呑《の》み込めた。〝向こうの一件〟とはアルゼンチンのことだろう。友美は白井の両親の一件を聞かされて以来、自分なりに現地について調べてみた。アルゼンチンはスペインの元植民地。首都はブエノス・アイレス。日本との時差は十二時間ある。

つまりあちらの日中はこちらの夜だ。おそらく白井は昨晩、失踪《しっそう》した両親に関して調査員となんらかのやり取りをしたのだ。一日の調査結果も踏まえるなら連絡は向こうの夕方になる。こちらでは夜明けに近い。睡眠不足にもなるだろう。

「進展とゆうと、なんか分かったんですか」

「丸ノ内線の車両がアルゼンチンで走っていると岸本氏が教えてくれただろ」

五月に食事会をしたときの話だ。

「あれが捜索の手がかりになったのん？」

「ああ。丸ノ内線の中古車両が走っているのはブエノス・アイレスの地下鉄B線だった。都心と港湾を結んでいる」

「ご両親はブエノス・アイレスに？」

「そうだ。それで、地下鉄B線に沿って調べてもらった。すると最終駅、港の界隈《かいわい》となるL・N・Alem 付近で今まで皆無だった両親の足どりがつかめた」

「そこでお二人はなにをしてはったんですか」

「近くにあるレストランで食事をした」

白井はいつになく饒舌《じょうぜつ》だった。

「その日がご両親の失踪した日になるのんですか」

「そうだ。八月二十五日。向こうはこちらの季節とは正反対なので冬だが、両親はオフシーズンの安いチケットで出かけたんだ」

「ずっとブエノス・アイレスやったんですか」

「足を延ばした先もあるようだ。しかしブエノス・アイレスのホテルをベースにしていた。だが八月二十五日以来、荷物を預けたまま、戻ってこなかった。その日、二人はなんらかの理由で地下鉄に乗って港へ向かったらしい」

「海外で丸ノ内線の車両を見て懐《なつ》かしくなって乗りはったんやろか」

「詳しくは今後の調査次第だ。ただ私が向こうにいたときには丸ノ内線のことは気付かなかった。岸本氏のおかげだ」

「港に行くことはご両親にとって予定外のことやったんですか？」

「父親は機械系のエンジニアだったんだが、元来、宗教美術に興味があって、始終、フランスやスペインに旅に出ていた。アルゼンチン旅行も美術館や教会を回るといっていた。私が現地で回収できた荷物にもブエノス・アイレスを始め、近郊の美術館のパンフレットがぎっしり残されていた」

「港湾方面にはそんな施設はないのんですね。美術関係の施設に捜査の重点を置いたために見落としてたん？」

事件の進展が理解できた友美は早く続く手がかりがあればと胸中で願った。しかし白井の口調は難しそうな様子に変わった。

「ただ入手したレストランの話が、どう理解すべきか……奇妙なんだ」

「奇妙というと？」

「六年も前のことなのに話を訊《き》いたレストランのウェイターは両親のことを覚えていた。そのときの様子が印象的だったらしい」

「レストランでなにかあったんでっか？」

「うなずいたんだ。多くの客が」

「うなずいた？」

「両親はその日の朝、レストランに入ると、まずミネラルウォーターを三本注文した。そしてメニューを受け取った」

友美は説明を聞きながら、かすかにひっかかった。海外旅行で生水に気を付けるのは常識だ。ミネラルウォーターを頼んでも奇妙ではない。ただし三本となると二人連れでは数が合わない。よほど喉《のど》が渇いていたのか。それが多くの客のうなずきとどう関係しているのだろうか。

「ウェイターはミネラルウォーターを二人のテーブルに運び、注文を聞いた。肉と魚。特に変わった料理ではない。オーダーを伝えにウェイターは奥に戻った」

「それで周りがうなずいたゆうのは？」

「料理の出来上がりを待ちながら店内に目を配っていたウェイターは、しばらくして両親の近くの客、十数名が一斉にうなずくのを目撃したというんだ」

「みんなが一斉にうなずいた？　誰かがなにかゆうたか、なにかしたんですか」

「それがなにもない。ウェイターが目撃したのは十数名の周りの客が首をこくりと動かしたことだけだ」

「ご両親はどうやったんですか」

「二人は他の客の陰だった。だから見えなかったそうだ」

「それでどないなったんですのん」

「ほどなく両親の料理が出来上がり、ウェイターは皿を運んでいった。するとテーブルに濡《ぬ》れた紙ナプキンが小山になっていた。それで水をこぼしたなと考えたそうだ」

「それで？」

「それだけだ」

「周りの客はなににうなずいたんやろ」

「その真相が分かれば、あるいは次のとっかかりになるかもしれない。だが六年も前のことで客は観光客ばかりだったから、そっちの調べは難しいらしい」

「なんとかなればいいんですのにね」

ハンドルを握りながら友美は慰めの言葉を口にした。バンは山梨の韮崎《にらさき》インターを目指している。助手席の白井に視線をやると、まだコンニャクを目に載せていた。友美は一時間ほど前のことを思い返した。

今朝十時、友美と岸本は捜査協力を依頼しに白井宅を訪れた。二人が玄関に入ると奥から白井が現れた。

「おっす」

白井が岸本に手を挙げた。フランクな素振りに、いつもにくらべて機嫌がいいなと友美は感じたが、今から考えるとすでにアルゼンチンの情報が入っていたのだろう。だから手がかりをくれた岸本に白井なりの感謝の挨拶《あいさつ》をしたのだ。

「はあ」

白井につられたのか、岸本も反射的に手を挙げた。しかしすぐになれなれしすぎると感じたらしく、挙げた手のやり場に困るように下ろした。

「またなのか？　随分、こき使われるな」

白井は二人を応接室に誘うと苦笑いする。すでに友美は捜査協力を依頼する電話を入れてあった。今回は土橋からの指示による内々の調べだ。担当している事件の物証について捜査を進めてほしいらしい。

上層部の手前、表立っては民間人の白井を巻き込めないが、土橋は白井を信頼し始め、懐刀《ふところがたな》として使う腹づもりのようだ。岸本は白井と向き合って椅子《いす》に座ると事件の概略を説明しだした。

「五日前、立川で二人組の強盗が現金輸送車を襲って輸送車ごと逃走したんです。積んであったのは三億円のキャッシュが入ったジュラルミンケース三箱」

「その足どりがつかめていないんだな？」

白井は説明に対して確かめた。

「いえ、出だしと終わりはつかめているんですよ」

「出だしと終わり？」

「二人組の強盗は犯行後、中央自動車道に入り、韮崎インターに向かいました。そこまではNシステムによって足取りがつかめています」

「それが出だしか」

「ええ、韮崎インターで降りた二人組は近くの空き地に現金輸送車を乗り捨てました。用意していた別の車、H社の白いセダンに乗り換えたんです」

「逃走車両がつかめているのか。だったら問題はないじゃないか」

岸本が首を振った。白井はその素振りで理解したらしい。

「終わりというのは？」

「清里です。国道一四一号線、通称清里ラインと呼ばれる道路ですが、その清里で検問にひっかかって二人組は検挙されました」

「それが終わりか。かなり大雑把な奴《やつ》らだな。現金輸送車を襲えば検問が実施されると分かっていただろうに」

白井の感想に岸本は再び首を振った。

「あながちそうでもないんですよ。犯人検挙のきっかけは乗っていた車が前面のナンバープレートを外した不審車だったからなんですが、後部座席の段ボール箱に外されたナンバープレートがありました」

「変な奴らだな。プレートを外して走行したのは逃走時にNシステムの記録をかいくぐるためなんだろ？　外したままなら検問で怪しまれるのは目に見えているのに、なぜ元通りにしなかったんだ？」

そこで岸本はにやついた。

「できなかったんですよ。プレートを止めるボルト二本が後部座席のシートとドアの隙間《すきま》に埋もれてました。なにかのはずみでボルトを落としたんでしょう」

「検問前にプレートを元通りにしようとしてもボルトが見当たらなかったのか」

「そこで一か八か、そのまま突破を試みたらしいですね」

「らしいというと？」

白井の質問に岸本は口をへの字に曲げた。

「困っているのはそこです。相手は相当に頑固なんですよ。検挙されて以来、二人とも貝のように口を閉ざし続けているんです。この五日間、一言も漏らしていません」

「もしかして聴取に当たっているのは土橋さんなのか」

「なんでもお見通しなんだな。さすがのハシゲンさんも相手の頑固さには手を焼いてまして。それで白井さんに相談してみようと」

「つまり犯人が奪った三億円の行方がわからないんだな」

「そうなんですよね。現金輸送車に残されていた指紋や下足痕《げそこん》が清里で捕まった際のセダンのものと一致しているんで犯人なのは確実なんですよ」

「しかし韮崎から清里までの足どりがつかめていない。出だしと終わりというのはそういう意味なんだな？」

「奴らはだんまりを決め込んで刑に服し、出所した後に、金を取り出す魂胆なんだろうな」

概略を伝え終えた岸本は私見を漏らした。

「奴らが清里ラインの区間のどこかに金を埋めたのは確かなんですがね」

「埋めた？」

「ええ。トランクからスコップが二本、見つかってますから」

「土壌を解析して場所を特定できないのか」

岸本は苦々しげに首を振った。その反応に白井は椅子から立ち上がると分厚い地図帳を書棚から持ってきたが、椅子に座り直すと眉間《みけん》に皺《しわ》を寄せた。

「なぜ埋めたんだろう？」

「そりゃ、捕まった際に金があれば、水の泡になるからでしょう？」

岸本が意見を述べたが、白井は釈然としない様子だった。しばらく考え、改めて地図帳を開いた。

「韮崎と清里間は直線距離にして二十キロほどか。確かに警察犬を展開するにしても広範囲すぎて、なにかとっかかりが必要だな」

白井は捜査情報を耳にして事件に没頭している。今までの体験から推理に喜びを見いだし始めているらしい。

「それで?」

白井が岸本をうながした。岸本は虚を突かれたように白井を見つめ返した。

「あるんだろ、なにか謎《なぞ》が?」

岸本が友美の方へと視線を送ってきた。友美も白井の鋭さには相変わらず感心させられた。

「私に相談しにきたということは、なにか動物に関係することがあるはずだ。でなければ土橋さんが話をもちかけてくるはずがない」

「これなんですよ。デジタルカメラの画像をプリントアウトしたんですが、犯人が乗っていた車の床に残されていたんです」

岸本は説明しながら鑑識用のケースにあった写真を白井に手渡した。

「現物は科捜研に回ってますが、この断片はどうも蝶《ちょう》の羽根らしいんですよ。つまり犯人はどこかでこれを靴底かなにかに付着させた」

「確かに蝶だ。オオムラサキ」

白井は写真を一瞥《いちべつ》し、即答した。岸本は感嘆の息を漏らした。

「かつて日本各地で見られたオオムラサキは今では数が激減している。しかし韮崎から清里といえば南アルプスの麓《ふもと》だ。あの辺りはいろいろな野生動物の宝庫だが中でもオオムラサキの一大生息地として名高い。それにこの写真だ」

「というと？」

「部分的に青い色が見えるだろ？　それがかすかに輝いている。しかしこの写真にはデジタルカメラのフラッシュが灯《とも》った様子はない」

「確かに証拠写真の撮影時には反射を考えてフラッシュは焚《た》きませんが」

岸本は白井の断定にまだ理解が及んでいない様子だった。しかし友美は思わずうなっていた。

「そうか。先輩、構造色やな」

「原君のいうとおりだ。オオムラサキの青色の輝きは光の波長以下の微細な構造による効果だ。身近な例ではコンパクトディスクがそうだ」

「確かにコンパクトディスクみたいだな」

説明されて岸本は写真を見返した。

「また厄介な話だな。オオムラサキを手がかりに犯人らが金を隠した場所を探り、それによって警察犬を展開するって算段か。ただ問題はこの羽根の断片が金を埋めたときに付いてきたとは限らない点なんだろ？」

　岸本が小さく笑った。

「白井さんにはかなわないな。本当にすっかりお見通しなんだから」

　岸本の笑いに白井が続けた。

「原君。どうせ、うんというまで動かないんだろ？　ビスマルクが待ってるから、さっさとマックスを連れてこいって顔に書いてある」

　バンが韮崎インターに到着した。岸本は本隊の方に合流して鑑識捜査を継続しているが、なにか分かれば連絡するように指示されている。インターを降りた先で友美は白井の指示を待つために車を停めた。

「別れ際《ぎわ》に岸本氏から補足説明があったが、犯人らが四時半に韮崎インターを降りたことはNシステムの記録から分かっているんだな」

「そして清里で検挙されたのが午後七時半」

「つまり四時半から七時半の三時間の間に現金をどこかに埋めた」

「ただし国道沿いを聞き込んでも犯人らの車を目撃した情報はありません。改めて同一の区間を調べてなにかつかめるんやろか」

「韮崎から北上した須玉町《すたまちょう》までは雑木林が尾根とともに続いている。ここが国内最大のオオムラサキの生息地だ」

「すると犯人が三億円を隠したのもその区間である可能性が高いのんですか。としてもかなりの範囲ですやん」

「確かにそれだけではまだ範囲が広い。しかしオオムラサキは高山の蝶ではないんだ。主に麓で生息する。そして成虫は花の蜜《みつ》ではなく、クヌギやナラの樹液を餌《えさ》にする。樹液を出す木は比較的明るい雑木林に多い」

「つまり今の条件に合致する雑木林に三億円を埋めた可能性が高いのんか」

「かつて雑木林は薪《まき》や炭の材料を生み、シイタケのホダ木にもなった。落ち葉はたい肥として使われた。だから里の人間は定期的に枝打ちや下草刈りをした。広く明るい雑木林は大型の蝶が生息するのに最適の空間なんだ」

友美はオオムラサキが激減したという白井の言葉を思い返した。

「でも生活様式が変化した今は雑木林が必要ではなくなり、見捨てられたんやね。快適な生息空間が減るとともにオオムラサキも姿を消していった」

話しながら友美は相変わらず、動物に対する白井の博識ぶりに感心していた。今の説明を捜査の条件にできるのだ。

「それで羽根の断片というのんは？　どうして羽根がちぎれて落ちたんやろか」

「まだはっきりとはしない。しかし羽根の断片が遺留品なら、犯人らがその近辺に立ち寄ったことは確かだ。そこが今回の謎であり、ヒントだろう」

そう告げた白井がなにかを示唆《しさ》するような口調で確かめた。

「現金三億円というのはどのくらいの重量になる？」

「およそ三十キロ近くちゃいますかね」

「そうだな。かなりのものだ。それだけの重量のものだと人力で長い距離を運搬するだろうか。しかも犯人らは急いでいただろう」

「つまり隠し場所の近くまで車で乗り付けたと考えられるんやな」

「となれば国道から雑木林へ枝分かれした道を利用したことになる。といってもかなりの数になるがな」

白井は助手席で持参した地図帳を睨《にら》みながら続けた。

「国道沿いの枝道に近い店舗を当たろう」

「聞き込みでっか」

「ひとつには」

ぽつりと述べた白井は謎めいた笑みを浮かべた。なにか考えているらしい。二人は目に付く店舗を巡ることにした。

「五日前の午後四時半から七時半の間に雑木林の方へと向かう車を見かけませんでしたか。白いセダンなんですが」

訪ねて回ったのは国道沿いのコンビニエンスストアだ。というのも昔ながらの商店は姿を消し、ロードサイドの店舗に取って代わられていたからだ。

本来、聞き込みは刑事の役目だが内々の捜査だ。もっぱら友美が担当し、白井は車を降りると店の外で待機している。しかし友美が店員に車種を述べても、これといった情報は得られなかった。いくつもの店をカタツムリが這《は》うように回りながら二人は須玉町へ車を進めていった。

「どうも空振り続きやわ」

「確かにピリッとしないな」

聞き込んだ店舗はかなりの数になっている。さすがの白井も今回はお手上げなのだろうか。友美は一瞬、そう感じたが白井は気にも止めていない風だった。助手席の窓から辺りの風景に目をやっている。

「先輩、ひとついかがですか」

友美はハンドルから片手を離すと制服のポケットの菓子をひとつ取り出した。パッケージから透ける中身は小振りの瓦煎餅《かわらせんべい》のようなクッキーだ。への字に曲がって細い紙片がのぞいている。

「おみくじクッキーですねん。こないだ横浜にいったとき買《こ》うてきました」

受け取った白井が包みを破るとおみくじを改めている。

「壁に耳あり障子に目あり。行動に注意しよう。だってさ。そっちは？」

友美も片手でクッキーを口に入れた。口元から器用に紙片をつまみ出す。

『ユニークな感性の人と行動しよう。予期せぬ幸運が待つ』

友美は内容を告げるのが恥ずかしかった。まるで白井との関係を予見しているように思えたからだ。

「大吉としか書いていませんわ」

答えた友美の言葉を白井は気に留めず、続けた。

「コンビニエンスストアというのは前面がガラス張りで、その上はチェーン名を示すプラスティックの看板。どの店も同じだな」

「なんのことですのん」

「ツルツルのピカピカってことだよ」

友美は白井の発言が単なる感想なのか、事件に関連しているのか理解できなかった。

やがて車は須玉町にほど近い地点にさしかかった。

すでに昼時を過ぎている。聞き込みを重ねてきた道路沿いに珍しく蕎麦《そば》屋が暖簾《のれん》を出していた。土蔵のような漆喰《しっくい》の壁で年季を感じさせる店だった。

「ちょうどいい。食事にするか。マックスたちも外に出してやってランチだ」

白井の言葉に友美は店の前に車を停めると二匹を外へ連れ出した。白井は餌皿のボウルふたつとドッグフードを抱えている。車外に出た二匹は体をぶるっと震わせた。まるでサービスエリアで伸びをするドライバーだ。

友美は手近な柵《さく》に二匹のリードを結んだ。白井はボウルを置くと餌を入れる。そしてそのまま店へ足を向けようとした。

そのとき、マックスが軽くうなった。見ると鼻を掲げ、上空を見上げている。友美がつられて視線を送ると視野に黒い影が走った。影は中空を切るように滑空し、店の玄関口に消えた。目を凝らすと軒先の漆喰壁にツバメの巣がかかっている。

「なるほど。この店の壁ならコンビニエンスストアと違って営巣《えいそう》しやすいな」

白井もツバメの巣に視線を送っている。友美は車中で聞いた白井の言葉に、やっと理解が及んだ。

「先輩がコンビニの外で待機してはったんはツバメの巣を探してたからですか」

「それだけじゃない。ヒヨドリやキジバト、カルガモの姿も探していたんだ」

白井は微笑《ほほえ》みながらツバメの巣を指さした。

「原君はツバメ型繁殖という言葉を聞いたことがあるか」

「彼らの生態に関する特徴ですか」

「ツバメや今、述べた鳥は人間を用心棒にする習性がある。丸の内のオフィス街でカルガモが営巣するのはその典型例だ」

「人間を用心棒にする？」

「野生動物は通常、人間を目撃すると逃げる。しかしツバメは意外と弱い鳥で天敵のカラスに簡単に補食され、スズメに巣を乗っ取られることもある」

「なるほど。それで他の野鳥が恐れる人間に接近して安全を確保するわけやな」

「我々、日本人は古来からツバメを縁起物として尊んだ。一説ではツバメとの信頼関係は一万年前から始まったともいわれる」

「その習性が今回の事件のヒントなん？」

「ツバメ型繁殖の特徴は人が行き来する場所に営巣し、採餌《さいじ》は緑の豊かな場所でおこなうことだ」

「なるほど。だから国道沿いの店舗を当たったんや。今のツバメは巣から餌場へ外食に出ていたわけか」

「自分の食事ではない。雛《ひな》のだろう。この時期、営巣しているツバメは子育てに忙しい。従って頻繁に餌場と巣を行き来して子供に食料を運ぶはずだ」

白井の説明は犯人が三億円を隠した場所と関係するのだろう。しかし友美はまだ白井の推理が理解できずにいた。

「先輩はこの店の近辺が金の隠し場所やと考えてはるんですか」

「とりあえずはな。オオムラサキはとても大きい。蝶としては国内最大級だ。彼らは一羽ごとに縄張りを持つ。勢力圏内をパトロールしたり、高い木のてっぺんを物見櫓《ものみやぐら》のようにして辺りを警戒したりする」

「侵入者でも見張るのんですか」

「加えてパートナーを探している。自身の縄張りにきたメスと交尾するために」

「ツバメとオオムラサキの習性は分かりました。ですが両者はどう関係してるん？」

「多くの蝶にいえるんだが、なぜか最初に成虫になるのはオスなんだ。それから一週間ほどしてメスが蛹《さなぎ》から孵《かえ》る」

「女性がデートに遅れるのは蝶もか」

「オオムラサキのオスが羽化するのは七月頭、彼らの寿命は四週間ほど。八月半ばにはいなくなる。その短い期間でオスは交尾を果たさなければならない。だが困ったことに彼らは余り目がよくない」

「だったらどうやって交尾相手を見つけるんですか」

「メスの羽根の模様らしい。しかしそれは相手に近づいてからでないと把握できない。だからオオムラサキのオスは、とりあえず自身の縄張りに入ってきた者を追っかける習性を持っている。敵対者なら追い払い、雌なら交尾を迫る」

「そうか。オオムラサキのオスは縄張りに入ったツバメを追尾するんや」

「ツバメは通常、時速五十キロで飛翔する。それを頻繁に追いかけたらどうなる？」

「なるほど。今は七月の中旬。オスのオオムラサキが成虫になって二十日ほど。岸本さんの写真にあった羽根の断片は、闘争や追尾を繰り返してぼろぼろになってちぎれたものなんか」

「絶対とはいえない。可能性のひとつだ。この辺りのオオムラサキの羽根でなかったり、ツバメ以外の鳥を追った場合もある。しかし犯人は枝道を使ったはずだ」

「私たちはそれと交わる国道沿いの店舗を調べてきた。オオムラサキの生活圏と重なり、人間を用心棒にする鳥の生息圏辺り」

「だが、今までの店の近辺ではツバメはおろか、ヒヨドリやキジバト、カルガモといった鳥は見かけなかった。となると、唯一《ゆいいつ》、ツバメがいた、この近辺をとりあえずの可能性にするしかない。新たな情報をつかむまでは」

白井はこの近辺を起点にさらに絞り込みができる情報を探そうと考えているのだ。

「問題はツバメの行動範囲だ。犯人がこの近辺に金を隠した可能性があるとしても、あの鳥は広範囲を飛翔して餌を探す。だからこの国道沿いの東西南北のどこでオオムラサキと遭遇したかはまだ把握できない」

「残念やわ。ここにくる途中いくつも枝道が国道から分岐してた。犯人がどれを使ってどちらへ向かったかはつかめへんのか」

「原君、焦《あせ》らなくていい。犯人はすでにつかまってる。今回は金が見つかればいい」

店内に入った白井はそう告げた。白井の言葉通りだ。捜査を焦る必要はない。じっくりと構えていればいいのだ。

「おいでなさい」

二人がテーブルに落ち着くと奥から老婆《ろうば》が水の入ったコップを運んできた。

「さてさて、なんにしなさる？」

「さすがに山梨名物のホウトウは夏場やしな」

「だな。ひやっこいもんもあるけんど」

白井の言葉で友美の意識は食欲に注がれている。結果、友美は冷やしタヌキ。白井は天ザルを注文した。

「なんだか、先輩のご両親のときと似た感じになりましたやん」

友美は注文を待つ状態になり、ふとアルゼンチンでの話を連想した。

「一体、レストランの客はどうして一斉にうなずいたんやろか」

「もやもやしている。なにかが喉元にひっかかっている感じなんだ」

ほどなく老婆がソバを運んできた。白井は箸《はし》を割りながら老婆に声をかけた。

「軒先のツバメは昔からくるんですか」

「ああ、この頃はこの辺りでも、めっきり数が減ったけんど、うちだけは毎年、ツバクロがきてくれるな」

「つかぬことをおうかがいしますが、五日前の四時半から七時半の間、この近辺で雑木林の方に向かう白い乗用車を見かけませんでしたか」

老婆はテーブルに近寄ると思い出すように中空に視線を据えた。

「五日前かや。あれは夜になって不意に雷があった日だな」

東京にいたために知らなかったが、この近辺は事件の夜、天候が急変したらしい。

「確か夜に雨がざっときて、すぐに止《や》んだんだわ。大きな音で雷が鳴ったで、近くに落ちたなと思ったから、よく覚えとる」

　老婆は続いて口を開いた。なにかを思いだしたらしい。

「車は見なんだ。だけんど鳥は見た。空模様が怪しいんで夕方、店の外へ出たら茅《かや》ヶ岳《たけ》の頂上を大きな鳥がぐるぐる回っとった」

「大きな鳥ですか？」

　白井が確かめた。

「ああ、あれはイヌワシだわな。ここから茅ヶ岳までは少しあるけんど年寄りの目にも分かるぐれえだから大きい鳥だ。この辺りじゃ、そんな鳥はイヌワシしかいねえ」

　老婆の説明に白井はソバをたぐる手を止めると椅子から立ち上がった。

「どっちの方角なのか、教えてもらえますか」

　老婆を外へと誘った白井に友美も続いた。戸口を出た老婆は北東の山を指さした。

「あれだ。あの山が茅ヶ岳。隣は金《かな》ヶ岳《たけ》。あの日は六時ぐらいに天気を確かめために外へ出た。雨がきそうだで、ツバメは大丈夫かと思ってな。七時前に店じまいのために暖簾を下げに出たけんど、まだイヌワシは飛んどったな」

「ソバをやっつけて出発だ。我々は思わぬヒントを得たのかもしれない」

「思わぬヒント？」

「壁に耳あり、障子に目ありだよ」

白井は店内に戻るとソバをかき込み、立ち上がった。友美も残りを腹に流し込むと白井と外へ出た。マックスとビスマルクを後部座席に乗せた友美は運転席に座った。

「この先に茅ヶ岳方向への枝道がある」

白井が助手席で地図を確認している。友美がのぞきこむと確かに山がある東側へと農道が続いている。

「先輩、なんで東なん？　ツバメとオオムラサキの関係からお金はこの近辺に隠された可能性があるとは理解できました。でもツバメが東西南北のどこで餌を探したか判明してませんやん。やのに茅ヶ岳のある北東の雑木林だと断定できるのんですか」

友美は地図帳に視線を注ぎながら続けた。

「それにこの農道からは、まだいくつも枝道が網の目のように分岐してます。どれも雑木林に続くから金の隠し場所としてはかなりの候補が残されるいうことになるけど」

「いや、我々は雑木林には向かわない。今の山へ向かう」

「イヌワシの飛んでいた辺り？」

「そうだ。山頂がうかがえる地点で周辺を確かめる」

白井は地図でそのポイントを指さした。茅ヶ岳までは蕎麦屋から十数キロだろうか。山頂へ続く道は登山道のために車では無理だ。しかし農道を進み、山の麓を回れば中腹まで車が乗り入れられる枝道があった。

「白井先輩、茅ヶ岳に向かうということはイヌワシがヒントやねんね。なにを思いつきはったんですか」

車を発進させた友美は改めて尋ねた。

「いってみなければわからない。ただ今回の事件は目と関係しているみたいだ。先ほどのお婆《ばあ》さんは夕方の山頂を一時間近く旋回していたイヌワシを見ている」

「イヌワシの生態が次の手がかりだと先輩は考えていはるんですね」

「イヌワシは国内最大級の猛禽《もうきん》類だ。翼を広げると二メートルに達し、その行動圏は六十キロ四方もある」

「ずいぶん広いんや」

「そうだ。それだけの範囲を移動しながら、イヌワシは高空を飛翔したり、絶壁の止まり木で待ち伏せしたりして餌を狩る。だが一方で警戒心が強く、神経質なために容易に姿を目撃されることはない」

「つまり広範囲を移動し、神経質なために、なかなか姿をさらさないイヌワシが一時間近くも山頂付近を旋回していた。なにか理由があると先輩は考えてるんや」

農道に車を進めながら友美は白井の推理を確かめた。

「もしかしてイヌワシは犯人らが金を埋めるところを眺めとったんでしょうか」

白井が微笑んだ。

「なんのためにだ？」

「たとえば犯人らのなにかを餌だと勘違いしてチャンスをうかがっていたとか」

「確かに重量にして三十キロになるジュラルミンケース三箱を埋めるには小一時間は必要だろう。その作業時間はイヌワシが旋回していた時間と合致する」

「とはいえと言いたいのん？」

「ああ。イヌワシが餌とするのは主に野ウサギや山鳥だ。人間は襲わない。第一、めったに目撃されないほど神経質なんだ。それにオオムラサキの羽根の断片から隠し場所は山頂付近ではなく麓になるはずだ」

「ほんなら、なんでイヌワシは一時間近く、山頂付近を旋回していたんやろ」

「それを確かめるんだよ」

車はほどなく、茅ヶ岳を迂回《うかい》するように山裾《やますそ》を巡り、白井の指示していた枝道へと入った。そこから林道へと車を進め、十数分ほどでどん詰まりに到着した。

「マックスとビスマルクの出番はまだ先だ。車内で待機させておこう」

二匹は名を呼ばれ、耳を立てたが次の指示がないために再びシートにうずくまった。

「あれが茅ヶ岳、隣が金ヶ岳か」

助手席の下にあったフィールドワーク用のケースから双眼鏡を取り出した白井は外に出た。続いて山頂付近に双眼鏡を向けている。しばらく山肌を観察していた白井が双眼鏡を友美に手渡してきた。

「見てごらん。あやしいじゃないか。山頂から少し下。一部分だけ山肌がむき出し、岩壁に岩が舞台のように突き出している」

白井の説明を聞き、友美は双眼鏡で岩舞台を確認した。山裾の雑木林が尾根へと続く斜面は緑に覆《おお》われていた。しかし視線を上げていくと一部が絶壁となり、山中の特設ステージのように岩が出っ張っていた。

「シェークスピアにぴったりやわ」

「シェークスピア？」

「真夏の夜の夢」

友美は学生時代に旅行したロンドンのことを思い出していた。その旅で『真夏の夜の夢』を緑が濃い公園内の野外劇場で観劇した。夕暮れ時のステージは樹木に覆われ、まさに物語の設定にふさわしいものだった。

「あそこで『真夏の夜の夢』を上演すれば、周囲の雑木林の動物たちは木陰に隠れて楽しめるやろな」

「シェークスピアか。私は文学には疎《うと》い。しかし原君のいうように舞台としては最適だろう。雑木林の観客は天敵に隠れてショウを楽しめる。しかし役者は別だ」

友美は白井が岩壁のステージに着目した理由を理解した。

「イヌワシは猛禽類だけに目がいい。しかし山頂付近を旋回していて雑木林にさえぎられる餌を簡単に発見できるだろうか。あるいはそこで作業していた人間を」

「先輩、つまりイヌワシはあの舞台に登場した役者を狙《ねら》っていたんやね。なにがあそこにいたんやろ」

「いってみよう。あの岩舞台にアタックするんだ。出演した役者が分かるはずだ」

白井が目を付けた岩壁には山頂へと続く登山道を利用する必要があった。友美は車を乗り入れられるぎりぎりまで走らせると停めた。

「山道を登り、山肌づたいに近付き、岩壁へアタックすることになる」

「やけど登攀《とうはん》用のロープやその他は準備してません。一旦、戻って揃《そろ》えますか」

「いや、なんとかアプローチできるだろう。岩壁の周りは樹木に囲まれている。そこまで登って岩舞台へのアクセスを考えよう」

白井は双眼鏡を携えると後部座席に視線をやった。

「マックス、ビスマルク。待機してるんだぞ」

白井の指示に二匹はかすかに耳を立てると戻した。ずっと出番がないことに飽きているらしい。友美は二匹の様子が微笑ましかった。

「もうちょっとやで。すぐに仕事をお願いすることになるはずやからな」

友美の言葉に二匹はうずくまったまま、尻尾《しっぽ》だけで答えた。

「ここからなら目的の岩には三十分ほどで到達できるだろう。特に必要な物はない。これがあれば充分だ」

白井は車を出ると双眼鏡を示しながら登山道を進み始めた。先に立って地図を片手に緑に覆われた山道を辿《たど》っていく。岩舞台を目指した二人は二十分ほどして立ち止まった。

「ここから左へと樹木を縫って進むと岩場の近くに出るはずだ。うまくアクセスできればいいんだが」

白井は登山道から野生林の茂みへと足を踏み入れた。足下が堆積《たいせき》した土砂と落ち葉に変化し、友美の登攀のスピードは格段に遅くなった。

しかし白井は意に介していないようだった。事件のヒントをつかんで解明に思いが集中しているらしい。友美は白井の様子を嬉《うれ》しく思いながらなんとか後ろに続いた。

「ついたぞ。あれがさっきの岩舞台だ」

十数分ほど進んだところで白井が立ち止まった。言葉通りに梢《こずえ》の茂りがまばらになり、視線の先が開けている。その向こうに岩舞台の横面《よこづら》がうかがえた。

大きなものではなかった。畳にして一畳ほどのサイズの岩が岩壁から突き出している。白井は視線を巡らせ、岩舞台へアクセスするルートを探している。

「下からでは無理だな。斜め上で瓦礫《がれき》のように岩が続いている。あのルートが唯一、アクセスできるようだが、足を滑らせると危険だ。原君はここで待機していたまえ」

「いやや。わたしも同行します。ここまできたんやから、自分の目で確かめんと」

白井は溜息《ためいき》をついた。

「相変わらず頑固だな」

白井は岩舞台の斜め上方へと野生林を移動し始めた。木の幹に手を掛け、体を引き上げながら斜面を登りきると、眼下に岩舞台がうかがえる位置に出た。

「先に行くぞ。私が通ったルートをトレースしてくるんだ」

白井が斜め下へと岩壁に足を踏み出した。距離はさしてない。十数メートルを下りきれば岩舞台に到着する。しかし斜面は瓦礫のような岩石に覆われ、足下が崩れれば、そのまま落下しそうだった。

体を斜にして白井は岩肌に手を付き、一歩ごとに確かめている。先行する白井をしばらく待って友美も岩壁へと足を踏み出した。

じゃりっと鈍い音が足下で鳴る。足場が不安定なのはその音で理解できた。数度、からからと小石が音を立てて落ちていった。白井のルートをトレースしているつもりだが、やはり踏み間違えたらしい。

だが岩舞台までは遠くない。ほんの数メートルほどだ。足が届く先に大岩が斜面に顔を出している。それを足場に進めば登攀は終了だ。友美は岩舞台へのアクセスがほぼ終了したことを理解しながらその大岩へ足をかけ、体重を移動した。

すると岩がぐらりと揺れた。大きさの割に頼りない感触が足の裏に伝わった。と同時に音が響いていた。がらんとなにかが落ちたかと思うと友美の足下が虚《うつ》ろになった。体が揺れたことを理解したとき、友美は滑っていた。

がらがらと岩肌に大きな響きが続く中、自身の背中が斜面に沿って落下していくのを友美は感じた。

このまま落ちる——。岩舞台の下には雑木林が待っているが、このスピードで滑り落ちていけば怪我《けが》をすることは間違いない。友美は落ちながら両腕を振り回し、体を支えられるものを探った。

すると右手に強い力が加わった。体がぐんと伸び、斜面に止まる。右腕から温かい体温が伝わる。視線を送ると白井だった。岩舞台に腹這いになり、片手で友美の腕を握っている。力強い手だった。友美はその力と温かさに安堵《あんど》した。

「大丈夫か」

白井の手を借りながら友美は目的の岩舞台によじ登った。立ち上がると背中から臀《でん》部《ぶ》にかけてがひりひりとした。

「ええ、なんとか」

友美の様子をしばらく確かめていた白井は無事を確認したらしい。視線を巡らせ、岩舞台を観察している。岩舞台は大人二人が立つと残されたスペースはわずかだ。

「足跡らしいな」

白井が岩の端へと寄ると腰をかがめた。友美がそちらに視線をやると土で汚れたような痕跡がうかがえた。

「大小二種類。サイズからして小動物ではない。しかし岩に残されているために、なんの足跡か、はっきりとしないな」

立ち上がった白井は辺りを見回した。

「ここは標高千メートルぐらいか。微妙な境界域だな。この辺りに生息する野生動物なのは確かだが」

白井はつぶやきながら携えてきた双眼鏡で岩舞台の周辺を眺めている。やがて視線が一点に定まった。岩舞台の少し上。剝《む》き出しの岩壁の一部だった。

「決定だな」

そう告げると白井は双眼鏡を友美に手渡してきた。

「原君、あれがなにか分かるか」

双眼鏡を受け取った友美は同じ場所を観察した。岩壁に黒い物体が小山となっていた。よく見ると表面がヌルヌルと黒光りしている。

「ため糞《ふん》だよ。カモシカの」

白井が付け足した。

「この境界域は鹿《しか》とカモシカに共通する。そして岩の足跡はイノシシにも似ている」

「微妙というのはそのことやったんですか」

「カモシカの足跡は鹿やイノシシと判別しづらいんだ。しかし彼らの生態から推測することができる。カモシカは排泄《はいせつ》場所を一カ所に定めるんだ」

「お行儀がええねや」

「だからずっと使ってきた排泄場所には糞が積もり小山となる。あの糞は表面がまだ黒光りして乾燥していない」

「つまり最近、あそこでカモシカが排泄したわけやな。やけどこのステージに立っていた役者がカモシカやとして、そんな大きな動物をイヌワシが狙うやろか」

「カモシカは本来、鹿のように群れで暮らさない。一頭だけの単独行動が基本だ。だが足跡は大小二つ残されている」

「もしかして親子？」

「そうだ。カモシカが単独行動でないのは繁殖期と母子の場合だ。雌の出産は五月から六月。生むのは一頭だけだ」

「つまりこの子供はまだ生後、二カ月ほどしかたってへんのか」

白井の言葉に友美はおぼろげながら把握できた。

「するとイヌワシはカモシカの子供の方を狙っとった？」

「おそらく、そうだろう。イヌワシは小動物ばかりでなく、ときとしてカモシカの幼獣を襲うことがあるらしい」

「しかし母親が付き添っていたために、なかなかチャンスがなかった。だから小一時間ほど山頂を旋回して機会をうかがっていたんやな」

　白井の推理に納得しながら友美は新たな疑問を感じていた。

「この岩舞台にカモシカが一時間ほどいたのは理解できました。しかし親子はなにをしてたんやろ」

「学習あるいは目撃といってもいい。カモシカの母親は一年間、子供と暮らしながら生き延びるための知恵を授ける」

「それが学習やねんね。なにが危険か、どうやって逃げるか、どこが安全か。多くの動物の母親が教えるように。それで目撃というのは？」

「彼らが真の目撃者だったんだ。カモシカは犯人が金を隠すところを見ていた」

「真の目撃者？」

「カモシカというのは変わった習性を持っている。野生動物なのに好奇心がやけに旺《おう》盛《せい》なんだ。興味が湧《わ》いたこと、例えば伐採地で人間が作業していると、それを飽くことなく何時間も眺めている」

「するとカモシカの親子はここで学習を兼ねて犯人が金を埋めている様子を見つめていた？　まるでテレビの番組を見るみたいに？」

「お行儀がいいカモシカはコマーシャルの時間になるとトイレに行ったのかもな」

友美は岩舞台から眼下を見下ろした。茅ヶ岳から山裾にかけて雑木林は続いている。車を走らせてきた農道まで及ぶ範囲だ。

カモシカの可視範囲はわからないが何十キロ先ということはないだろう。しかし絶壁から突き出ている今の岩からは百八十度近く開けたパノラマ風景が広がっている。

ざっと見渡しても十数キロ平方に及ぶ範囲だ。この雑木林のどこかに犯人が金を隠したとして、それを特定することは可能なのだろうか。

「広いな。カモシカは目がいい。どこに犯人が金を隠したか。このぐるりをマックスとビスマルクに捜索させるとなると一カ月は必要だろうな」

白井の感想も友美と同様らしい。しかしその口調は頓着《とんじゃく》のない様子だった。岩舞台に腰を下ろすと白井はあぐらを組んだ。

「なかなかの絶景だ。石川五右衛門《いしかわごえもん》にでもなった気分だな」

友美も岩舞台に座った。そろそろ日が暮れようとしている。

「これからどないします？　他の警察犬も動員してここから見える一帯に全面展開しますか？　まさかカモシカに、どこを見ていたか訊《き》くわけにもいかへんし」

「いや、訊けるかもしれない」

白井は眼下のパノラマ風景を見つめている。

「正しくは再確認だ。原君、カモシカが別名山爺《やまじじい》と呼ばれるのをしっているか」

友美は動物図鑑などで見たカモシカの写真を思い描いた。

「確かスカーフみたいに、ぐるりと首の回りに白い毛が生えてるんやったな。それが老人の長いヒゲみたいに見える」

「そうだ。もうひとつカモシカの外見でユーモラスなものがある。目の下の隈《くま》だ」

「ああ、そういえば、まるで人間が疲れたときにできるように目の下が黒かったな」

「あれは正しくは隈ではなく、眼下腺《がんかせん》といって分泌物《ぶんぴつぶつ》を出す器官だ」

「その腺が次の手だてと関係するんですか」

「私は今回の事件で理解できなかった点がある。犯人がなぜ金を埋めたかだ」

友美は捜査に入る前、書斎で岸本につぶやいた白井の言葉を思い出した。

「犯人はなぜ金を埋めたのか。埋めるというのは隠すことと同義ではない。金の所在をしられたくなければ、コインロッカーに保管したり、信頼できる誰かに預けることだってできる」

「急いでいたから逃走途中の場所に埋めるしかなかったんちゃう?」

「いや、犯人はスコップを用意していた。最初から埋める算段だったんだ。だから私はなぜ埋めることにしたのか疑問だった。しかしここからの景色を見て納得した」

白井は岩舞台から周囲を指さした。

「見てごらん、この風景を。端から端まで雑木林で、しかもどれも似たり寄ったりの様子をしている」

白井の指摘通り、眼下の雑木林はどれも同様の樹木に覆われている。おそらくオオムラサキが好むクヌギやナラだろう。

「仮に雑木林に金を埋めたと露見しても、それがどの雑木林か、今見えている一帯で、その地点を突き止めるのは犯人以外には至難の業だ」

「だから埋めることを選んだんやな」

「そうだ。現金輸送車を襲えば検問が敷かれる。それがいつ解除されるかは警察次第だろう。その間にどんな手がかりから追いつめられるかも分からない」

「そうなるといつ回収できるかは不確かになるな。コインロッカーなら期限がくれば開かれてしまうし、どこかの建物に隠してもなにかのきっかけで見つかることもある。土中に隠せば時間や人目を気にすることはなく、安全なんか」

しかし白井が述べているように犯人にとっての安全は、こちらにとって困難な捜査を意味する。カモシカに訊くというのは、どんな目算からだろうか。

「隠すということは埋めることと同義ではない。しかし埋めるということは探すということと表裏一体だ」

確かに今回の捜査は埋められた金の探索だ。オオムラサキの羽根の断片を手がかりにカモシカが真の目撃者であるところまで私たちはたどりついた。

だがその探索はここにきて大きな壁にはばまれている。これからどうやって金を探そうというのだろうか。白井はなにを告げているのだろう。

「埋めたものを探すといっても我々がじゃない。犯人がだ」

白井の言葉はまるで友美の胸中が理解できているかのようだった。

「我々が犯人だとしよう。となるとこの一帯のどこに金を埋めたのか記憶するのは、かなり困難じゃないか」

「確かに犯人にとっても、この一帯は我々と同様に判別のつかない風景の連続やわ」

「だとすればどうする？」

友美は一連の白井の説明にやっと理解が及んだ。

「そうか。眼下腺か。カモシカの分泌器官。単独で行動するカモシカには、当然、個体それぞれに縄張りが発生する」

「察しが早いな。縄張りを持つ以上、彼らには必要な行動が生まれる」

「マーキングや。ここは俺の縄張りだ。入るべからずと」

「そうだ。目印だ。犯人は後で金を回収するつもりだったが、どこに金を埋めたか、酷似する場所での判別が必要だった」

「その目印が分かれば埋めた場所も自《おの》ずと判明すると」

「ここからカモシカがどこを見ていたか、つまり犯人が目印としたものを探すんだ」


太陽は西に傾き、岩舞台はゆっくりと夕日に染まり始めている。友美は眼下の風景に目を凝らしていた。白井は双眼鏡を雑木林に向けている。しかし友美が肉眼で目印を探しても、これといったものは見当たらなかった。

やがて三十分ほどが過ぎた。ずっと目を使っていた友美は視覚に疲れを覚え始めた。一旦、瞼《まぶた》を閉じ、瞬《まばた》きを繰り返す。目頭を揉《も》んで改めて雑木林に目を向ける。すると視野の端になにかが映った。


眼下の左手、岩舞台から見える雑木林の端に動くものがある。雑木林はやや開けていて明るい。その樹木の隙間《すきま》を行き来する小さな影がいくつか見えた。

「なんかいます」

今までで唯一の変化に友美はその場所を報告した。白井はそこに双眼鏡を向けた。

十数キロメートルほど先だろうか。見え隠れする影は小指の先ほどのサイズだ。

「どうやらイノシシらしいな」

つぶやいた白井はしばらく考えた。

「あそこへ向かおう。なにかある」

白井はそう述べると地図帳で位置を確認した。

「相手はイノシシだ。マックスとビスマルクを展開するのは危険だ。立ち去ったのを確認してから行動を起こそう」

二人は岩舞台から慎重に登山道へ戻り、停めてあった車に乗った。イノシシが行動していた場所は農道から分岐する別の枝道を利用する必要があった。

友美は目的地へと車を走らせた。十分ほどで車は雑木林への道に入った。ここからは目指す地点まで一本道だ。

「イノシシはなにをしてたんやろ。犯人と関係があるんかな」

「それはいってみないと分からないな」

白井の口調はどこか楽しげだった。その言葉を耳にしたとき、不意にどすんと衝撃が襲った。走っているのは舗装されていない枝道だ。思わぬ段差があったらしい。

「この道だな。犯人が走ったのは」

白井がつぶやいた。友美は岸本の言葉を思い出した。犯人らはナンバープレートを外して走行していたが、元通りにできなかった理由はプレートを止めるボルトが車内に転がったためだ。白井はその事情が今の段差によると推理したらしい。

「到着しました」

枝道の終点に着くと友美はエンジンを切った。うなずいた白井は双眼鏡を手にすると外へ出た。そして雑木林のとば口へと静かに近づいていった。

「退散したようだ」

双眼鏡で観察していた白井が友美に告げた。

「ほんなら、マックスとビスマルクを展開しますか」

「いや、念のために雑木林の中に入って安全を確認しておこう」

白井は双眼鏡を片手に雑木林に踏み込んでいく。友美も続いた。岩舞台で見たように到着した場所は樹木が適度に茂り、無駄なものは伐採されているのか、西日が射し込み、赤く照らされている。

数分ほど進んだところで視野の先に奇妙な影がうかがえた。まるで巨人が身をよじり、両腕をゆがめているようなシルエットだ。友美は一瞬ぎょっとしたが、よく見るとそれはクヌギの大木だった。

　さらに進んだ友美の視野に雑木林にはない色彩が飛び込んできた。クヌギの巨木を中心として辺りの地面に白や茶色、赤や紫の斑点《はんてん》が散っている。雑木林の落ち葉を彩《いろど》る色彩はキノコの群生だった。

「まるでファンタジー映画のワンシーンやんか」

　野球のグラウンドほどに広がる色彩の氾濫《はんらん》に友美は声を漏らした。

「なるほど。そういうことか。ではマックスとビスマルクに登場してもらおう」

　きびすを返しながら白井が確認した。

「犯人の足跡追及のための材料はあるんだな。それと場所が分かれば掘ってみたいが、なにか用意があるか」

　友美はうなずいた。今朝、捜査協力を頼みに出た段階で犯人の遺留物は鑑識用のケースに保管してある。そして万全を期してスコップを持ってきていた。

「先輩はここが金を埋めた場所だという確信があるんやね」

「ああ、さっきのイノシシは最後の目撃者なんだ」

「最後？　ほんならイノシシもカモシカ同様に犯人の作業を見守っていた？」

「いや、作業後だ。彼らは事件後の目撃者になったんだ」

車についた友美は荷台にあったスコップ二本を白井に手渡す。続いてケースからビニールパックを取り出し、マックスとビスマルクに犯人の衣類の断片を嗅《か》がせた。外へ出された二匹は嬉しそうに尻尾を振っている。やっと出番がきたのだと理解している素振りだ。友美は微笑みながら二匹に告げた。

「探せ」

二匹は車から雑木林に向けて嗅覚《きゅうかく》を働かせた。落ち葉が積もる地面を嗅いでは進み、進んでは止まる。犯人の匂《にお》いは五日経過したとはいえ、残留しているようだった。

樹木はまばらだが、木々がそれなりに雨風をさえぎってくれたらしい。やがて二匹は雑木林の端へと到達した。そこでマックスが一声吠《ほ》えた。ビスマルクはここだといわんばかりに落ち葉に腹這《はらば》いになる。

「ここやって言ってます。掘ってみますか」

白井が声に出して笑った。

「もちろんだ。ここまできて宝探しをしなくてどうする」

携えてきたスコップの一本を友美に手渡すと白井は自らも地面を掘り起こし始めた。友美も手渡された一本で加勢する。地面に堆積した落ち葉を取り除くとむっと土の匂いが湧いた。落ち葉の下は腐葉土になっている。

軟らかい地面を掘り起こすのは簡単な作業だった。数分、スコップをふるううちに白井のものがカチンと金属的な音を立てた。さらに掘り下げると腐葉土の下から鈍く光るジュラルミンケースの一部が顔を出した。

「ビンゴ！」

白井は愉快そうに声を上げた。

「原君、岸本氏に連絡だ。マタイによる福音書七章八節、求める者は受け、捜す者は見つける」

友美は白井の指示で携帯電話を取り出すと岸本に連絡した。ジュラルミンケースを発見したと告げると岸本は三十分ほどで合流できると返してきた。

白井と友美は腐葉土の中からケースを引き上げ始めた。三億円が入っていると思われる合計三箱のケースはすぐに地上に揃った。

「先輩、イノシシが事件後の目撃者というのんはどんな意味なんやの」

友美は土にまみれたケースを見つめた。質問に白井は背後を指さした。

「あのクヌギは、まるでムンクの『叫び』を彷彿《ほうふつ》とさせるな。あれは台木というんだ。奇妙な恰好《かっこう》に節くれ立っているのは薪《まき》に使うために長年にわたって枝を切られては伸ばしを繰り返した結果なんだ」

「ええ、夜になると魔法使いにでも変身しそうやわ」

感想を述べて不意に友美は理解した。

「そうか。犯人はあの木を目印にしたんか」

「あの大きさで、あの恰好なら見誤ることはない」

「それでイノシシが最後の目撃者なんは？」

「もうひとつ聖書から引用しよう。聖書にはいろいろな動物が登場するが、イノシシは詩編の八十章の一文にしか出てこない。主が植えたブドウを食い荒らすものとして描かれているんだ」

友美は聖書に関しては門外漢だ。白井の続く説明を待った。

「奇妙な一致だがその詩編の冒頭、九章十六節に『異邦の民は自ら掘った穴に落ち隠して張った網に足をとられる』とある」

「墓穴を掘るわけですね」

「周りを見てごらん。これが墓穴を掘った結果なんだ」

白井は落ち葉に群生するキノコを指し示した。

「イノシシは好物のキノコを食べにここにきていたんやね」

「ああ、だがよく見てごらん。野生のヒラタケやシイタケなどが生えているが、どれもまだ赤ちゃんキノコだ」

白井の言葉通り、一面に群生するキノコはどれも発生間もない小さなものだった。

「蕎麦屋でお婆さんから聞いた話を覚えているか」

「イヌワシについてですか」

「イヌワシが飛んでいた晩、雷とともにざっと雨が降ったといっただろ？」

「そうか。自ら掘った穴に落ちるというのは、文字通り、お金を埋めるために掘った穴のことなんか」

「犯人はあの台木を目印に金を埋めた。正しくはこの腐葉土を掘り起こした」

「腐葉土を掘り起こし、埋め戻すのは、まるで畑を耕すようなものですわ。だから土中にあったキノコの胞子が地上に出ると辺りに飛び散った。雑木林はシイタケ栽培にも使われるような環境や」

「そこへ雷と恵みの雨だ」

「聞いたことがあります。雷が落ちた場所にはキノコがよく生えるんやとか」

「おそらくこの近辺に落雷があったのだろう。キノコは強い電気的刺激を受けると子孫を残そうと活動を活発にするそうだ」

「雷の刺激とほどよい湿気はキノコが生まれる好条件となった。結果、この五日間で育ったキノコをイノシシが食べにきよったわけや。それが事件後の目撃者」

「イノシシの嗅覚は犬並みらしいからね」

ほどなく雑木林の向こうで車の音がするとそれが止み、数人の鑑識課員や刑事とともに岸本が樹間を縫って現れた。

「おっす」

白井が岸本に手を挙げた。つられて思わず岸本も手を挙げた。だが慌《あわ》ててその手を朝のように下に下ろす。

「ジュラルミンケースはもう掘り出したよ」

白井は三箱を指さした。岸本はかたわらにうずくまっているマックスとビスマルクを見つめた。

「今回もこの二匹のお手柄なんだろうな」

「最終的にはそうなんやけど、今回はいろいろな動物の手助けがあったんですわ」

「動物の手助け?」

「最初の目撃者はオオムラサキ。そのオオムラサキはツバメを見た。そしてツバメを心配した店のお婆さんはイヌワシ。イヌワシは真の目撃者となったカモシカを見ていたんですわ。そして事件後の目撃者がイノシシ」

「なんだか、ややこしいな。詳しくは鑑識作業が終わってから聞かせてもらうよ」

　岸本はそう告げると同僚たちと腐葉土に掘られた穴やその周辺を調べ始めた。

「先輩、面白い事件でした。それぞれの動物の視覚がバトンタッチされていったみたいやん。捜査のとっかかりはオオムラサキの目が悪いところからやけど、それも事件に関する目撃のひとつになるやなんて」

「複眼の動物は色彩や形でものを見分ける。オオムラサキならメスの羽根の模様だ。しかし原君、オオムラサキはただ単に目が悪いわけじゃない。実は蝶《ちょう》には、大切な役割を果たすため、もうひとつ目があることをしっているかい。しかもお尻《しり》に」

「お尻でものを見てるんですか？」

「蝶だけじゃないんだ。多くの動物にも、もうひとつの目がある。ニワトリは頭のてっぺん、脳の松果体に。ミミズは皮膚に、ザリガニは神経に。我々、人間は膝《ひざ》の裏側にあるとの説もある」

「私たちにも？」

「人間の場合は体内時計を調節するためらしい。これらは眼球外光受容器という」

「目以外で光を感じる器官？」

「蝶の光受容器は交尾器官のすぐ横にある。互いの尻を合わせて交尾する蝶は交尾器官がきちんと結合していると光をさえぎる恰好になる」

「そうか。交尾器官の結合がうまくできているかどうかを光で確かめているのんや。いろんな生物にいろんな目があるわけやな」

「原君、今、なんていった？」

不意に白井が声を上げた。声に戸惑いながら友美は繰り返した。

「いろんな生物にいろんな目があるっていったんやけど」

白井は鑑識作業中の岸本に視線を投げた。

「私はなんて馬鹿《ばか》だったんだ。今日一日、何度も体験していたのに気が付かなかったなんて。今回は目に関する事件だった」

白井は呻《うめ》くように続けた。

「急いで自宅に帰りたい。送ってくれ」

その言葉に友美は鑑識作業中の岸本の元へいった。

「白井先輩が急いで帰宅したいそうです。ここはお任せしてよろしいか」

「かまわないよ。ここから先は俺の仕事だから」

友美が運転するバンが白井の自宅に到着したのは午後九時近くだった。武蔵五日市に戻る車中、白井はずっと沈黙していた。そして到着するや家の中に駆け込んだ。友美はビスマルクとマックスを車から連れ出して庭に入った。門を閉めて二匹を放つ。そして白井に続いて屋内に足を運んだ。

「先輩」

廊下に上がりながら白井を呼んだが返答はない。しかし二階の方から物音が聞こえる。友美はそちらへと階段を上っていった。

白井が二階を寝室にしていることはしっていた。友美は音が聞こえる部屋の前に立った。ドアが開いている。中を覗《のぞ》いてみた。

部屋のあちこちに段ボール箱が積まれている。殺風景な様子の室内で白井は箱をひっくり返して中身を床に広げている。どうやら白井の寝室ではなさそうだった。

「なにか探し物ですの？」

「原君のいうとおりだったんだ。視覚は連鎖している」

床には雑多な品が転がっていた。ボールペンを始めとする筆記具。なにかを入れた小袋。認め印や使い古しの通帳。どれも古びている様子から白井の両親が使っていた部屋らしいと友美は判断した。

「見るということがつながっているとしたら、アルゼンチンのレストランでうなずいていた客はなにを見たんだ？」

白井はヒントを探しているらしい。友美も部屋に入ると手助けのために手近な段ボール箱に手を伸ばした。

「いろんな生物にいろんな目があると君はいった。そこで私は人間の視覚に関係する現象を思い出したんだ」

「なんのことですのん？」

「ミラーニューロンだ。今日、二度、岸本氏と挨拶《あいさつ》したとき、私はそれを体験していた。しかし気が付かなかった」

「先輩が手を挙げたときに岸本さんも反射的に手を挙げたことなん？」

ミラーニューロンは脳内にある神経細胞だ。友美も耳にしたことがあった。この細胞は自身が体を動かす際に電気的に興奮する。

さらに見ている相手が体を動かすのに対し、自身も同じ行動をとっているかのような興奮を示す。この鏡のような反応から鏡神経細胞と名付けられている。

「ミラーニューロンの働きで相対している二人の間で交わされる動作は同じものになりやすい。特に咄嗟《とっさ》の場合は」

「するとレストランの客たちが咄嗟の反応としてうなずいたのは？」

「両親を見ての反応だとしたら？」

「ご両親もうなずいていた？」

「私の両親がレストランのテーブルでうなずいたとしたら、それはなにかを確かめたと考えるのが自然だろう」

友美は段ボール箱の中を改めながら確認した。

「ここはご両親の部屋やったんですか」

「そうだ。ここにある両親の遺品が、レストランでなににうなずいたかのヒントになるかもしれないんだ」

「確かお父様はミネラルウォーターを三本、注文しはったんですね」

「ああ、ウェイターはそう証言している。テーブルに濡《ぬ》れた紙ナプキンが小山のようになっていたから、水をこぼしたらしいと」

友美は箱の中に手を伸ばすと一冊の冊子を取り上げた。手帳大のもので汚れがない新しいものだった。

「いろいろな生物はいろいろな目を持っている」

「なんだって？」

友美のつぶやきに白井が視線を送ってきた。

「これとちゃいますか。ご両親のもうひとつの目。六年前、ご両親はこれを新調しはったんやないですか」

友美が手にしていた冊子は操作説明書だった。アウトドア用のビデオカメラのもので機種とともに防水性と耐久性が表紙に特記されている。

「この操作説明書はまだ汚れがなく、使い込まれた様子もありません。おそらくアルゼンチンの旅に出る前に手に入れはったんでは？」

友美は操作説明書を白井に手渡した。

「確かにそんな様子だ。レストランで父親が確かめたのはこれだったのか」

「カメラの防水性ですね」

「そうだ。地下鉄で港湾へ向かった両親はこれでなにかを撮影しようとしていたんだ。そして新調したばかりだから念のために防水性を確かめた」

「テーブルに届いたミネラルウォータをカメラに注ぎかけて、ちゃんと作動するかどうかをチェックしたんですね」

「精密機器であるカメラに水をかけるなんて、はたから見れば随分、乱暴な行為だ。周りの客は誰もが注目しただろう」

「そしてカメラはちゃんと動いた。それを確かめたお父様は、よしとうなずいた」

「その動作が周りの客のミラーニューロンに刺激を与えた」

「カメラにうなずいたお父様に客がうなずく。視覚は本当につながっていたんやな」

そこまで告げて友美はさらなる疑問を覚えた。

「だとしてご両親はなにを撮影しに港湾へ出向きはったんやろか」

「それは次の情報次第だ。ちょっと待っていてくれ。現地にメールを送ってくる。港湾方面に関する調査を依頼したいんだ。特に水辺を中心にと」

白井が足早に部屋から出ていった。友美は白井の両親に関する新たな展開があったことに安堵した。そしてわずかばかりながら手助けになれたことが嬉しかった。ほどなく白井が戻ってくるとドアのところで告げた。

「なんとか次の展開が望めそうだな。やれやれ、君と一緒だと、どうも外へ出なければならなくなる。お礼になにかご馳走《ちそう》しろって考えているんだろ？」

顔に書いてあるとでも言いたげだった。確かに友美は白井の言葉を予測していた。だからすでに候補が浮かんでいた。

「駅前の」

そこまで告げた友美の言葉を遮るように白井が答えた。

「港寿司《ずし》だな。散財させてくれるもんだ」

白井がドアの横でうなずいている。友美もうなずき返した。しかしその動作がミラーニューロンの働きではないことを友美は分かっていた。

というのも友美はうなずきを何度も繰り返していたからだ。反射的ではなく意図的に。それは鏡ではない別の効果。友美の感情がそうさせている。

「ところで先輩、なんで疲れ目にコンニャクやったんですか」

「あれか。こんにゃく閻魔《えんま》からだよ。眼病に効くという小石川の。どうも原君の縁起《えんぎ》担《かつ》ぎに感化されてきたみたいだな。あそこは願掛けにコンニャクをお供えするんだろ？　なにか理由があるんじゃないかと思ったんだ」

友美は胸の思いを確かめた。甘く、温かく、せつない。複雑な感覚が錯綜《さくそう》している。ただ理解できることがあった。胸にあるものは一言でいえば喜びと愛情だと。

Case6　銀座のレナード

九月の午後、銀座は雨だった。警官は走っていた。前を駆ける男を追って。ときおり後ろ姿を見失ったが、なんとか追跡を続けることはできた。だが男との五十メートルほどの距離がなかなか縮まらなかった。

雨に濡《ぬ》れたコートの下で汗が蒸れ、息が荒かった。巡回中だったために無線や警棒といった装備が重い。警官は自転車を乗り捨ててきたことを一瞬、悔やんだ。

しかし男が向かっているのは中央通りを渡り、昭和通りへ続く一丁目方向だ。そちらを自転車で追跡するのは難しい。まだ再開発の手が伸びず、雑居ビルが入り組み、商用車の出入りも多いのだ。

そもそも警官が男を追うことになったのは先ほど音を聞いたからだ。巡回で通り過ぎてきた三丁目方面らしい。耳を澄ますとなんとか非常ベルだと聞き分けられた。そこで警官はきた道を戻った。すると追跡中の男が通りを駆けてきたのだ。

男は雨の中、傘を差していない。ジーンズの上は着古したジャケット。浅黒い顔をした長身の体軀《たいく》だった。外国人であることは容貌《ようぼう》から見て取れた。彫りが深いところを見るとアジア系ではないらしい。

男は制服姿で自転車に乗っている警官を認めると、大急ぎできびすを返した。雨に濡れた路上に滑ったのか、数度たたらを踏む。そして中央通りへと角を曲がった。

警官が続いたとき、男はすでに通りを渡り、百貨店の前を一丁目の方角へと走っていた。そして昭和通りの方へと消えた。警官はその逃走を脳裏に刻み、自転車を乗り捨てたのだ。

逃走と追跡はすでに十分以上も続いている。男がアスファルトに流れる雨をはじき上げながら前方の角を曲がり、路地へ入った。ビルとビルを縫う細い道だ。男先に男が入った雑居ビル街の路地に警官は駆け込んだ。すると事態は急変した。男の姿は消えていた。まるで空に昇ったか、地に潜ったかのように。

遅れて入ったとはいえ、つい先ほどのことだ。路地は数十メートルほど。警官は一旦《いったん》、前方へ走り、交差する通りを確認した。しかし男はいない。時間の経緯から考えて男を見失うはずはなかった。

男に遅れたのはほんの何十秒かだろう。相手が路地を抜け、交差する通りに出たとしても、その姿はどこかにとらえられるはずだった。だが男はかき消えていた。

警官は視線を走らせた。辺りには誰もいない。事情を聞くこともできなかった。路地に目を凝らした。隠れられるような場所はなかった。暗がりもゴミ集積所もない。

わずかな時間で男が地上から姿を消せる可能性は見当たらなかった。路地には雑居ビルが並び、鉄線の入ったガラス扉があるだけだ。警官は雨が落ちてくる空を見上げた。残された可能性は限られていた。

「不審者を見失いました。銀座一丁目、田村ビル近辺。応援を要請します」

無線で連絡を取ると警官は手始めに目の前にあるビルの扉を押した。路地のビルを順番に確かめていくつもりだった。相手が凶器を所持している様子は感じられなかった。単身、捜索に入ったとしても危険性は低いだろう。

足を踏み入れた入り口の横に旧式のエレベーターがある。定員数名のサイズだ。中に乗り込んだ。男が逃げ込んだのが、このビルだとは限らない。だがビルに隠れたとするなら、こちらをやり過ごす算段と思えた。

警官はビルの一階ごとにエレベーターを止めてはフロアを確認していった。六階建ての雑居ビルには小さな広告代理店、特許事務所、健康食品の販売代理店らしき会社が入っていた。それぞれの階を確かめながらエレベーターで上昇する。

しかしどのフロアも闖入者《ちんにゅうしゃ》の出現で騒がしい様子はなかった。やがて警官は最上階に着いた。管理事務所らしい部屋があるだけで、そこからも物音は聞こえなかった。廊下の奥に鉄の扉がある。警官はそちらへと歩み、ドアを開いた。フロアの外になった。小さな短い階段が上へと続いている。雨の中、それを上った。たどり着いた先は屋上。隅に稲荷《いなり》を祀《まつ》る小振りの社がある。

視線を走らせた。給水のためのタンク、電気機器の設備、稲荷の社以外は取り立てて珍しいものはない。目に付くスペースを改めたが男の姿はなかった。警官は次のビルを捜索しようときびすを返しかけた。

そのとき、視野の隅になにかが映った。三つ先のビルだった。同じほどの高さの屋上で黒いなにかが動いている。あわてて視線を定めると人影だった。

追っていた男だとすぐに理解できた。やはり男は上へと逃走したのだ。そして隠れ場所を探している。警官は男の動きを理解し、急いで戻った。

だが外階段に一歩、足をかけたとき、警官の靴が金属的な響きを立てた。警官は男のいるビルを振り返った。男の体が硬直していた。相手はこちらを凝視している。恐怖で歪《ゆが》んだ顔がよく見て取れた。

「動くな」

警官は叫びながらビル内へ戻り、階段を一階へと一気に駆け下った。一分もかからなかった。外へ出ると相変わらず雨だ。しかし男がいた三つ先のビルは目と鼻の先。相手が慌《あわ》てて降りてきたとしても追跡は続行できる。

警官は目的のビルへと走った。その間、男はドアから飛び出してこなかった。まだ内部にいる。追いつめたことを確信した警官は扉に手をかけた。

その時、気配があった。続いてばさばさとなにかが羽ばたくような音がした。警官は空を見上げた。雨の中、黒い大きな影がはためいていた。影は男だった。

「やめろ」

時間が静止した。警官が目にしている光景はスローモーションに変化した。男が目指しているのは隣の雑居ビル。ビルとビルとに小道があり、距離は三メートルほど。男は隣の屋上に飛び移り、こちらが上ってくるのと入れ違いに逃げようと考えたのだ。男のジャケットが雨の中、風に翻《ひるがえ》っている。上空で黒い風船のようにゆっくりと男が隣のビルに近づく。柵《さく》は低い。飛び移ることができれば容易に乗り越えられる。

男の跳躍が次第に減速していった。屋上に届くまで残り三十センチほど。男は柵を摑《つか》もうと思い切り腕を伸ばし、屋上の縁を目指している。

その日、秋の銀座はずっと雨だった。飛び移ろうとする雑居ビルは旧式で縁がタイル仕立て。そして跳躍が終わった。男は空中にあった。
伸ばした片方の足がわずかに屋上の縁にかかっている。しかし雨に濡れたタイルの
せいで滑った。男は鉄柵を摑むことができなかった。時間が元に戻った。
警官はビルとビルの間へ走った。同時に目の前に男が落ちてきた。アスファルトの
路面に鈍い音が響いた。雨が飛沫《しぶき》を上げる。男は路上に四肢を広げ、数度、痙攣《けいれん》した。
首が真後ろへ折れ曲がっている。
「不審者は追跡中にビルから落下。銀座一丁目、田村ビル先。至急、救急車と応援を
要請します」
無線連絡をする間に、男の痙攣はやんだ。ぐったりと四肢を伸ばし、雨の中に横た
わっている。警官は理解していた。太古からの人類の宿命。男は身をもってそれを示
した。人間には翼がないのだ。
警官は雨の空を見上げた。ビルとビルの間に、ひらひらと白いなにかが舞い落ちて
きた。男を追いかけるように。雪ではない。まだ季節が早い。紙片でもない。警官は
路上に落ちたそれをつまみあげた。
「それがこれなんですよね」

岸本が指先の写真を白井に示しながら眉《まゆ》を掻《か》いた。白井の屋敷の応接室だった。今回の来訪も土橋の指示による要請だった。何度も接している岸本の説明は単刀直入だ。一通りの説明を終え、どう思うかと尋ねたいらしい。

ただ岸本が眉を掻いたのは白井の様子に戸惑っているからだろう。今日の白井はなぜか緑ずくめの恰好《かっこう》だった。緑の上着に緑のズボン。先ほどは裏庭で緑の傘に目だけをくりぬいた緑の色紙をお面のように顔に当てていた。

「白井さん、その恰好は保護色ですか。カメレオンかなにかの?」

「いや、アマガエルになっていたんだ。訊《き》きたい話があったんでね」

確かに友美が岸本と屋敷を訪れた際、白井は緑ずくめの恰好で雑草の前にしゃがんでいた。あれはカエルと対していたらしい。

「ははあ」

岸本はそれ以上詮索《せんさく》しなかった。白井の言葉が理解を超えているのだ。咳払《せきばら》いをして、手にしていた写真を白井に手渡した。事件の説明を進めようとしているらしい。

同席する友美は写真に視線をやった。

白い小さなものが撮影されている。明らかに鳥の羽根だ。しかしそれ以上のことは把握できなかった。

「ハシゲンさんは死んだ男の身元確認に向かっています。容疑者はパスポートを所持しており、ベネズエラ出身であることが判明してます」

「そいつが銀座の宝石店を襲った」

「ええ、店に入ると警備員の隙《すき》をついてショウケースをハンマーでたたき割り、手当たり次第に商品を袋に詰めて逃げ出しました」

「典型的な押し込み強盗だな」

「最近、都内で事件を頻発させている強盗団の一人みたいですね。日本の警備員は銃を所持していませんから高をくくっていたのでしょうかね」

「男は店から逃げ出したが、たまたま巡回中の警官に出くわし、逃走と追跡が始まった。そして追いつめられてビルから落下したわけか」

「ですが男の体を改めても奪った宝石が見当たらないんですよ。宝石店の方は盗品の回収を強く望んでまして」

「保険でまかなえるんじゃないのか」

「それが馴染《なじ》み客の購入予約が入っているらしく、店の信用問題だからと」

「それで盗品発見の協力要請が土橋さんからあったのか」

「犯人逮捕以外は警察の仕事じゃないとはいえませんからね」

白井は写真に視線を注いだ。

「ドバトの羽根だ」

友美は白井の言葉に改めて写真を凝視した。白っぽい羽根は五センチほど。半濁の軸がうかがえる。友美には白井に渡そうとしていた物があったが、岸本がいることと会話が続いていることから控えた。

「これは風切り羽根だな」

「すると鳩《はと》は雨の日にも飛ぶのですかね」

岸本の質問に白井は首を振った。

「だったらこの羽根は今日のものではないことになるよな」

「だろうな。見た限り、この羽根は大して濡れていない。おそらくどこか雨がかからない場所にあったらしい」

「同僚たちが鑑識捜査を続行中ですが、男が落ちたビルの屋上、その近辺にも同様のものは見当たらないんですよ」

「だからここにきたんだな。近辺に見当たらないなら、男はどこか別の場所でこの羽根に触れた。土橋さんはこの羽根が男と宝石を結ぶのではと考えているのか」

「お察しの通りですよ」

岸本が笑みを浮かべた。

「警官に追われた男は銀座辺りの路地から路地を逃げ回ったんです。だから警官はときおり姿を見失ったといってます。その間か、あるいは警官と出会う前かに宝石を隠した可能性があります」

「つまり宝石店から男が落ちたビルまでのどこかだな」

白井は写真の羽根を凝視し、岸本に指し示した。

「血だ。軸に血が付着している」

「確かに血のようですね。乾いてるな」

「この様子だと鳩自身の血に思える。皮膚に埋まる部分だけ付着しているだろ。二、三日前に取れたらしい」

「鳩の羽根は生え替わるんですか」

「ほとんどの鳥が換羽《とや》といって羽根が抜け替わる。ちょうど夏から秋にかけてだ。換羽は左右対称におこなわれるので飛ぶときにバランスが崩れない」

「よくできてるんだな」

岸本が感心した。

「だが軸に血が付いているということは抜け落ちたんじゃない。まだ生えているときに誰かに抜かれたんだ」

「誰かに抜かれた？」

「誰かというのは正確じゃなかったか。正しくは天敵となる何らかの生物だ。人間じゃ、そう簡単に鳩を捕まえられないからね」

「つまり先輩、この鳩は襲われたん？」

友美が白井の言葉を確認した。

「この羽根一枚でなにか分かりますかね」

岸本の打診に白井は窓の外を見た。

「よく降るな。ここ数日、ずっと雨だ。原君、この様子じゃ、しばらく警察犬を展開するのは無理なんだろ」

「ええ先輩、この一時間ぐらいで男の匂《にお》いは流れきってますやろうから」

「雨なのに外出か。君たちは私を雨天でも使える警察犬とでも思っているのか？」

「夜には止《や》むって予報でしたで。やからマックスとビスマルクは連れていけますわ」

「といっても雨が上がるまでは二匹を展開させられないだろ。それに今の話だけでは情報が足りない」

「先輩、鳩に関する情報集めを周辺でやるのはどうやろ？」

「いや、天敵に関する方だろうな」

「天敵？　というと？」

「いろんな動物だ。野良犬《のらいぬ》、猛禽《もうきん》類、カラス、そしてなにより猫」

白井は捜査方針を思い浮かべているらしい。友美は岸本を見やった。岸本がうなずいている。白井が腰を上げようとしていると理解できているようだ。

「どうしていつもこうなるのかな」

白井のつぶやきに岸本は微笑《ほほえ》んだ。

「では白井さん、男が逃走した経路を詳しく説明しておきますよ」

岸本は銀座界隈《かいわい》の詳しい地図を取り出した。

バンは中央自動車道を都心に向かっている。車窓の外は相変わらず雨だ。すでに時刻は夕刻の五時近く。車外は薄墨を流したように暗く煙っている。

友美は助手席の白井に視線をやった。先ほどのまま、緑ずくめの恰好をしている。足下にはいつもの機材を入れたジュラルミンケース。後部座席にはマックスとビスマルクがうずくまっていた。

「なんで岸本さんと別行動にしたんですか」

「襲われた宝石店があったのは四丁目、男が落ちたのは一丁目。そこまでの経路がこれだな。けっこうジグザグに動いている」

白井は岸本から渡された逃走経路を記した地図を広げている。

「鑑識捜査で現場のビル付近にはドバトの羽根らしきものは見当たらない。つまりそこで男が羽根と接触した可能性は低い」

「だから別行動なんや」

「私もかつては銀座へよく足を運んだ。これは私の経験だが男が落ちた銀座一丁目のような雑居ビル街では鳩の姿をあまり見かけない」

「そうですか？」

友美は白井の言葉に印象としては異なる気がした。

「多くの人間は銀座に鳩が多いと感じている。しかしそれはあるイメージの影響だ」

「イメージ？」

「銀座には繁華街とは別に鳩の一大拠点がある。日比谷公園だ」

言われて友美は納得した。確かに銀座の路上で鳩が餌《えさ》をついばんでいる姿を見た記憶はあまりなかった。唯一、歩行者天国となる休日くらいだろうか。

一方、日比谷公園には、いついっても数え切れないほどの鳩が群れている。その印象が銀座と鳩を結びつけているのだ。

「ドバト、彼らは野生化したカワラバトだが、そもそも岩山に生息していた」

「だから人間が建築した高層建造物が恰好の住環境となったんやね。それで都市のあちこちに住むようになった」

「だが同様に南方のジャングルに生息する動物がいた。都市のコンクリートジャングル、つまり高層ビルや高い樹木などを垂直的に配置した空間は彼らの生息する森林的構造と似ていたために都市に繁殖した」

「ああ、カラスか。ハシブトガラス」

友美はかつて白井から聞いたカラスの説明を思い出していた。

「カラスは力強い鳥だ。空を眺めながら銀座を歩いてみると分かる。繁華街を拠点としているのは圧倒的にカラスだ」

「目当ては繁華街から出る残飯やろか」

「ああ。一方、鳩が餌とする穀物は銀座の繁華街にはない。だから日比谷公園で餌をついばんでいる。人間が投げ与えるポップコーンやちょっとした木の実だ。両者の勢力図は国境のようにはっきりしている」

「日比谷公園近辺とその外か。鳩にとってあの公園はコロニーみたいなもんなんかな。

ほんなら、まず日比谷公園やな。鳩と天敵の様子を確認するために」

「いや、それは無理だ。この雨だからな」

「なんで？　天敵に関して調査すると先輩がゆうたから、日比谷公園で鳩を襲う動物を確かめるのかと思いましたで」

白井は小さく笑った。

「動物は賢い。鳩は雨の日には飛ばない。それを狙《ねら》う動物も狩りには出ない」

白井は続けた。

「だから調べるのは天敵の動物自体じゃない。それを目撃しただろう人間だ。まずは宝石店のある四丁目から当たろう」

白井は付け足した。

「動物が傘を持っていれば話が早いんだがな」

バンは首都高速に入った。車窓の風景はいずれも雨に煙り、ビル街が影絵のようなシルエットになっている。

「さっきカエルに話を聞くっていってましたね。なんのことですの？　緑ずくめの恰好はそれと関係してますのん？」

「カエルを始めとする両生類は緑や青の色に敏感なんだ。一説では仲間とのコミュニケーションに役立てているらしい」

「なんの話を聞いてたんですか?」

「雨だよ。つまり水がなにか伝えてくれるか尋ねてみたかったんだ」

白井の説明は期せずして友美の思うところと同じらしかった。白井はカエルと対峙《たいじ》しながら自身の思考を整理していたのだろう。一方、友美は上着のポケットに渡しそびれている物を入れている。どちらも意味することは同じだ。ただ友美と白井では具体的な行動が違うだけなのだ。

「あれから向こうはどないですか」

白井の両親がブエノス・アイレスで失踪《しっそう》した当日、港の方へと向かったことはすでに聞いていた。

「ああ。また一歩、進捗《しんちょく》があった。原君が操作説明書を見つけてくれたので」

「するとなにか分かったのんですか」

「進捗したが、また奇妙な話なんだ。私の両親が港へなにかを撮影しにいったらしいことは把握できた。だから水辺の捜査を調査員に重点的に頼んだ」

「奇妙なことって?」

「ボートだ。現地の調査員は港の近辺を調べてくれた。そして両親が手漕《てこ》ぎボートを一艘《そう》、借り出したことを突き止めた」

「するとご両親は撮影のために港から海へボートを漕ぎ出しはったんですか」

「正しくは川だ。ブエノス・アイレスの港はラ・プラタ川の入り江に当たる」

白井はそう前置きすると続けた。

「両親が現地を訪れたのはオフシーズンの冬。そのために観光用にレンタルできるエンジン付きや船員が同乗するボートは、どの店も閉店中で借りられなかったらしい」

「それで手漕ぎボートに？」

「両親が借りたのは港の荷受け会社が雑用に使う木船だった」

「公園でカップルが乗るようなボートのことですのん？　それやと安全面で心許《こころもと》ないんと違いますか？」

白井がうなずいた。

「よほど撮影したいなにかがあったのやろか」

友美は手漕ぎボートで河口へ漕ぎ出す白井の両親の姿を想像し、よくない結末を脳裏に浮かべた。

「報告を聞いて私は河口で撮影中に船が転覆したのかと思った」

「違うのんですね？」

「そこが奇妙なんだ。両親は朝の十時頃、作業員からボートを借りた。二時間ほどで戻るといっていたらしい。だから前金を受け取った作業員は時間まで本来の荷受け作業に従事していた」

「どうなったんです？」

「ボートは戻っていた」

友美は白井の詳しい説明を待った。

「作業員は昼時になり、昼食のために両親が戻るはずの船着き場に顔を出した。船着き場は小さなもので戸板を渡し、人一人が歩けるような造りだ。そこに貸したボートが浮かんでいた。だから二人はボートを戻して帰ったと思い、今まで不審を感じてはいなかったらしい」

「ほんなら、ご両親は無事やったんや」

友美は白井の説明に安堵《あんど》した。しかし白井は苦い顔で答えた。

「それが曖昧《あいまい》だ。作業員は両親の姿は見ていない。船着き場に浮いていたボートを確認しただけなんだ。無事に戻ったならホテルに帰っているはずだ」

「そやけど無人のボートが元の場所に戻るはずはないですやん。ご両親が漕いで帰ったとしか考えられません」

「私もそう考えたい。しかしそれ以上の情報は今のところない。だから捜査員に河口でなにか変わったことがなかったかを調べてもらっている」

「ご両親は一体、なにを撮影しにボートを漕ぎ出したんやろ」

友美は白井の思いが理解できていた。わざわざ手漕ぎのボートまで借り出したのだ。よほど撮影したいなにかがあったとしか考えられない。

「なんだろうな。それが次の捜査のヒントになるだろう」

白井は静かに告げた。


バンは銀座まで間近となった。霞が関で首都高速を降り、お堀に沿うと右手に濃い緑がシルエットでうかがえた。日比谷公園だ。秋の雨に煙った公園は黄昏《たそがれ》が色濃い。時刻からではなく、季節の営みの色だ。

やがて冬が訪れる。だから、そろそろ寒さに向けて支度をしなさい。人間も、動物も、植物も、生きるものすべては。黄昏の色はそう告げているようだった。車窓に見える日比谷公園を眺めた白井が告げた。

「この公園が開園されたのは明治三十六年だ。お手本にしたのはドイツ」

「日比谷公園はドイツ式なんや」

「一部には日本庭園も取り入れられたが、当時の設計者である林学博士が渡欧した際に見聞したプロシアの公園運動場や病院遊園の植栽形式を手本にした。ドイツ、正しくは統一される前のプロシアでは十九世紀に英仏《ふつ》米に先駆けて、行政による公園設置が行われていたからだそうだ」

「すると私がロンドンでシェイクピアを見た公園もドイツの影響があったんかな」

「そういえば、そのことは聞いたな」

「リージェントパークの中にある野外劇場です。オープン・エア・シアターといって、まるで日比谷の野外音楽堂のようなステージですねん」

「まさにロンドンの中心部だな。大英博物館やロンドン大学のそばだ。学会があったときに近辺をぶらついたことがある」

　車が日比谷を過ぎた。友美はバンを数寄屋橋の交差点から三原橋に向け、地下駐車場に乗り入れるとそこに預けることにした。

「日比谷公園を住処《すみか》にする鳩の羽根が四丁目から一丁目までのどこかにあった。そして鳩は繁華街の方にはあまりよりつかない。原君、それが意味することはなんだ？」

　白井はフィールドワーク用のケースを下げると車から降りる。友美は後部座席のマックスとビスマルクに告げた。

「待ってるんやで」

二匹は友美に視線を向けたが、その言葉に顔を座席に埋めた。つまらなさそうな二匹の様子に微笑みながら、友美も車を降りると歩き出した白井に続いた。

「繁華街の方にあまりおらん鳩の羽根があった。そして羽根はおそらく天敵に抜かれた。となると鳩は襲われて運ばれてきたんか、運ばれてきて襲われたかですわね」

駐車場から階段を抜けて地上へと出る。白井は四丁目の交差点の方へと緑の傘を差して歩いていく。友美も傘を白井に並べた。

「そうだ。近年、都市空間にはいろいろな野生動物が顔を出す」

「先輩がさっきゆうてたのは野良犬、猛禽類、カラス、猫ですね」

「それ以外にも本来、日本にいなかった動物が姿を見せる。アライグマ、ジャコウネコ科であるハクビシン」

「それらの中で鳩の天敵となる奴《やつ》が、この羽根の一羽を襲ったことになるんですね」

「そうだ。それがどんな動物の仕業か突き止めれば、その生態から捜査が進む」

四丁目の交差点を渡り、中央通りの裏手に入った。西五番街から続く筋に宝石店はあった。事件の発生を示すように黄色い立ち入り禁止のテープが巡らされている。

小振りのビルの一階から三階までが売り場らしい。銀座の宝石店らしく、瀟洒《しょうしゃ》な店構えだった。外に刑事たちを待たせて、中で鑑識課員が作業を続けている。友美はその一人に声をかけた。

「吉成さん」

床にかがんでいた相手が振り返ると満面の笑みを浮かべた。

「ああ、原さん。それに白井さんも。雨だから警察犬は展開できないと思ってましたが、白井さんが登場したということは、なにか対策があるんですね」

「勝手に調べを進めていいかな」

「ええ、土橋さんから内々の指示は受けてますよ。白井さんの行動はすべて責任を取る、名捜査員の好きにさせろって」

「従業員に話を聞きたいんだ。できるだけ遅くまで店にいる人がいいんだが」

「だったら店長ですかね。営業終了の午後八時まで勤めているそうです」

吉成は一旦、店内に戻り、まだ三十代と思われる女性を連れてきた。

「このお店は長いのですか」

白井は女性に聞きとりを始めた。前回の事件もだが白井は初対面の人間にも口を利《き》けるようになったらしい。

「ええ、開店当初から。今年で八年になります」

警察関係者と理解した女性は明快に答えた。すでに何度も訊かれていたのだろう。

「いつも閉店まで？」

白井はいつになく積極的だ。聞き込みによる情報が捜査のポイントになると考えているらしい。友美は会話を白井に任せた。

「はい。昼から八時までが私のシフトです。休みの日以外は終業時まで店にいます」

「日が暮れてからなんですが、この辺りで動物を見ますか」

「動物？」

今までの事情聴取では質問されなかった内容だからだろう。女性は一瞬、怪訝《けげん》な表情を見せた。

「動物です。特に四本足の」

女性は白井の言葉にしばらく考え込んだ。

「そうですねえ、よく見かけるのは野良猫でしょうか。少し先に遅くまでやってる煙草《たばこ》屋さんがあるんです。そこのお婆《ばあ》さんが餌をやっているのか、休憩で外へ出たときに見かけますね」

女性は煙草屋の方角を指し示した。

「夜にその猫たちを日比谷公園で見かけたことはありますか」

「どうでしょう。地下鉄を利用してますから帰りは公園まで歩きますが、夜だとね。銀座にでも、いつだったか鳥が鳴いていたのを聞いたことがあるわ。ホウホウって。銀座にフクロウがいるんだって感心した憶《おぼ》えがある」

白井は女性の言葉にしばらく考え込んだ。やがて礼を述べ、店を後にする。

「先輩、なんで日が暮れてからの動物やの。昼間に鳩を襲う場合もあるやん」

教えられた煙草屋の方角に移動する白井に友美は尋ねた。白井は立ち止まると差していた傘を持ち替えてポケットから写真を取り出した。岸本から借りているものだ。

「原君、この羽根をよく見てごらん。羽根の軸だが、血の痕跡《こんせき》以外に筋があるだろ」

確かに羽根の軸に数本の筋がわずかに走っている。

「これはなんらかの噛《か》み跡だ。つまり鳩を襲ったのは猛禽類やカラスではない。鳥類には歯がないからね」

「でもさっきの女性はフクロウの声を聞いたといってますやん」

「確かに不可解な情報だ」

白井は続けた。

「だが鳥にとって換羽は多くのエネルギーを必要とする作業なんだ。だからこの時期、換羽が始まると鳥たちは争ったりせず、ひっそりと暮らしている」

「そうか、猛禽類も同様なんか。だから四つ足の動物なんやな。するとフクロウの声は？　それに鳥類以外だとしても昼間に襲った可能性は残るんと違いますか」

白井の説明に半ば納得しながら友美はまだ疑問を抱えていた。

「なぜかは分からないが、今、猫とフクロウが候補に挙がっている。いずれにせよ、彼らが襲ったのは鳩だ」

白井は続けた。

「近年、大手町や丸の内ではツバメなどの都市鳥が減った。理由は都心部の住民が激減したからだ。ある調査では大手町や丸の内では昼間の人口が一平方キロ当たり二十万人だが、夜間は六十四人になるそうだ」

「そうか。時間帯やね。人間を用心棒にしている都市鳥が狙われやすいのは、日比谷公園から人がいなくなる時間」

「この鳩を襲ったのがなんであるにせよ、襲撃は銀座の人間がいなくなる時刻、夜の可能性が高い」

相変わらず白井は聡明《そうめい》だ。ことに動物に関しては。友美は胸中で感心していた。すぐに目指す煙草屋に着いた。地図では三丁目の端に当たる。おそらく持ちビルなのだろう。一階の角にガラス窓の店舗をこぢんまりと構え、上は飲食店になっている。

白井は店の前で周りを確かめた。隣のビルとの隙間にプラスティックの小皿が置いてあった。しかし皿の中身は空だった。それを確かめてから白井はガラス窓に対した。中では老婆《ろうば》が店番をしていた。

「雨の今日は猫はきませんか」

単刀直入な白井の言葉に老婆は顔を上げた。

「餌をやったらいかんというのかい。みんな野良猫だ。腹が空《す》くんだ。可哀想だろ」

白井もしばらく考え込んだ。捨てられたペットへの干渉に関しては厳しい持論があるはずだが、ここで論争しても意味がないと踏んだらしい。餌やりの善し悪《あ》しについてとは別な質問を口にした。

「餌をやってる猫を見かけるのはどの辺りですか」

「そりゃ、小皿を置いてるビルの隙間だよ。なかなかこちらに馴染まないけど縦長の瞳《ひとみ》が光ってるのをよく見る。今日も餌を置いておいたけど、ぺろっと平らげてるね」

老婆はそう告げると白井を睨《にら》むように見た。

「あんた、どこのどなたかしらんけれど、野良猫に餌をやるのは問題だと考えているんだろ。だけどね、あの子たちを餌付《えづ》けしてこの辺りにくるようにしてからは、めっきりとネズミが減ったんだよ。駆除に化学薬品を使うよりずっといいだろ」

老婆の言葉は半ば正しい。環境汚染に対して、それなりの知識があるのだ。

「この近くで他に猫の餌付けをしていて、遅くまでやっているお店はありますか」

「それなら先の飲食店、イタリア料理の店かね。あそこの奥さんもネズミ駆除の対策に野良猫を呼んでるよ」

老婆の言葉に白井は頭を下げると移動を始めた。雨の聞き込みはまだ続くらしい。活動的になっている白井に喜びを感じながら友美は続いた。

二人は通りを進み、教えられたイタリア料理店を目指した。三丁目の半ばに当たる位置に店はあった。岸本の地図では容疑者である男はこの先を曲がり、中央通りを渡ったことになる。

「猫について訊きたいのですが」

友美が店内に声をかけてオーナーの妻を呼び出した。白井が質問を始めた。

「いつも餌をやっている猫たちは、この辺りが住処ですか。遠くで見かけたことはないですか。例えば日比谷公園で」

奇妙な質問をされた奥さんだったが、警察の捜査であることを理解したのか協力を惜しむ気はないらしい。

「それは記憶にないですね。あげてる餌やネズミで満腹になっていると思いますよ。餌はいつも平らげてるし、ネズミの姿も見なくなったから」

答は否定的だった。少なくともこの辺りの猫は鳩を狩っていないらしい。

「鳩を襲うとすれば野良犬じゃない？　猫とは別に犬もこの辺りをうろついているみたいだから」

「といいますと？」

「うちは料理店だから果物を使います。リンゴやブドウをね。その残飯を店の外に出すんですが、ときどき荒らされるんですよ」

「カラスではなく？」

白井の質問にオーナーの妻は笑った。

「カラスかどうかぐらい区別が付くわよ。果物の残飯を荒らされたときに見つけたのは小さな犬の足跡だったわ」

オーナーの妻は付け足した。

「それに猫はリンゴやブドウは食べないもの」

白井は夫人に礼を述べると男が逃走した経路に沿って中央通りを渡った。友美も続いた。視線をやると白井は複雑な顔をしている。

「猫ではないのんかな。フクロウや犬の可能性も出てきましたけど」

友美の言葉に白井は答えない。なにかを考えているらしい。百貨店の前を過ぎ、男の逃走した一丁目方向に出た。

午後七時に近かった。通りの角で宝くじの売り場を店じまいしている女性の姿があった。白井はそちらへ歩み寄った。

「ちょっとお話を聞かせてください」

白井の声に友美は横で警察手帳を相手に示した。

「あなたはこの辺りで野良猫か野良犬かを日が暮れてから見かけますか。あるいはフクロウの声を聞いたことは？」

白井の唐突な質問に女性は怪訝な顔をした。当然の反応だった。しかししばらく考え込んだ女性が答えた。

「フクロウはしらないわ。でも猫か、犬かといわれると、あれはどっちなのかしら。少し大きいから犬かもしれない。何カ月も前のことだけど」

女性は記憶を探っている。

「この通りを曲がった辺りには飲食店が多いせいか、ドブネズミをよく見かけるの」

女性は猫でも犬でもなく、ネズミについて言及を始める。

「それで暗くなって休憩にいこうとしたとき、路地の先に小さな影が逃げ込んだの。あの様子はどう考えてもネズミね。進む方向が同じだったから少し遅れてそっちへいったら、路地の暗がりで別の動物の影を見たわ」

そこで女性は笑みを浮かべた。

「それが変なのよ。暗がりでその動物は逃げ込んできたネズミに驚いたように飛び上がってた。猫だとしたらネズミに驚くのかしら。だから犬かもしれないと思ったの」

「それでどうなりましたか」

「それきりよ。そのまま休憩にいったから」

「他になにか覚えていますか」

「そうね。尻尾《しっぽ》が長かったわ」

白井は女性への聞き込みを終えて歩き出した。煙草屋、イタリア料理店、宝くじ売り場と聞き込みを重ねるほどに鳩を襲った相手の正体が曖昧になっていく。

「尻尾があることだけはつかめたな。やはり相手は鳥ではない」

確かに女性の言葉が正しければ猛禽類ではない。だが猫の可能性が高いと考えていると野良犬とも思え、さらにはどちらともいえない動物の登場だ。白井が難しい顔をするのも当然だと友美は思った。

一丁目へと角を曲がり、男の逃走した経路を進むとすぐ先が落下地点だった。白井は小道に入った。男が跳躍した雑居ビルの前に立つ。隣が飛び移ろうとしたビルだ。どちらも立ち入り禁止の黄色いテープが巡らされている。

刑事たちの姿はなかった。おそらく捜査に散ったのだろう。岸本は別れ際《ぎわ》、現場に戻って鑑識作業を続行すると述べていた。白井はテープをくぐり、ビルの内部へ入った。友美も一緒にエレベーターで屋上へと向かった。

「岸本氏」

屋上で鑑識作業を続けていた岸本に白井が声をかける。次いでポケットにあった写真を手渡した。

「なにか分かりましたか」

岸本はそれを受け取りながら尋ねた。

「あれから羽根は出たか？」

「いいえ、やはりないですね」

白井は屋上を端まで歩いた。低いフェンス越しに下をのぞく。ビルの壁面には配水管が取り付けられ、古い建築物らしく、わずかな梁《はり》が階と階の間に突き出している。

「糞《ふん》の跡がないな。汚れも」

友美も下をのぞいた。確かに壁面には鳩の糞で汚された形跡はなかった。このビルに鳩がくるなら、なんらかの痕跡があってもおかしくない。白井は男が飛び移ろうとしたビルへ視線を移している。

そちらも同様だった。やはり雑居ビル街に鳩は寄りつかないらしい。男が鳩の羽根と接触したのはここではないのだ。白井はきびすを返すと岸本の方へと戻りかけた。その白井の足が止まった。

「あれは警官が男を発見したビルか」

白井は改めて岸元のそばに寄ると見えているビルを指さした。三つ先の雑居ビルだった。こちらと同じ程度の高さで、雨に煙る屋上がうかがえた。

「ええ、あそこで警官は男がこの屋上にいるのを発見したんですよ」

「あれは？」

白井の言葉に友美もビルの屋上を見やった。赤いなにかが確認できた。屋上の隅、給水ポンプの横だった。友美が答えた。

「先輩、あれはお稲荷《いなり》さんや。銀座には十二の稲荷があちこちに祀《まつ》られてるんです。こんな風にビルの奥が多くって。新富町の先の鉄砲洲《てっぽうず》稲荷なんて平安時代の創建やって」

白井が低く声を漏らした。

「まさか」

「どないしたんですか」

「鳩を襲った相手が分かったかもしれない」

雨が小降りになってきた。空を見上げた白井が告げた。

「この様子ならマックスとビスマルクを展開させられる。日比谷公園へ向かおう。岸本氏、結果が出れば連絡する」

首を傾《かし》げている岸本を屋上に残すと白井はビルを後にした。

「眉唾《まゆつば》とはこのことだな」

「なんのこと？」

「由来だよ。後で説明してあげよう。今は日比谷公園で捜査だ」

一丁目から三原橋の地下駐車場に戻った。友美は車の後部座席からマックスとビスマルクを連れ出した。

「おいで。公園に向かうで」

二匹に声をかけると地上へ続く階段を上る。晴海通りを四丁目の交差点までくる頃には、すっかり雨が上がっていた。時刻は午後八時近い。

秋の銀座は物憂《ものう》い。四丁目から公園方面に向かうと、視線の先にクラブ街のネオンがまたたいている。雨上がりの通りは吐息を吐いたように濡《ぬ》れて光っている。すれ違う人が視線を送り、二人を眺めた。夜の銀座に緑ずくめの男と警察らしい制服の女。それが犬を二匹連れて歩いているのが珍しいのだ。友美は面映ゆかったが、白井と一緒である嬉《うれ》しさの方が強かった。

数寄屋橋から有楽町のガード下を抜けると日比谷公園の入り口へと達した。公園の真ん中に当たる入り口で白井がつぶやいた。

「本当にレナードか」

聞き慣れない言葉だった。しかしすでに白井の口調は確信に近かった。

「この時間だと管理所は閉まっているだろうな」

白井は入り口から噴水の方へと進むと花壇の周りに視線をやった。友美もマックスとビスマルクを連れて続いた。

「辺りを調べてみよう。特に芝生の部分だ」

花壇の周りは低い柵《さく》で囲われた芝生になっている。白井は柵をまたぐとフィールドワーク用のケースから懐中電灯を二本取り出した。一本を友美に手渡し、自身の握る方で手近な芝生に光を注いでいる。

「なにを見つければええの？」

「落ち葉や地面を掘り返したり、ひっかいたりした跡だ」

「つまりなにかの動物が地面を掘った形跡やな。それが探してる動物なんですか？」

白井は芝生を照らしながら移動している。

「そうだ。瞳は猫のように縦長。しかし犬のように果物の残飯をあさる。フクロウのように鳴き、ネズミにびっくりして飛び上がる動物」

「まさかいろんな遺伝子を操作してできた動物やなんてことはないやろか」

白井は芝生を調べながら小さく笑った。

「収斂《しゅうれん》進化さ。そもそもネコ科とイヌ科は約四千万年前にいたミアキスという動物を共通の祖先としているんだ」

収斂進化は友美も大学で習った。異なる種の動物ながら同じ環境や目的に対して適応するため、似たような特徴を発達させるという考えだ。しかし白井はどの動物に対してその考えを当てはめているのか。

「あった」

少し離れて芝生を調べていた白井が声を上げた。友美は二匹とともにそちらへと歩み寄った。懐中電灯の光が注がれた先には芝が掘られて土がむきだしになっていた。

「本当にいたんだ」

白井が溜息《ためいき》のような声を漏らした。

「銀座にレナードがいたとは」

白井は芝の痕跡に感動しているのか、しばらくたたずんでいる。

「原君のお手柄だよ。ロンドンの話をしてくれたから、さっきの屋上と結びついた」

さっきの屋上といわれて友美はやっと相手の正体がつかめてきた。屋上で白井が確認したのは稲荷の社だ。

「レナードって、もしかして」

「ああ。そいつさ。運がよければ実際にここで見ることができるかもしれない」

白井はそう説明すると友美が連れているマックスとビスマルクに視線をやった。

「しかしその前に盗品の捜索だ。二匹にここの匂いを嗅《か》がせてくれ」

白井の指示で友美はマックスとビスマルクを掘られた芝の前に並ばせた。

「嗅いで」

二匹は指示されてその匂いを確かめている。

「掘られてから、時間が経《た》っていない。それにレナードの匂いは強い」

「これを追ったらええのですね」

「いや、次の匂いを探すんだ。そしてレナードの通路を見つける」

白井は続けた。

「男の逃走経路は銀座側だ。我々が入ってきた方角になる。男はその進路のどこかで鳩の羽根と接触した。従ってレナードの通路は霞が関側ではないだろう」

説明を聞きながら友美はマックスのリードを白井に預けた。そして二匹に命じた。

「探せ」

二匹は指示に従ってゆっくりと辺りを嗅いで回り、白井の予測通り、銀座側の方角に移動を始めた。公園内に比べて日比谷通りを挟んだ銀座側は明るい。往来する車の音も多い。こんな都会のど真ん中に本当に捜す動物がいるのだろうか。

しばらく匂いを探して進んでいたビスマルクがなにかに気が付いた。鼻先を中空に掲げ、次に確信があるような足どりでリードを引っ張っていく。友美が振り返るとマックスも後ろに続いている。

ビスマルクがたどり着いたのは銀座側に植えられた樹木のはざまだった。公園の敷地の端に当たり、鉄製のフェンスが日比谷通りとの仕切りになっている。

そこにきたビスマルクは確信がある様子でフェンスの前にうずくまった。後ろから続いていたマックスもビスマルクに並ぶと小さく吠《ほ》えた。

「ここか。二匹を待機させていてくれ。少し調べる」

白井は茂みに入るとかがみ込んだ。そして懐中電灯で辺りを照らしている。

「原君、きてごらん」

白井の言葉に友美はフェンスの前にきた。そして白井同様にかがみこんだ。白井は静かにフェンスの下を指さしている。地面から三十センチほどの位置で鉄の網が歪《ゆが》んでいた。人間では無理だが犬や猫程度の動物ならすり抜けられる様子だ。その歪んだ部分が錆《さ》びている。

「レナードが頻繁に通った跡だ。何度もこすれて錆びたんだ。それにこの毛だ」

白井の指はフェンスの錆びた部分をさしている。その網に赤い毛玉がからみついていた。明らかに動物の毛だった。毛足が短くふわふわしている。

「おそらくこの近くに彼のサインポストがあるはずだ。ここは俺の縄張り、俺の通路だと示す目印が」

動物たちが残す匂いによるマーキングのことだろう。白井は地面にかがみ込み、真剣に辺りを懐中電灯で照らしている。

「なるほど」

やがて白井は小さくうなずいた。友美が目をやると懐中電灯は少し離れた位置で地面に茂っているドクダミを照らしていた。その葉の一部が黄色く変色している。

「分かるね」

白井の言葉にうなずくと友美はビスマルクをその葉の前に誘った。白井もマックスを連れてくる。葉の変色はマーキングの跡だ。繰り返し、ここに尿をメッセージとして残したために色が変わったのだ。

「嗅げ」

友美は指示した。ゲームの再開を理解したのか、二匹は嬉しそうに葉を嗅いでいる。

「これで彼の通路はずっと把握しやすくなる。とても賢い動物だから普通なら追跡は難しい。匂いを残さないようにハッカの草の上や塀の上を歩くとか、水を渡ったり、自身の足跡を逆に辿ると聞いたことがある」

マックスとビスマルクが立ち上がった。フェンスの向こうへ進もうとしている。それを制して友美は二匹を一旦《いったん》、公園の出入り口に誘導した。

フェンスの外は歩道。その横は車が行き交う日比谷通りだ。しかし二匹はすぐに歩道で追跡すべき匂いを発見したらしい。銀座側へ渡るための横断歩道へと進んでいく。

「レナードもここを使っているのん？」

「らしいな。どこをどう進めば安全か、すっかり把握しているんだ」

二人は二匹を連れて通りを渡った。マックスとビスマルクは左手に曲がり、有楽町の暗がりを進んでいく。焼鳥屋の椅子《いす》に座る客が物珍しそうに視線を送ってくる。二匹にとっては餌と同様の香ばしい空気が辺りに充満している。しかし目指す相手の匂いはしっかりと把握できているらしい。やがて数寄屋橋の交差点に出た。

信号が変わるのを待って友美は二匹を通りの向こうに渡らせた。男が羽根と接触したのは四丁目から一丁目までの区間。そちらに向かう。

マックスとビスマルクは追跡を続行した。やがて並木通りに達した。

老舗の和菓子店を過ぎると建ち並ぶビルの間に細い路地があった。そこへ先行するビスマルクが入った。マックスが後続する。小さな路地はビルの裏に当たった。

空調用の設備とビルの勝手口に続く鉄柵が据えられている。その空調設備の前でビスマルクがうずくまった。マックスも小さく吠えた。白井が路地にかがみ込んだ。懐中電灯で照らしながら手を空調設備の下に入れている。

やがてなにかを掻《か》き出した。いくつものビニール袋だった。落ち葉も付着している。人工物と自然物がからまり、塊となったそれを白井はほぐしていった。すると中からドバトの死骸《しがい》が現れた。白井は再び懐中電灯で空調設備の下をのぞき込んでいる。

「レナードの貯蔵倉庫だ。しかしここには宝石はない。次を当たろう」

立ち上がった白井が告げた。友美は二匹に捜索の続行を告げた。

「すごく上手に餌を隠すんやな」

「ああ、レナードは余った餌を隠すのがとても上手《うま》い。土の中に埋めたのは外からは分からないほどだと聞く。そしてどこに餌を隠しておいたかも、よく覚えている」

「レナードはどのくらいの貯蔵庫を持ってるんですか？」

「何十カ所もだ。そしてそのどれをも記憶している。あるテストでは貯蔵庫の記憶は九割に近い正解率だったそうだ。しかも食べてしまった貯蔵庫には立ち寄らない。つまりちゃんと自身の行為を記憶しているんだ」

「頭がええんやな」

「だから眉唾なんだ」

マックスとビスマルクは中央通りへと角を曲がった。男の逃走経路と同じだ。友美が横断歩道を渡ると、二匹とも一丁目の方角に進んでいく。やがて百貨店の前を過ぎ、先ほどの宝くじの売り場があった辺りに達した。

裏手の路地へと二匹が進む。ビスマルクが止まった。マックスも吠えた。こぢんまりしたビルとビルの間だ。その路地に飲食店のゴミを集める集積所らしいスペースが設けられている。

白井がコンクリートのブロックの裏側を懐中電灯で照らした。かがみ込むと腕を伸ばす。ビニール袋の塊。それに続いて布袋が出てきた。ビニール袋の下には鳩《はと》の死骸。そして布袋には宝飾品が入っていた。

「あったな」

白井が微笑《ほほえ》んだ。友美はポケットからクラッカーを二枚取り出すとビスマルクとマックスに与えた。

「よくやった。ご褒美《ほうび》や」

有楽町の焼き鳥の匂いに誘惑されなかった二匹を褒めた。嬉しそうに尻尾を振る二匹を見やりながら友美は携帯電話を取り出した。

「ありました！」

相手はすぐ先のビルで鑑識作業を続けている岸本だ。電話の向こうで驚いたような、喜んだような声が聞こえる。友美は自身のいる場所を正確に伝えると電話を切った。

「すぐにくるそうです。この袋を渡せば私たちは仕事を終えていいそうですて」

岸本の到着を待ちながら友美は続けた。

「さて先輩。ここまで内緒にしてきた動物の正体ですけど、それは」

白井はマックスのリードを握りながら空いている手の指を唇に当てた。

「原君、これは二人だけの内緒だ。それを約束してくれるかな」

白井は珍しい提案をしてきた。相手をどうしても公にしたくないらしい。

「分かりました。岸本さんにも、土橋さんにもうまく言い繕いますわ」

「私はここにレナードがいること自体に喜びを感じている」

そう前置きした白井は話し始めた。

「収斂進化のことは話したね。その意味は君も理解しているだろう」

「猫のようでも、犬のようでもある動物。異なる種が似た特徴を持つケースやね」

「今まで聞き込んだ内容は、共通する点があった。煙草屋やイタリア料理店、宝くじ売り場でもネズミについて話が出た」

異なる種でありながらネズミを狙《ねら》う動物として同じ進化をしてきた生物。そのことを白井は告げているのだ。

「やっぱりか。猫にも犬にも似たレナードはネズミを狙う動物。やから猫のような収斂進化を遂げた」

「しかしネコ科ではない。好物のネズミを見て飛び上がるはずがないからな」

「子供の場合はないのん？　まだ世の中に馴《な》れていないからネズミに驚いたとか」

「あの話は驚いたんじゃない。レナードがジャンプしたんだ」

「ジャンプ？　ビルから落ちた男みたいに？」

「レナードはイヌ科の動物だ。しかし猫によく似た特徴を持つ」

友美は白井の言葉にかたわらにいるビスマルクを見た。丸い瞳が目に留まった。

「レナードは縦長の瞳やね」

「フクロウも犬と同様に丸い瞳を持つ。しかしイヌ科の中に珍しく猫のような縦長の瞳を持つ者がいる」

「それがジャンプに関係してるのん？」

「彼らは耳がいい。隠れている獲物の音を聞き分け、位置を正確に把握し、遠くから高くジャンプして獲物を真上から捕らえる。距離は五メートル、角度は四十度」

「まるで誘導ミサイルやな」

「ジャンプの際は尾を振って舵《かじ》を取る。だから宝くじ売り場の女性は尻尾について記憶していたんだ」

「ネズミ取りのエキスパートか。飲食店の周りでネズミの数が減ったのはそのせいか。するとレナードは野良猫《のらねこ》の立ち寄る店にも出没していたのんですか」

「ああ、都市に住むレナードは猫と頻繁に出会い、親しくしているそうだ。海外では並んで同じ餌《えさ》を食べているところを目撃されたりしている。一方で野鳥の餌として出しておいたパンの欠片《かけら》を失敬したりもする」

「そこはイヌ科らしい雑食の性質ですねんな」

「だからリンゴやブドウも平らげたんだ。古代ギリシアのイソップ童話にも彼らがブドウを好むという記述が残されている」

「日比谷公園の芝生を掘り返していたことも、それと関係しているのんですか」

「彼らの好物はネズミなど齧歯類だが嗜好《しこう》性は広く、なんでも食べる。都市部では人の捨てた残飯を餌にするが、うまく出くわさない場合にはミミズをいただく」

「それで公園の芝生を掘った？」

「彼らの耳がいいことは話しただろ。レナードは地中で動くミミズの音さえ聞き分ける。そしてミミズは雨模様のときに活発に動く。交尾のために」

「ミミズの這《は》う音をとらえるのんですか」

「そうだ。ミミズを見つけたレナードはそっと近付き、鼻先を草に突っ込んだり、土を掘り返して捕らえる。口にくわえたミミズの体が切れないように力を加減をして引っ張り出す」

「まるでイタリア人やな。スパゲティをフォークで巧みに操るみたい」

「彼らは声によってコミュニケーションを取る。多彩な鳴き方をするが、一般的なものは冬場、モリフクロウがする縄張りコールと混同される」

「それで宝石店の人はフクロウと思ったんか」

「都市に暮らすレナードの行動範囲は二十五から四十ヘクタールとの報告がある。ちょうど日比谷公園の倍ほど。銀座界隈《かいわい》を含めた面積になる」

白井がそこまで説明したとき、通りの向こうから岸本がやってきた。二人に軽く手を振ると横にきて告げた。

「見つかったそうですね」

白井は手にしていた布袋を手渡した。

「手を触れたがこれが盗品だろう。指紋を男のものと照合すれば判明する」

岸本は袋を受け取りながら二人を見た。

「それで今回は？　なにが手がかりになったのか、教えてもらいたいですね」

白井が視線を友美に送ってきた。

「それがまだ確かではないんです。ある動物、猫のようでも、犬のようでもあり、フクロウのように鳴く。まるでブレーメンの音楽隊みたいなんです」

「すると正体はまだ不明なのか」

「ええ、おそらくこのまま分からないと思われます。ただ都会に暮らす野生動物らしいという手がかりから宝石が発見できました。男はそうとはしらずに動物の食糧倉庫に盗品を隠したみたいやな」

「おそらく目についた手頃な物陰を選んだんだろう。逃げるのに必死で詳しく調べることができなかった」

　白井が付け足した。

「宝石が見つかれば問題はないんですよね」

　友美の言葉に岸本は不審そうに二人を見た。しかしそれ以上、言葉を続けなかった。小さく肩をすくめると現場の方へと戻っていく。

「二匹を車に戻して日比谷公園に出かけてみよう」

　友美はすでにレナードの正体がつかめていた。しかし白井はその事実を二人だけの内緒にしたいと述べた。秘め事めいたその言葉に胸が甘く痺《しび》れ、一方で白井の意図も理解できていた。

　銀座にいるはずがない動物が、そこを生息空間にしている。それが公になれば、物珍しさから人が殺到するだろう。白井はそれが心配なのだ。都市の狭間《はざま》で生きようとする野生動物をそっとしておきたいのだ。

　二人は三原橋の地下駐車場に戻るとマックスとビスマルクを車に入れた。その足で日比谷公園を目指す。午後九時近いが、まだ銀座は賑《にぎ》わっている。恋人たちが、ことに、まだはっきりとした関係ではない二人がデートをするのは渋谷や新宿ではない。繁華街としても色めき立っていない場所。落ち着きがあり、相手との食事や会話でこれからの様子が探れる場所。一方でしっとりとした情緒があり、次の段階へ進めるような場所。それが銀座だ。

まるでレナードのようだ。関係を確かめたいカップルは、夜のしじまにそっととけ込み、誰にも知られずに界隈を楽しんでいる。それを雨が魔法使いのマントのように包み込んでくれる。ここ銀座には大切にすべき秘密が根付いている。だから銀座はすたれない。

日比谷公園に着いた。中に入ると白井はケースから暗視スコープを取り出した。友美は横に寄り添った。白井がスコープを向けているのはレナードが通路として入ってくるフェンスだ。腰をかがめると白井が告げた。

「レナードがロンドンで発見されたのは、一九七〇年だった。君がいったリージェントパークから二、三キロの位置にあるトラファルガー広場でだ」

「そんな大都会のど真ん中で？」

「都市鳥と同様に野生生物が都市空間に姿を現すようになったのはイギリスの産業革

命と関係している」

「飛躍的な工業化の後に環境破壊が問題になって、対策が考えられ始める頃か」

友美は大学で受けた講義を思い返していた。十八世紀のイギリスは著しい工業的発展を遂げたが、一方で現在の環境問題の原点ともいえる状態も生じた。一例を上げればテームズ河畔の国会議事堂で異臭がひどいために国会を休会したとの記録がある。テームズ川を浄化して鮭《さけ》が帰ってきたのは、ずっと後の一九七四年。それ以前の一八四八年、本来、白地に褐色の斑《ぶち》があるガの一種が工場の煤煙《ばいえん》によって、黒く色を変えた。擬態のためだといわれている。

仕事を求めて都市に集中した人々は大気汚染や自然の減少に反発の声を上げた。それに比例してイギリスでは悪化する環境へ段階的に解決がなされた。初期の工業化の時代、次いで都市に公園が整備され始めた時期。都市計画を考え、工場を地方に分散させた大ロンドン計画の頃。それらは百年ごとのスパンに渡る。

「イギリスとまったく同様に百年のタイムラグを経て日本でも野生動物の都市化がうかがえるようになった。それが現在、進行しているレナードの現象なんだ」

かたわらで白井が告げた。

「札幌の道庁付近でレナードが目撃されたんだ。シカゴの都市部ではコヨーテが暮らしている。大手町のビルにタヌキが迷い込んで騒動になった事件もあっただろ」

白井の言葉に友美は事件を思い出した。数年前、オフィスビルの地下に現れたタヌキに所轄《しょかつ》の警察官が捕り物を繰り広げた一件だ。確かに大都市のど真ん中で、まさかと思う野生生物が出現している。住む場所を奪われたのか、あるいは都市の方がより快適なのか。

いずれにせよ、動物を思う立場としては痛ましい現象だ。本来は野生のままであってほしい相手。しかし環境がそれを許さない。だから白井もレナードを見守りたいと考えているのだろう。

「眉唾ってなんですのん」

「賢いレナードにはイソップ童話にあるように私たちは騙《だま》され、化かされてきた」

暗視スコープを握る白井に視線をやった。楽しそうな素振りをしている。人間以上に動物たちがバイタリティにあふれていることを喜んでいるのだろう。

「だから日本人はおまじないを考えた。レナードに化かされるのは眉毛の数を読まれるからだと。それで本数が分からないように唾で絡《から》めるようにしたんだ」

「レナードは本当に私たちを化かす？」

「本当はレナードが我々を化かしたんじゃない。我々がレナードに化かされる能力を備えていたんだ。しかし先ほど工業化と述べたように、高度成長とともに知識の上昇や迷信を否定する風潮、なにより人間と自然との分離によって我々は彼らに化かされる能力を失くした。つまり私たちはレナードと交わる能力を失ってしまったんだよ」

白井は暗視スコープから目を外すと銀座の繁華街に視線をやった。

「イギリスの研究者がオックスフォード市内でレナードの生息を観察した。彼らは使われなくなった工場や空き家の床下をねぐらにしていた。そして夜になるとゴルフコースや公園に出かけて過ごしていた。彼らが好むのは高級住宅街だった。餌があり隠れ家があり、比較的に自然が豊富なところ。どこかに似ていないか」

「ここ銀座ですね」

「そうだよ。私たちが発見したように彼らは人間のすぐそばで未《いま》だに生きていてくれたんだ。もう一度、一緒に遊ぼうといわんばかりに」

白井は暗視スコープに目を戻した。その姿勢が硬直した。フェンスに向けられていたスコープがゆっくりと移動した。それが花壇の方角に、芝生の囲みへと巡っていく。小さな吐息が漏れた。静かに白井がスコープを手渡してきた。

受け取った友美は白井が確認していた位置へとスコープを向けた。黒い影が確認できた。小さく光る瞳も。痩《や》せた子犬のような体軀《たいく》。体の割にふさふさとした立派な尾。

尖《とが》った三角の耳に長く伸びた鼻面《はなづら》。それがゆっくりと芝生の地面を歩んでいる。

もはや疑いようがなかった。白井のいうレナード、狐《きつね》だ。友美も喜びを覚えた。染《し》み入るような感動が四肢に広がった。野生でしか見たことがなかった狐が銀座に暮らしているのだ。日本で一番の繁華街に。

レナードが鳴いた。ウォウォと長く尾を引くように。友美はそれを耳にした。スコープの向こうでレナードが芝生を進み、やがてその先の暗がりへと消えていく。友美はスコープを白井に返した。

「今のはコンタクトコールだ。仲間を呼んでいる。おそらくパートナーだろう」

白井は立ち上がった。スコープをケースにしまう。

「今、私たちが見たことは誰にも内緒だよ」

白井は公園の出口へと歩き出した。友美もうなずきながら続いた。小さな秘密。しかしそれは現代人の誰もが思いもつかない奇跡なのだ。それを白井と共有できた。友美は三原橋の地下駐車場に戻り、車に乗り込んだ。

「環境変化がレナードを都市へ誘ったん？　だから森に住む彼らが銀座に現れた？」

友美は感想を付け足した。

「素敵なショウやわ。でも先輩がいうように滅多に見られない彼らがあそこにいることは、そっとしておかないと駄目なんやね。じゃないと、どっと人が押し寄せる」

「今、滅多に見られない動物が顔を出すっていったな」

白井は電気にでも触れたような反応を示した。自身のスマートフォンを上着から取り出すと急いでなにかを打ち込み、検索している。反応が普通ではなかった。友美は白井が手にしているスマートフォンに視線を注いだ。白井がスクロールしている画面は英文による記事のようだった。

「これだ。八月二十四日、ブエノス・アイレスのラ・プラタ川の河口でカワイルカが数頭、目撃された」

白井の反応はアルゼンチンで失踪《しっそう》した両親に関係するものだったらしい。

「淡水のイルカは珍しい。世界で五つの地域にしかいない。その内のラプラタカワイルカは河口域に棲息する。その話をかつて両親にした憶《おぼ》えがある」

「するとご両親は現地でイルカのニュースに触れて、それを撮影しに」

「私のためにだ。私にそれを見せようとして」

白井は声を震えさせながらスマートフォンを操作している。

「だがなぜだ。なぜ、なんの痕跡《こんせき》もなかったんだ」

やがて白井の指が止まった。

「トルメンタ・デ・サンタ・ロッサ、八月三十一日」

「なんのことですのん」

「サンタロッサの嵐《あらし》。八月三十一日は向こうでは特異日で、強い風が吹き、川が増水し、河口が氾濫《はんらん》することがきわめて多い」

「ご両親の失踪した日から一週間ほどですね」

「だからアルゼンチン側にはなにも手がかりがなかったんだ」

「するとご両親の行方を示す物は川の氾濫で流されてしまったのんですか」

「対岸のウルグアイを捜索してもらうように打診する。向こう岸のコロニア・デル・サクラメントはブエノス・アイレスから高速フェリーで一時間ほどの距離だ。そちらでなにか分かるかもしれない」

白井の声は震え続けていた。しかし毅然《きぜん》とした口調だった。

「でもボートが戻ったんとちゃいます?」

「はっきりとはいえない。しかし」

そこまで述べた白井は黙った。友美は言葉を継げなかった。白井にはなにか思い当たることがあるらしかった。

「きっとご無事ですよ。わたしはそう信じてます」

「ありがとう」

「そうや。これ」

友美は渡そうとしていた物をポケットから取り出した。神社の絵馬のようだが編み笠《がさ》をかぶったカエルの絵が描かれている。受け取った白井が怪訝《けげん》な顔をした。

「品川神社ですわ。あそこにはカエルの石像が祀ってあって、品川富士と呼ばれた富士塚がある。それで無事カエルとひっかけた縁起物です」

友美はバンのエンジンをかけた。レナードの発見という素敵な夜が苦い結末で終わってしまった。しかしこれも現実なのだ。

「帰りませんか。それで結果を待ちましょ」

この現実を乗り越えるためには、どんな結末であれ、まずそれを受け入れる必要がある。車が晴海通りを走る。バックミラーにネオンのまたたきが映った。バンの後ろに広がる雨上がりの銀座は美しく悲しかった。

Case7　学者がいた密室

「お待たせしました」

詫《わ》びを述べながら友美はコンビニエンスストアの前に停めていたバンに乗り込んだ。提げていたビニール袋を後部座席に置く。

木枯らしが吹く十一月初旬、平日の午前十一時近くのことだった。車中には白井一人。今回はマックスもビスマルクも出動していない。白井はというと出来損ないのカウボーイのような出《い》で立ちをしていた。

ウェスタンブーツにぴったりとしたジャージのズボン。頭に工事用のヘルメットをかぶっている。出がけに白井はその恰好《かっこう》について時にはムードも大切だと説明した。恐らく目的地に関係しているのだろうが友美は深くは詮索《せんさく》しなかった。別に気になることがあったからだ。

「昼食は用意できたから現場に向かいますわ」

言葉に続いて友美は車をスタートさせた。コンビニエンスストアに寄ったのは現場近隣に商店がまるでないため昼食の調達を土橋に頼まれたからだ。一時間ほど前、友美は土橋から白井を事件現場に連れてきてほしいとの依頼を受けた。

八王子の乗馬クラブで変死体が発見されたため、その件に関して白井の助言がほしいらしい。捜査協力を白井に依頼することは土橋の仕切る捜査現場ではすでに暗黙の了解になっている。また白井も以前に比べてかなり活動的になっていた。

「先輩、もしかしてなんか進捗《しんちょく》があったんとちゃいますか？」

友美は走り始めた車のハンドルを握りながら気になっている点について白井に切り出すことにした。

「なぜだ？」

「昨晩、ニンニクが行列をつくって行進している夢を見たんですわ」

「なんのことだ？」

「失《う》せ物を捜すとき、ニンニクニンニクって繰り返し唱えるんです。だから新発見に関係してるんかなと」

「初耳だな。だが原君、君はときどき神がかっていることがある。確かに現地の調査員から新しい情報が届いた」

「するとラ・プラタ川ですのん？」

白井の両親がブエノス・アイレスで失踪《しっそう》した当日、河口からボートで漕《こ》ぎだしたところまでは調べがついている。目的はカワイルカの撮影。そして失踪後、ほどなく河口はサンタロッサの嵐《あらし》と呼ばれる強風のために氾濫《はんらん》していたという。

「ああ、対岸となるウルグアイの河口で情報が得られた」

「対岸ですか」

白井の両親がボートで漕ぎだしたのはアルゼンチン側だ。しかもボートは失踪当日の昼、きちんと元の場所に戻されている。

「ウルグアイ側の河岸で数頭のイルカがしきりにジャンプしていたのを現地の漁師たちが何度も目撃していたそうだ」

「イルカ？　何度もということは、特定の場所になるのんですか」

「そうだ。サンタロッサの嵐の後、五日も続いたらしい。だから六年前とはいえ、漁師らが覚えていた。だがその後、不意におさまったという」

「イルカのジャンプか。どんな意味があるんやろ」

「おそらくシャチに追われていたんだろ。イルカのジャンプは仲間への警告行動とも考えられているからな」

イルカの天敵はシャチだ。つまり捕食者に追われたイルカは仲間とそれを伝えあっていたと白井は考えているらしい。そしてそれを新しい情報ととらえている以上、なにかがひっかかっているのだ。

「どっか変ですのん？」

「イルカがジャンプしていたのは五日間だけ。なぜその期間に限ってなんだ？」

「つまり、イルカはその場所に五日間だけ、居続けたことになるんやな」

「イルカは賢い。その近辺はシャチに追われる危険性があると理解できたはずだ。それでも五日間、定位した」

白井はしばらく黙り、おもむろに告げた。重たい口調だった。

「イルカが目撃された辺りを現在、潜水調査してもらっている」

すでにある程度の推理が浮かんでいるらしい。白井の重い口調に友美はそれ以上、口をはさむのを止《や》め、運転を続けた。目指す現場は白井の自宅とそれほど離れていない。八王子の市街地を抜けた郊外だ。

しばらく走ると目的地が見えてきた。確かに土橋の言葉通り、周りにはなにも商店がなかった。友美はバンを乗馬クラブの入り口に停めた。すでに本庁と所轄《しょかつ》の車が並んで停まっている。変死体の捜査の場合、事件性の有無が確認できるまで捜査一課が動くからだ。

敷地を区切るフェンスに看板が出ていた。クラブの名は八王子ランチ（牧場の意）。牧場という名前なのは、レジャーで馬に乗る人間を相手にしているからだろう。しかしフェンスで囲われた広い敷地には、芝生の中に土が剝《む》き出しの馬場があり、障害物として使う横木もうかがえた。

馬術競技の練習もできるらしい。友美は後部座席のビニール袋を携え、白井とともにバンから降りた。クラブの入り口となる横開きの鉄門で土橋が待機していた。入り口のフェンスにはカメラが設置されている。防犯用らしい。

「白井さん、あんた馬には詳しいか？」

土橋は白井の奇矯さに馴《な》れたのか、おかしな恰好に言及しない。がらがらと門を滑らせ、二人を中に迎え入れた。馬場の奥にいくつかの建物がある。様子からして大小二棟の厩舎らしい。

その後方はロッジ風の建物。事件の現場は小振りの厩舎の方だろう。立ち入り禁止を示す黄色いテープで囲われている。そこから少し離れた木製の柵《さく》に一頭の馬が繫《つな》がれていた。黒光りする堂々とした馬体だった。

「実はちょっと厄介な様子なんだ。馬に関わる事件だから、その線でなにか手がかりが得られないかと思って、あんたに出馬をお願いしたって寸法だ」

白井に向けた土橋の口ぶりは冗談めかしていたが目は真剣だった。

「あの小さい方の厩舎でクラブの経営者だった長谷川光男氏、五十二歳の変死体が見つかった。厩舎の梁《はり》に結んだ革製の紐《ひも》で首を吊《つ》っていたんだ」

「あの馬が関係しているのか？」

「ハンスというそうだ。長谷川氏の愛馬だったらしい。死んでいたのはあの馬専用の厩舎なんだ」

「ハンスか。いい馬だ。ハノーバーだな」

「ハノーバーだって？」

「ドイツ種で馬場馬術や障害飛越《ひえつ》にすぐれている」

「そうか。馬というと競馬に使われるサラブレッドぐらいしか俺には知識がないが、長谷川氏はかつて馬術でならした人らしい。ここで乗馬の指導をしていた」

土橋は小振りの厩舎の方へと歩きながら事件の概要を説明しだした。

「今朝九時、レッスンを受けるためにこのクラブに三名の生徒がきた。だが、現場となる厩舎を通りかかると、中でハンスがやけに騒いでいるので不審に思い、窓から覗《のぞ》いたところ、首を吊っていた長谷川氏を発見した」

友美が見ると小振りの厩舎には鉄の格子窓《こうしまど》が設けられていた。窓は跳ね上げ式の雨戸が開かれていて中の様子をうかがうことが可能だった。

「あの厩舎はサイズからすると一頭だけのものだな。愛馬専用の厩舎か。だが窓から覗いたというのは？」

「そこが厄介な点なんだ。最初、騒いでいた馬の声を聞いた生徒らは厩舎の中へ入ろうとした。しかし扉は中から施錠《せじょう》されていたんだ。だから窓から様子を確かめた」

友美は土橋の説明に疑問を感じた。

「ハシゲンさん、ほんなら単なる自殺と違うのん？」

「友美さん、確かにそう考えるのが妥当だろう。所轄の捜査員がクラブと取引のあった信用金庫に問い合わせたところ、ここは経営難のために近々、閉鎖する話になっていたそうだ。長谷川氏が首を吊っていた革製の紐には本人の指紋しか残されていない。首の索条痕《さくじょうこん》はひとつ。クラブの運営を苦にした結果とも考えられる」

「だけどハシゲンさんは、なにかがひっかかるわけなんや」

ハンス専用の厩舎の手前まできた。友美の言葉に土橋は苦い顔つきになった。

「中で岸本が鑑識捜査をやってる。もうすぐ終わるだろう。遺体はざっと死後四時間程度。現場に争った形跡はない。関係者に聞き込みをしたところ、長谷川氏は今朝の六時頃、ハンスの世話をするといって家を出たという」

土橋は厩舎の後方にあるロッジ風の建物を目で示した。乗馬クラブの事務所も兼ねた長谷川氏の自宅らしい。

「事件を自殺と考えれば話は早い。だが」

そこまで説明した土橋が目の前の厩舎を見つめた。

「俺が分からないのは、どうしてこの厩舎で死んだのかだ。長年の経験がどうも釈然としないと警告してくる。白井さん、自殺を決意した人間が馬の世話にくるだろうか。くるとしても愛馬の前で決行するだろうか」

「ハンスは遺体が発見されるまでずっと厩舎の中にいたのか」

「そうだ。通報があって急行した所轄の人間が岸本の到着を待って、生徒の手を借りてそこに繋いだ。現場は通報があった時点で所轄によって保存されている」

土橋は柵に繋がれている馬を見やった。白井もハンスに視線を注いでいる。友美は馬に詳しくなかった。だからなんともいえないが、ハンスは聞き耳を立てるように、ときおり耳を動かし、どこか落ち着かなげに見えた。

すると目の前の厩舎の扉が開いた。中から鑑識用のケースを抱えた岸本が数名の鑑識課員と出てきた。皆、手袋をしてシューズカバーを履いている。岸本は同僚と別れてテープをぐるぐると近づいてきた。

「昼飯、買ってきてくれた？」

岸本は手袋を外しながら友美の手にしているビニール袋に視線を注いだ。

「もちろん。岸本さんのリクエストは餡《あん》とマーガリンのパンに牛乳ですよね」

友美はビニール袋を掲げてみせた。土橋が腕時計を確かめた。

「十二時近いな。岸本の鑑識捜査の結果を聞きながら昼にしよう」

つられて友美も左手を裏返すと時間を確かめた。

「原君もやはり女性なんだな」

白井がふと漏らした。

「なんのことですか」

「時計だよ」

友美は白井の言葉の意味が理解できなかった。しかし土橋が歩き出したのでそのまま続いた。土橋は現場から少し離れた木の柵までいくと、そこにもたれかかった。

「友美さん、レシートをくれ」

四人分の昼食代は千円ちょっと。レシートを確かめた土橋は合計金額を財布から出して友美に渡した。経費で落とすということなのだろう。

「ハシゲンさんのリクエストは焼きそばパンと缶コーヒー、それとゆで卵でしたね」

「ああ。刑事がいつも餡パンを食べると決めつけるのは偏見だ」

友美は柵の近くにたたずむメンバーにコンビニエンスストアで買った食品を配り始めた。岸本が鑑識用のケースを足下に下ろすとパンを牛乳で飲み下しながら断片的に鑑識捜査の結果を話し始めた。

「入り口の門に防犯用のカメラがあったのに気が付きましたか。それを調べたところ、朝のレッスンにきた生徒以外には外部から侵入した人間は昨夜も含めて記録されていませんでした」

土橋もパンを受け取り、岸本の言葉にうなずいている。

「あの厩舎の施錠は簡単なものです。扉の表側と内側に錠があるのですが、どちらも落としカンヌキなんですよ」

「厩舎の錠はどれもそんなレベルなんだ。緊急時にすぐに馬を外へ連れ出せるようにわざと簡易なものを選ぶ」

昼食用のパンを頬ばりながら白井が説明した。食べているのはサンドイッチだ。喉《のど》を潤《うるお》しているのはミネラルウォーター。友美はおにぎりと緑茶だ。

「そのカンヌキが内側からかけられていた。白井さん、つまりこの厩舎は密室状態だったことになる。どう思う？」

パンを食べ終えた土橋はゆで卵の殻を剝きながら白井に尋ねた。

「ハシゲンさんは自殺を疑問視してるんだな。となれば密室の謎《なぞ》を解明する必要が出てくる。しかしハシゲンさん、密室というのはそれほど特殊なものじゃないんだ。自然界でも割合に目にする。例えばその卵も密室のひとつといっていいだろう」

「確かにそうだな。ヒヨコにすれば殻という密室の中に閉じ込められているわけだ」

「卵歯《らんし》ってご存じか」

「卵に歯が生えてるのか？」

「卵歯はトカゲやヘビ、カメなど卵で生まれてくる生物に見られる器官のことだ。もっとも身近なのはニワトリの雛《ひな》だろう。孵化《ふか》したばかりのニワトリの雛は嘴《くちばし》の先に突起がある。それが卵歯だ。雛はそれを使って卵の殻を中から割って出てくる。突起は数日でぽろりと落ちる」

「なるほど。白井さんがいいたいのは仮にこれが密室殺人ならば、出入りするにはそれ相応の道具が必要だってことだな」

「道具を使う動物はいろいろいる。チンパンジーは木の枝を使ってアリを巣から釣り出して食べる。マングースやスカンクは鳥の卵を食べるため、岩を台代りに投げつけて割る。我々、人間も彼らと大差ないんだ。我々が自然の一部である以上、密室を設定したならば必ず道具と関係しているはずだ」

白井はパンを食べ終えた。そしてメンバーにうなずくと歩き始めた。友美や土橋、ケースを抱えた岸本も後に続いた。まず白井が向かった先はハンスだった。

厩舎から少し離れた柵に白井が歩み寄ると、馬は見知らぬ人間が近づいたせいか、数歩後ずさった。そして首を高く上げた。両耳を交互に前後へ動かしている。

「ハンス、いい子だ。よし、いい子だ」

白井は馬のすぐ横に立つと静かに低い声をかける。友美たちは後方に控えた。黒い毛並みは油を塗ったように光り、たてがみや尻尾《しっぽ》に乱れはない。白井がいい馬だと述べたのも納得できた。

ハンスの目を見つめながら白井は静かに声をかけ続ける。すると馬が首を下げた。黒く大きな瞳《ひとみ》がじっと白井を見つめている。先ほどとは違い、両耳はほぼまっすぐに立てられて動かない。

「いい子だ。よし、いい子だ」

馬に話しかけながら横に立った白井は相手の顔に尻《しり》を向ける姿勢で腰をかがめた。ハンスの前足を手に取る。そして持ち上げると足をくの字に曲げさせ、ひづめの裏側、蹄鉄《ていてつ》の中を調べた。ハンスはおとなしく白井に足をあずけている。俺には近づくのさえ、嫌がっていたのにな」

「どうやればあんなにすぐに打ち解けられるんだろ。俺には近づくのさえ、嫌がっていたのにな」

岸本が感心したような声を漏らした。友美も同感だった。白井の動物に関する知識はずば抜けている。しかしそれ以上に優れているのは動物と触れあう能力だ。

「ムードだよ。馬は臆病《おくびょう》なんだ。だから怪しまないように騎手とわかる恰好できた。ただ乗馬が必要な場合に備えてテンガロンハットではなくヘルメットだが」

出来損ないのカウボーイ姿だったのは今の説明からくるらしい。白井はハンスの前足、後ろ足のひづめを四つとも確認するとなにか考え込んでいた。

「いい子だ。よし。もうすぐ家に戻してやるからな」

ハンスの鼻を軽く撫《な》でた白井は次に厩舎へ向かった。立ち入り禁止のテープをくぐると厩舎の格子窓の前に立つ。

「生徒たちはここから覗いて死体を発見したんだな」

「事情聴取ではそう述べている。しかし彼らがここにきたのは九時頃だ。長谷川氏の死亡推定時刻はそれより二時間ほど前になる。生徒らが容疑者である可能性は薄い。他に出入りした人間がいないとなれば内部の人間による犯行が考えられるな」

土橋の言葉を聞きながら白井は腰をかがめた。窓の下に泥汚れが残されていた。そこにいくつかの靴跡が刻まれている。

「岸本氏、これは？」

「死体を発見した三人の生徒の下足痕《げそこん》ですね。彼らの靴底と一致してますよ」

「他には？」

「三人分しか出なかったんだよな。他にあったとしても死体を発見した生徒らがあわてたらしく、そこを踏み荒らしてるんですよ」

窓の下にかがんだ白井は指先で泥汚れをほぐしていく。やがて小さな砂利粒の塊をつまみ上げるとじっと見つめた。

「かすかだが、まだ湿っている。岸本氏、これを保管し、鑑識捜査の対象に。レッスンにきた生徒の靴底にあるかも精査して欲しい」

白井の言葉に岸本は手袋をはめ直し、砂利粒を受け取った。そしてケースにあったビニールパックに入れた。

「遺体はどんな恰好だった？」

「ごく普通の普段着だったな。無帽で履いていた靴はスニーカー」

岸本の答に白井が首を傾《かし》げた。

「なにか持っていなかったか」

「そういえば変な物をひとつ。白井さんに意見を聞こうと思ってたんだ。これなんですがね。長谷川氏の上着のポケットに入っていたんですよ」

岸本はケースからビニールパックを取り出した。遺留品らしい。中身は奇妙な金属棒だった。握りが付いた十センチほどの長さで先が曲がり、鉤《かぎ》状になっている。

「それはうらほりという道具だ。馬のひづめに挟まった砂利や小石を掻《か》き出すのに使う。乗馬後、そうやって清潔にしておいてやらないとひづめが割れたり、膿《う》むんだ」

「先輩、ハンスのひづめはどうやったん？」

「丁寧にうらほりがされていた。それがこの泥だろう」

「すると長谷川氏はここで今朝、馬のひづめの世話をしたんか。先輩がまだ湿っているといったのは、そのことなんやな」

「ハシゲンさん、あなたの脳裏に浮かんでいる警告は正しいらしい。長谷川氏はハンスの手綱をこの格子窓に繋ぎ、そしてひづめに溜《た》まった泥を掻き出した」

「泥か。なにを意味していると思う？」

「動物は正直だ。そして嘘《うそ》はつかない。馬のひづめに泥が溜まっていたということは今朝、馬が泥の上を歩いたことになる」

土橋が厩舎から後方を振り返った。芝生に囲まれた馬場を見ている。友美も土橋の視線を追った。馬場は土が剝き出しだ。しかし乾いた地面で泥土はない。

「それでハシゲンさん、生徒は容疑者から外れるといったが他の人間は？」

「三人いる。皆、母屋《おもや》で暮らしている。どいつも匂《にお》うんだ。まず長谷川氏の妻、弓子だ。所轄が事務所から生命保険の契約書を見つけたが受取人になってる。額は一億」

「女と生命保険は仲良しだよな。いつも一緒にいる。それに今じゃ、自殺でも数年後に保険金が下りることもあるしな」

岸本がつぶやいた。

「もう一人が馬の調教師兼長谷川氏の助手をしている男だ。四十代だが片足が悪い。長谷川氏の弟子といえる乗馬の選手だったが、厳しい指導の結果、落馬事故で馬に乗れなくなった。恨みがないとはいえないだろう」

「ハシゲンさん、このクラブは経営難で閉鎖される予定だったな？」

「ご想像のとおり。片足の悪い馬術関係者で四十代の男となると次の働き口が簡単に見つかるとは思えないな」

「保険金が下りれば話は別なんや。クラブが続けば仕事は確保されるから」

「そうだよ、友美さん。最後の男もその意味では同じだ。ここの装蹄師《そうていし》で六十過ぎだが独り身だ。クラブが閉鎖されれば行く当てがなくなるだろう。年金暮らしをするにしても相当、厳しいはずだ」

「今朝の三人の様子は？」

「妻の弓子は朝の六時、ハンスの世話に向かう長谷川氏を見送って再び眠ったと供述している。残りの二人も母屋の二階に暮らしているんだが、長谷川氏が出ていった時刻、なんの物音も聞かなかったそうだ」

「それからは？」

「妻の弓子は八時頃起き出し、階下で朝食の準備をした。少しして調教師、装蹄師の部屋のドアが音を立てたので食事だと声をかけたそうだ。その声に階段を下りてくる二人の足音がして、キッチンで朝飯になった」

土橋が続けた。

「三人で食事を終えたのが八時半ぐらい。今朝のように長谷川氏はときおり、朝食を抜けることがあったそうだ。だから誰も気にしなかった。それから調教師は大きい厩舎へ、装蹄師も隣接する仕事場へ向かった。後はどちらも事件発覚まで作業していたそうだ。妻の弓子は家事をしていたが開いた窓から二人が作業する音を聞いている」

「白井さん、供述は三人別々に事情聴取した際のもので、厩舎の掃除、金槌《かなづち》の響き、台所の物音と、それぞれがそれぞれの音を聞いているんですよ。三人が口裏を合わせてなければですが」

岸本は共謀の可能性は薄いと補足したいらしい。白井が厩舎の扉の前に立った。木造で扉の表側に大きな落としカンヌキが取り付けられている。カンヌキは反対側に跳ね上げられ、施錠はされていなかった。

「死体発見時、外側のカンヌキは外されていたのか」

「ええ、入るときは外すし、内部で死んだら外の錠を閉められませんからね」

「わずかだが傷がある。まだ新しいな」

カンヌキにかがみ込んだ白井がつぶやいた。友美も顔を寄せた。確かにこすれたような小さな痕跡が残されていた。腰を上げた白井が厩舎に入った。友美も続く。

途端に足下がふわりとした感触に包まれた。見ると乾燥した藁《わら》が厚く敷き詰められている。汚れがない清潔なものだった。

白井が視線を巡らせた。窓がある壁側に馬を繋ぐ鉄製のリングがはめ込まれ、隅にはアルミ製の脚立《きゃたつ》が立てかけられていた。

「この厩舎は壁も屋根も木製だ。金属はリングとカンヌキ、窓格子ぐらい。しかしあの脚立はアルミだ」

「どこか変なのか？」

「長谷川氏がハンスを丁寧に世話していたことは床の藁でも分かる。藁は厚くて新しい。厩舎は木造。どれも馬が怪我《けが》をしないためだ」

「なるほど。硬い物を避けたのか。仮に自殺するにしてもアルミ製の脚立を置きっ放しにするはずはないんだな。自殺に見せかけたつもりが馬脚を露《あら》わしたわけか」

白井が天井を見上げた。屋根を支える梁が剝き出しになっていて天井板はなかった。その梁から皮革製の紐が床まで伸びていた。紐の長さは全長十メートルほど。その中ほどが梁に結ばれている。

紐は振分のように片端が輪になり、もう片端はそのまま下へ垂れている。死体はすでに搬送されたのだろう。しかしどこで長谷川氏が死亡していたかは把握できた。

友美が紐から視線を落とすと、敷き藁に桶《おけ》が転がっていた。桶の底に靴跡が残されている。なんに使われたのか一目瞭然《りょうぜん》だった。白井が紐に目を凝らした。

「調教用の索《さく》か。長谷川氏はあの脚立で索を梁に結び、輪に首を入れた。そして桶の上に立って蹴飛《けと》ばした」

「本人ならばね」

岸本が付け足した。

「索は止め結びにしてある。馬に関わる人間でなくてもしってるな」

白井は自問するように述べると続いて扉の内側と対した。大きなカンヌキが外と同様に取り付けられていた。

「こっちは閉まっていたんだな」

「そうですよ。俺が現場にきて内側から施錠されていることを聞き、この扉について生徒らに質問したんです。すると落としカンヌキだと答があったので扉の隙間《すきま》にピックを入れて外したんですよ」

岸本が説明しながら内側のカンヌキを指さした。

「もうひとつ白井さんに質問したかったんだ。カンヌキはかかっていた。ただやけにぬらぬらした物で濡《ぬ》れていたんです。ほら、まだなにか粘る物が付着している」

岸本が示したカンヌキは確かに粘着性のある物にまみれている。白井がそれを指先でぬぐった。しばらく眺めていた白井はやおら、指を口に含んだ。続いて白井は小さく含み笑いをした。

「ハシゲンさん、これが密室を作った道具だ。あなたも舐《な》めてみれば分かる」

白井の助言に土橋は同様に指先でカンヌキをぬぐうと口に含んだ。

「塩《しょ》っぱいな」

「馬鹿《ばか》な奴《やつ》だ。なんて古典的なトリックなんだろ」

相手はカンヌキの操作になにかを使ったらしい。白井は扉の横にある格子窓に寄った。顔を付けて外を確かめている。

「ここからなら可能だな」

独り言のようにつぶやいた白井は一同を見回した。

「馬具倉庫を見たいんだが」

「それなら母屋に当たるロッジの方ですよ」

岸本が一同を先導すると厩舎を出て歩き出した。岸本によると丸太小屋を思わす家屋は二階建てで上階が住居スペース。一階がクラブの事務所や受付、奥に更衣室や馬具倉庫があるらしい。一同が中に入ると所轄の捜査員、岸本の同僚らしい鑑識課員が作業をしていた。

「クラブの関係者は？」

白井の質問に土橋は天井を見上げた。

「二階だ。所轄と本庁の捜査員が事情聴取を続けている」

「なら好都合だ」

白井の言葉に岸本はロビーから続く廊下を奥まで進んだ。そして一同に手袋とシューズカバーを配った。手足の用意を整えた白井が目の前にあったドアを開け、足を踏み入れた。友美も続いた。

内部は木製のパーテーションで仕切られ、馬具がぶら下がっている。いずれも使い込まれているが油で革が光り、金属部分はよく磨き込まれていた。白井は壁にかけられている鞍を順番に眺めていった。

「おそらくこれだろうな」

つぶやいた白井はひとつの鞍の前に立ち止まった。手を当てて裏を撫でている。並んでいる中でも少し変わった形をしていた。前が細くなり、しゃもじをゆがめたような恰好で、大きなイカの軟骨を思わせた。同様の鞍がいくつかあるが、それが一番使い込まれたものに思えた。

「詰め物が充分だ。これは障害競技専用の障害鞍だ。特に飛越《ひえつ》に使われる」

「そうか。先輩はこの鞍が長谷川さんの物で、ハンスに使っていたというのんやね」

友美は馬場の様子を思い返していた。馬場には横木がいくつか見受けられた。土橋は長谷川氏が馬術でならした人物だと述べた。そして指導をしていたとも。おそらく彼が得意としていたのは障害飛越だったのだ。

「馬の鞍というのは乗り手に便利なようにだけでなく、馬の背を傷つけないことも求められる。馬は人間同様にそれぞれ体型に違いがある。蹄鉄が彼らの靴なら、鞍はオーダーメードのジャケットだ」

「白井さん、するとその鞍はハンスにぴったりなんだな」

白井は土橋にうなずくと、さらに鞍を確かめている。鞍の奥を探り、付けられている鐙の根本を剝き出した。鐙を鞍に止めているベルトの金属部分が露出した。

「相手は乗馬そのものには、それほど詳しくないのかもしれない。これを見てくれ」

金属部分を白井が指さしている。

「これは鐙のベルトを鞍に止めるものだ。人間がズボンにするベルトのバックルと同じ造りだが、ひとつ違う点がある」

確かにズボンのベルトと同じ方式だった。バックルに革を通し、爪《つめ》を穴に止めるようになっている。しかしその横に小さなレバーが付いていた。

「このレバーは安全装置なんだ。今、レバーはオープン状態になっている。騎手が馬に乗る際は、いつもこうやって安全装置を解放しておく。そうすれば落馬した際に鐙が外れ、馬に引きずられて大怪我をするのがふせげる」

「つまり長谷川氏は今朝、この鞍を使った？　そして乗馬時のまま、ここに掛けた？」

「白井さん、分かった。これが長谷川氏の物かどうか、後で確かめておく」

土橋が相づちを打つと白井の指示をメモに書き留めた。

「他に調べ物はあるか？」

「次は岸本氏の出番だ。更衣室は」

岸本は馬具倉庫の壁にある扉まで歩み、それを開いた。内部には棚と金属製のロッカーが並んでいた。中に入った白井は二十近いロッカーを改めていった。

「あった。これだ」

中ほどのひとつで白井が声を上げた。確かめていたのはゴム製の長靴で、手袋をした手でその靴底からなにかをつまみ上げる。一同が白井の指先に顔を寄せた。白井の指先にはハンスの厩舎で発見したのと同様の砂利粒がつまれていた。

「岸本氏、これも保管しておいてくれ。それとこの長靴が誰の物か、同様の砂利が他の靴にあるか、確認してほしい」

「了解。所轄の人間に指示しておきますよ」

「白井さんは誰の靴だと思うんだ？」

「長谷川氏の物でないのは確かだろう。まずこれは乗馬靴ではない」

「先輩、他にも理由があるのん？」

「危ないからだ。原君、私がハンスのひづめを確かめたときの姿勢を覚えているか」

「ええ、ハンスの横に立ち、馬の顔にお尻を向けるようにかがんでましたわ」

「馬に接する際は前か横からが基本だ。後ろからでは馬が驚いて蹴ることがある。馬の扱いになれていた長谷川氏はその姿勢が体に染《し》み込んでいただろう。となるとうらほりして掻き出した泥はどこに落ちる？」

「そうか。自分の体の前や」

「先ほど見た馬具はどれも丁寧に扱われていた」

「なるほど。乗馬をしたなら乗馬靴のはず。道具を大切に扱うなら泥で長靴を汚れたままにせえへんわな」

「しかし白井さん、この砂利粒になにか手がかりがあるのですか。俺の経験では、どこにでもある砂粒でなにかの特定に役立つとは思えないけどな」

「岸本氏、それは最後に話そう。まだいくつか実験をしたいんだ。さて、ここの調べは済んだ。クラブの装蹄師も上で事情聴取中なんだな？」

　白井の確認に土橋がうなずいた。

「では聴取が続いている内に、装蹄師の仕事場に案内して欲しい」

　白井の要望で再び岸本に先導されて一同はロッジを出た。出入り口を固めていた捜査員に土橋と岸本は先ほどの指示を伝えている。それが済むと二人は大きい方の厩舎へと歩き出した。

大きい方の厩舎は母屋とハンスの厩舎の中ほどだ。クラブの会員用に馬が五頭ほど飼育されているという。装蹄師の仕事場は隣接している小屋らしい。

一同が着いた仕事場は小さな納屋《なや》のようで、土橋が両開きの扉を開けると薄暗いスペースに金床、壁にハンマーやヤットコがぶらさがっていた。白井は中に入ると隅にあった金属製のバケツに歩み寄った。

「これでいいだろう」

バケツに手を入れ、白井が取り出したのは錆《さ》びた蹄鉄だった。バケツに捨てられていたということは使用済みのものらしい。

「このクラブで手に持って、もっとも持ち重りがして扱いやすいのは蹄鉄だ」

そう告げた白井は含み笑いを漏らすと小屋から歩き出した。

「さてハンスの小屋で実験だ。それが済めば私の推理を説明させてもらう」

一同は白井に先導されるかたちでハンスの厩舎に戻った。立ち入り禁止のテープをくぐると扉の前で白井が友美の手首を指さした。

「原君、さっき私は君も女性なんだなと告げたな」

「ハシゲンさんが腕時計を確かめたときのことですか」

「あのとき、君もつられて腕を裏に返して時計を見たね」

「ええ、わたしはいつも文字盤が手の内側にくるように時計をはめてますねん」

「どうしてだと思う?」

「そういえば、そうだよな。昔は時計を手の内側にはめている女性が多かったよな。そして手を返して時間を確かめる。俺たち男はその逆で外側で文字盤を見る」

岸本が自身の時計と土橋の手首を眺めてうなずいた。

「理由は男女の体型の差によると考えられるんだ。男性は肩幅があるため、腕を下げると自然と肘《ひじ》が外へ張り出す状態になる。西部劇のガンマンみたいにだ」

「女性は逆なんや。肩幅が狭いから腕を下げると肘が体にくっつくように内側に曲がる。ちょうどソフトボールのピッチャーみたいに」

友美は自身の姿勢を確かめ、投球動作を一同に示して見せた。

「なるほど。その方が自然なんだな。女性が腕時計を手の内側にするのはその方が見るのに楽なのか。だが白井さん、それが密室とどう関係するんだ?」

「仮説のひとつに過ぎない。ただ実験してみれば確かめることができる」

そう答えた白井が友美に指示した。

「原君、君は一旦《いったん》、ここで待機していてくれ。ハシゲンさんと岸本氏は一緒に中へ」

白井は二人を誘うと厩舎へ入っていった。友美は外で指示通りに待機した。中に入った三人は格子窓のそばに寄ったらしい。白井の声が格子窓から届いた。

「原君。扉のカンヌキは外れているな」

「はい」

友美はカンヌキを確かめて伝えた。落としカンヌキは跳ね上げられ、外れている。

「それじゃ、まず岸本氏が投げてみてくれ」

白井の言葉で窓の鉄格子に岸本の顔がぴったりと寄せられた。扉の方を確かめると腕を格子の隙間から差し出す。手には先ほどの蹄鉄が握られている。

友美は実験の意図が理解できた。同時に岸本が扉に向けて差し出した腕を振った。蹄鉄がカンヌキに向けて飛んだ。しかし命中せずに少し先に落ちた。

「原君、外れだ。拾ってくれ」

白井の指示がある前に友美は歩き出していた。蹄鉄を拾い、窓から白井に手渡す。

「次は私が試してみよう」

格子窓に白井が顔を出すと岸本同様に腕を差し出して蹄鉄を投げた。しかし今回も命中しなかった。友美は再び蹄鉄を拾い上げると鉄格子から中へ渡した。

「それじゃ、いくぞ」

土橋が格子窓に顔を付けると差し出した腕を振った。蹄鉄がゆるやかに軌跡を描いた。そしてカンヌキに命中した。鈍い金属音がすると蹄鉄が跳ね返る。一方でカンヌキは落とし錠として受け口に収まった。

「原君、拾ってくれ。もう少し試してみる」

友美はカンヌキを戻し、蹄鉄を中へと手渡した。先ほどと同様に岸本、白井、土橋が蹄鉄投げを試みた。三人で合計十回ほど投げた結果、命中したのは三回だ。

「よし、今度は原君、君の番だ」

三人で厩舎から出てきた白井が蹄鉄を渡した。友美はうなずきながら厩舎の内部へと入った。三人がやったように格子窓から蹄鉄を投げた。四度、繰り返したが、どれも命中しなかった。三人で三回成功したのを見ていたが意外と難しいものだった。

「原君、もう出てきてもいいぞ」

白井の声が届き、友美は厩舎から出た。

「先輩、分からんのですが今の実験は外のカンヌキに対してやん。密室の謎を解明するなら内側のカンヌキを実験すべきでは？」

「中のカンヌキに関してはほぼ想像が付いている。むろん、これから実験するが」

白井の含み笑いに岸本が首をひねった。

「白井さん。相手が蹄鉄で外のカンヌキを操作したとは限らないよ。なにか長い棒や紐を使ったとも考えられるもんな」

「岸本氏のいう通りだ。蹄鉄投げはあくまでひとつの仮説だ。だが棒や紐では鉄のカンヌキに傷はつかない」

「さっきの傷？　だとして女性が時計を腕の内側にしているのと関係があるのん？」

「腕時計をどうはめるか、つまり男女の体格の差、この場合は肩や腕の骨格だが、これは遠い昔から続く生活への適応と考えられている。男性なら投擲《とうてき》だ」

「狩猟と採集生活の違いなん？」

「我々、ホモ・サピエンスのこれまでの歴史は九九パーセントが狩猟と採集の生活だ。今のような電化製品に囲まれた生活は近年のわずかだ。かつて男性は狩りのターゲットとなる動物を追い、物を投げて仕留めることを続けてきた。その環境下で物を思った方角に投げられるように骨格が形成されていった」

「女性は子供の世話や植物の採集やね。それに適しているのは男性とは逆の骨格」

「すると白井さん、今の実験はあくまで仮説だが、犯人が女性である可能性は低いということなんだな。使った蹄鉄は犯行後、不自然でない場所へ戻せばいいのか」

土橋の言葉に白井は微笑《ほほえ》んだ。

「では最後の実験だ。ハンスを連れてこよう」

「俺は無理だぜ。白井さんに頼むよ」

「岸本氏には別の仕事をお願いしたい」

及び腰の岸本に白井は耳元に口を寄せるとなにか伝えている。白井の耳打ちにうなずいた岸本は厩舎から母屋の方に戻っていった。一方、白井は柵に繋がれていたハンスの方へ歩んでいく。

「先輩、岸本さんになにを頼みはったん？」

「俺たちに内緒ということは、なにか手品でも始めるつもりか」

友美と土橋に微笑んだ白井はハンスの手綱を柵から解《ほど》いた。そして厩舎の方へと誘っていく。ハンスはすっかり白井に慣れたらしい。ごく自然な様子で導かれている。

「おそらく長谷川氏は作業時をのぞいて、厩舎ではハンスを繋がなかったのだろう」

ハンスを中へ入れた白井は窓の近くの壁を指さした。鉄製の環《わ》が下がっている。

「繋ぎ環は窓の近くだ。これは厩舎に入れられた馬が外を眺められるようにとの配慮からだ。馬は退屈すると、なにかを噛《か》んだり、わけもなく体を揺する悪癖がつく。長谷川氏がそのことをよく分かっていた証拠だ」

「そうか。馬ってのは感受性が強いんだな」

「そして記憶力に優れている」

白井が土橋とやり取りしていると厩舎へ岸本が入ってきた。ティッシュペーパーの包みを白井に手渡す。手の平ほどのサイズでなにかをくるんでいるようだった。

「適当そうなサイズをみつくろってきたよ」

「ありがとう。それじゃ、手品をご期待のようだから三人は外へ出ててくれ」

包みを受け取った白井はメンバーに指示を出した。友美はハンスと白井を残して厩舎の外へと向かった。土橋と岸本も続く。外のカンヌキは外されたままだ。

「岸本、なにを頼まれたんだ？」

「すぐに分かりますよ」

種明かしを求める土橋に岸本はいわくありげに待機している。すぐに白井が外に出てきた。慎重に厩舎の扉を閉めるとメンバーを見回した。

「さて手品が始まる。よく耳を澄ませておいてくれ」

白井の言葉に友美は扉に耳を寄せるように中腰になった。土橋と岸本も同様の姿勢を取っている。しばらくすると扉の向こうで奇妙な音がした。

かすかに鼻息が聞こえる。ハンスのものらしい。それに混じってぺちゃぺちゃと濡れた雑巾《ぞうきん》をかけるような音がする。それが二分ほど続いた。すると不意に小さな金属音がした。ことりとなにかが落ちるような音だった。

「密室の完成だ。ハシゲンさん、確かめてみてくれ」

白井の言葉に土橋は扉に手をかけ、開こうとした。しかし扉は動かなかった。

「中のカンヌキがかかったのか？」

白井がうなずいた。岸本が口元に笑みを浮かべながら鑑識用のケースを足下に置いた。中からピックを取り出す。

「それじゃ、これで開きましょうか？　最初にここでやったように」

「いや、それにはおよばない」

白井は岸本を制すると外のカンヌキを音を殺して施錠した。続いてことさら大きな音でカンヌキを外した。すぐに中から音が続いた。

先ほどとは異なる金属音だった。軽くからりとなにかが鳴る。白井がどうぞというように土橋に視線を送った。土橋が再び扉に手をかけた。すると今度は扉が開いた。

「カンヌキが外れたのか？」

土橋の問いかけに白井がうなずいた。

「種明かしをしよう。皆、中へ」

白井の言葉に一同は厩舎の中へ戻った。中では環に繋がれていないハンスが扉の方に頭を向けていた。動物が苦手な岸本はハンスと少し距離を保っている。

「私が岸本氏に頼んだのはこれだ」

上着のポケットから白井がティッシュペーパーの包みを取り出した。開いた中にはコインサイズの白い固まりがくるまれていた。

「岩塩だ。母屋のキッチンから岸本氏に持ってきてもらった。馬を運動させた後は塩を与える。多量に汗を掻いた分を補給するためでもあり、消化を助け、血液をきれいにするからだ。だから馬を扱う場所には必ずある」

「白井さん、つまり先ほどの音はハンスが岩塩を舐めていた音か」

「馬は汗掻きなんだ。私は内側のカンヌキの受け口に岩塩の固まりを挟んでおいた。カンヌキがやや斜めになるように。そして慎重に扉を閉めた。つまり扉は半分だけ施錠されていたようなものだ」

「ハンスはその岩塩を舐めきったんか。そしてカンヌキがかかった」

「そうだ。なんとも古典的な手口だ。氷のトリックと同じだ。ただし密室を完成させたのは塩の匂いがするカンヌキに気が付いたハンスだった。先ほど外のカンヌキの音を聞いて内のカンヌキを外したのもハンスだ。馬は記憶力に優れている」

「すると先輩、ハンスは自分でカンヌキの操作ができるのん？」

「ハンスに限らない。厩舎に入れられた馬は外へ出たくて、よくこれをやる。外のカンヌキが外れた音にハンスは自分からカンヌキを外したんだ」

「なるほど。密室にするための道具は塩だったんだな。それで白井さん、あんたの推理ってのは？」

土橋の問いに白井が一同を厩舎の外へ出るように仕草で示した。

「ハンスにはこれから仕事をしてもらう。それまではしばらく厩舎で落ち着かせる方がいいだろう。馬というのは外に出たがる一方で、自身の厩《うまや》にも帰りたがるんだ」

外へ出た一同に白井が説明している。友美は白井の言葉を待った。

「今朝、長谷川氏はハンスの面倒を見るために六時頃に母屋からこの厩舎《きゅうしゃ》にきた」

「そうだな。関係者の供述ではそうなってる」

「そして死亡推定時刻にこの格子《こうし》窓《まど》の下でハンスのひづめのうらほりをした」

「今朝、ハンスは泥のあるところを歩いたんやな。つまり長谷川氏は馬場ではないところへハンスを連れ出したんかな？」

「おそらくトレッキングだ。障害馬術は飛越以外にも段差を始めとする、いろいろな走行をおこなう。岸本氏、この近くに川は？」

白井の言葉に岸本が鑑識用のケースから地図を取り出した。

「二、三キロ先に小川がありますよ」

「おそらく長谷川氏はその川をハンスと渡ったんだ。トレーニングのために」

「だから帰ってきてうらほりをしたんだな」

「ハンスをトレッキングへ連れ出した長谷川氏は、当然だが扉の外側のカンヌキをかけたはずだ。戻ってきたとき、外から侵入したなにかにハンスが驚かないように」

「帰ってきた家に外からヘビやネズミが入っていたら俺も嫌だな」

「だが長谷川氏を自殺に見せかけたい犯人は内部に潜んでいて待ち受けている必要があった。長谷川氏の首の索条痕《さくじょうこん》がひとつで、争った形跡がないのは不意を突かれて首を絞められたことを示している」

「中に潜んでいると悟られないように外のカンヌキをかける必要があったんだな」

「犯人はそうやって長谷川氏を待ち受け、ハンスを厩舎の中に連れてきたときに調教索で首を絞めた。おそらく背後からだろう。厩舎の床は藁が厚く敷かれている。足音はしなかったはずだ」

「可能だな。成人男性が窒息死する場合、八から十キロの力が作用すればいい。そして蹄鉄を回収し、外のカンヌキを外したまま去った。偽装として」

「ひどい奴やわ。その後はハンスが岩塩を舐めて密室を完成させたんか。動物に犯罪の片棒を担《かつ》がせるなんて許せへん」

白井は続けた。

「だが犯人は厩舎の中に隠れていたために、外で長谷川氏がハンスのひづめのうらほりをしたことを把握できなかった」

「なるほどな。犯行を終えた犯人は鞍や長靴を戻しに母屋に戻った。自身が履いていた長靴で泥を踏んだことに気付かずに」

「長谷川氏の靴がスニーカーだったのも偽装工作だろう。自殺する人間がスニーカーでトレッキングに出るのは不自然だ」

土橋は白井の推理にうなずいた。

「つまり犯人は実行時に寝たふりをし、そっと母屋を出て長谷川氏の帰りを厩舎で待ち、犯行後も気付かれないように母屋に戻った」

「それで、先輩。あの砂利粒はなんなん？　動かぬ証拠になるのん。ハンスにもう一働きしてもらうというのは？」

白井は含み笑いをすると一同を見渡した。

「ハンスは長谷川さんと一緒にいた。つまり事件に関する唯一《ゆいいつ》の目撃者なんだ」

「なんだって？　白井さん、あんたの今の言葉は馬を使って犯人を特定しようとしている風にとれるが」

「ハシゲンさんの言うとおりなんだ。せっかくだから、これからハンスによる面通しをしようと思う」

友美は一瞬、白井の言葉に耳を疑った。

「先ほどの砂利粒でおおよその証拠はつかめている。だがこれは密室殺人だ。そんなことをたくらむ相手には名探偵によるゆさぶりが効果的だろう」

「名探偵？　誰のことだ？」

「中にいるだろ」

「馬？」

友美と土橋、岸本が同時に声を上げた。

「ハシゲンさんが述べた三人の関係者をこの厩舎に連れてきてほしい。動物がとても正直だという私の言葉が確信できるはずだ」

白井の言葉に土橋は上着から携帯電話を取り出した。番号をプッシュし、白井の指示を伝えている。相手は母屋にいる捜査員らしい。

「三人が到着したら、順番に中へ入ってもらう。扉を閉めてハンスの前に近寄らせればいい。やることはそれだけだ。誰からでもいい。後は名探偵ハンスの一声を待つ」

「へへ、名探偵の一声か。なんだかドラマみたいだよな。白井さん、それって犯人はお前だって指さす、例の奴ですか。俺も一度、生で見てみたかったんだ」

「岸本氏、残念ながら指さすことは不可能だ。馬には指がない。ひづめだから」

白井が含み笑いを漏らした。ロッジから数人の警察官に伴われた三人が近づいてきた。一人が女性、二人が男性。長谷川氏の妻、そして調教師と装蹄師らしい。

「警視庁捜査一課の土橋です。ご足労、恐縮です。実は少し進展がありましてね」

到着した三人に前置きすると土橋はハンスの厩舎を視線で示した。

「長谷川氏が死亡していた現場に関することなんですよ。それでお三方に順番に中を改めていただきたいんです。一人ずつ入ってもらえますか」

土橋はそう説明して白井に視線を投げた。白井がうなずいている。

「それではまず、奥さんの弓子さんから始めましょうか。残りのお二人はここで待機していてください」

厩舎の手前に調教師と装蹄師を残すとメンバーが扉へと向かった。土橋が長谷川氏の妻を中に入れると続いた。後ろに白井と友美、しんがりが岸本だった。

「扉を閉めてくれ」

土橋の言葉に岸本が従った。手綱を繋《つな》がれていないハンスが少し奥に立っていた。首を垂れて静かにしている。一同が入ってきたことでハンスは顔を上げた。

「奥さん少し前へ」

黒い瞳が数歩進んだ長谷川氏の妻をじっと見つめた。やがてハンスが短くいなないた。顔を長谷川氏の妻に向けて、立てている両耳をときおり動かしている。

「それでなにをすればいいのですか」

長谷川氏の妻が土橋に指示を求めた。土橋が白井に視線を送った。白井が首を振る。空振りということらしい。岸本も合図が理解できたらしく、厩舎の扉を開けた。

「結構です。外にいる警官たちと待機していてください」

長谷川氏の妻と扉まで付き添った土橋は外の人間に指示を出した。

「奥さんを頼む。その辺りで待っててもらってくれ。次は調教師の方にしよう」

土橋は残りの二人と少し離れた場所を指さした。中でなにがあったか伝え合わないようにだろう。入れ替わるように調教師が厩舎の中へ入ってきた。先ほどと同様に岸本が扉を閉めた。ハンスは入ってきた調教師にじっと視線を注いでいる。

「少し前へ」

土橋の指示に調教師は二、三歩、ハンスに近づいた。するとハンスは高いいななきを放った。両耳がやや前方に傾斜し、心なしか目になにかが感じられた。先ほどの長谷川氏の妻とは異なる反応を発信しているらしい。土橋が白井を振り返った。しかし白井は再び首を振った。

「お手数でした。奥さんと一緒に待機していてください」

土橋は調教師を扉まで見送ると外に指示した。

「装蹄師の方を」

最後の容疑者の面通しだ。本当に白井が述べたようにハンスの目撃証言が得られるのだろうか。

装蹄師が入ってきた。岸本が扉を閉めた。メンバーの少し先に立っていたハンスは現れた装蹄師を見ると数歩後ずさった。同時に短く小刻みにいないないた。

片耳は前に向き、もう片方は後ろ。そのふたつの耳を互い違いに動かしている。友美は白井が一番初めにハンスに近づいたときと同様の反応だと思い出した。

「少し前へ」

声を上げたのは白井だった。装蹄師はその指示に一同を見回すと、ゆっくり一歩だけハンスの方へ踏み出した。するとハンスはさっと耳を真後ろへと伏せた。後ずさりしたかと思うと、右へ、左へと足踏みするように体を動かしている。

「もっと前へ」

白井の声が飛んだ。装蹄師が振り返った。白井に注いだ目が見開かれている。

「いや、これ以上は。馬が怒っているようで危ないよ」

装蹄師の言葉を無視して白井は相手の背後に立った。そしてその背中を押した。思わず装蹄師はたたらを踏んだ。途端にハンスがいなないた。体を動かしながら低く、短く、何度も繰り返している。

「怒っているんじゃない。怖がっているんだ。ハンスは今、強い恐怖を感じている」

白井は装蹄師の腕をつかんだ。

「どういうことか教えてやろう。馬は記憶力に優れている。ヒトや場所、物を思い出す能力に長《た》けているんだ。だから不快な出来事があったのと同様の場面に出くわすと過去の記憶と結びつけて思い出す。今、ハンスがなにを思い出しているか、あんたには分かっているな」

白井はさらにつかんでいた装蹄師の腕をハンスの方へと引っ張った。

「馬がどれほど力があるかはあんたならしっているはずだ。もっと近寄るか?」

腕をつかまれていた装蹄師が白井の手をふりほどこうともがいた。ハンスはまだ興奮したように体を動かし、いなないている。

「馬の記憶力だと？　それがなんの証拠になる。法廷で馬が証言できるのか？」

「できる。ただし言葉ではなく、ひづめで」

白井は断言して土橋と岸本に視線を送った。

「先ほどお二人に確認しておいてもらいたいと依頼したことがあったな。もう結果が出ているはずだろう」

土橋が上着から携帯電話を取り出した。それを操作して相手と話している。やがて会話を終えた土橋が装蹄師の肩に手を置いた。

「残念だな。動かぬ証拠が出たようだよ。まず馬具倉庫にあった障害用の鞍は長谷川氏のものでハンスに使っていたと分かった。それから更衣室のロッカーにあった長靴があんたのものだと判明した」

「長靴？」

「そうだ。あんたは今朝、ここにきたとき、ゴムの長靴を履いていただろ？　我々はその靴底から砂利粒を発見した。詳しくはさらなる鑑定が必要だが厩舎の外に残っていた泥の中のものと類似しているようだった」

「俺の長靴と厩舎の外にあったのが同じ砂利粒だと？　そんなものが動かぬ証拠などになるわけがない。この近辺は砂利粒だらけだ。同じものだと鑑定されても、いたるところで靴底に付く」

「あれは砂利粒ではない」

白井の声が厩舎に響いた。

「あれは水棲《すいせい》昆虫、ヒゲナガカワトビケラの殻だ」

「水棲昆虫？」

「そうだ。今朝、長谷川氏はハンスとトレッキングに出かけた。そして小川を歩いたんだ。トビケラの幼虫には砂粒を寄せ集めて小さな殻を作る種がいる。小川を渡ったハンスのひづめにそのトビケラの幼虫がはさまったんだ」

土橋が装蹄師の肩を数度叩《たた》いた。

「あきらめろ。あんたは長谷川氏を厩舎で待ち伏せしてたから分からなかったんだろうが、長谷川氏は厩舎の前で馬のひづめをきれいにしてやった。あんたはその泥を踏んだんだ」

装蹄師は見開いた目で土橋を見つめている。

「あんたは牧場にいない水棲昆虫の殻を長靴の底に付けていた。九時頃、遺体を発見した生徒の靴底にはなかった。他の誰の靴にも。つまり生徒以外に、ここにきたのはあんたしかいないことになる」

土橋はそう告げると装蹄師の腕をつかんだ。岸本が扉を開けた。

「所轄《しょかつ》、護送してくれ」

土橋の声が外へと向けられた。待機していた警官が装蹄師の脇《わき》を固めると母屋《おもや》の方へ連れて行く。厩舎には白井を始め、友美と土橋、岸本が残された。

「この後の取り調べは本庁捜査一課の管理官の仕事だ。我々はお役御免になる」

そこまで告げた土橋は白井を見やった。

「後学のためにさっきの馬の反応を教えてくれないか。面通しさせれば犯人が分かると考えたのはなぜなんだ?」

「名前だよ」

「名前?」

「ハンスだ。昔、同じ名前の馬が興業に出されていた。計算ができるというので一世を風靡《ふうび》したんだ。学者馬と呼ばれるほどに」

白井が続けた。

「だがそれは馬の感受性、周りの様子を感じ取るコミュニケーションの能力からだ。例えば二足す二はと問題を出す。すると学者馬はひづめで床を叩き始める。一回、二回、三回とゆっくりと」

「四回目にきたら、どうするんだ？」

「床を叩きながらハンスはずっと観察している。そのとき、飼い主がどう感じているか、どんな様子かを。そして四回叩いた際に変化を理解して止《や》める」

「つまり飼い主のささいな仕草を読み取り、そこが答と理解していたのか」

「先ほど私は馬の記憶力が優れていると述べた。だが馬の能力はそれだけではない。彼らは鳴き声と耳でコミュニケーションする」

「耳の動きやな。馬は耳で感情を表現しているんですか」

友美は白井がハンスと最初に対したときや厩舎で見せた反応を想起していた。

「そうだ。ある馬の達人は馬の耳には第六感があると述べた」

「第六感？」

「馬は群れで暮らす動物だ。その達人は地震や嵐《あらし》やさまざまな苦境を群れのリーダーが察知して、仲間を引率していることに気が付いた。リーダーに対する群れの信頼は絶対的だった。達人はそのときのリーダーの馬の耳が仲間への指示を示していることに気が付いた」

「そうか。仲間にこっちに逃げれば安全だとか伝えとったんか。まるで馬は耳で見たり話したりしているみたいやな」

「最初にハンスに面通しをしたのは長谷川氏の奥さんだった。あのとき、ハンスは首を垂れて静かにしていた」

「奥さんが入ってくると顔を上げて見つめ、短くいなないきましたわ。ヒヒンと」

「あれは馬の交信でもウイニングと呼ばれるものだ。あのときのハンスの声は心痛を表現していた。悲しかったんだ」

「顔を奥さんに向けて、立てた両耳をときおり動かしてたんは？」

「心細く、不安な感情を示している」

「調教師のときは違ったな。高く、いないた。今までにない反応だと思ったが」

「両耳が前に傾斜してたよな。俺もハンスがなにかを訴えていると感じられたよ」

「あれは愛情の表現だ。調教師に不安な気持ちを慰めてもらいたかったんだろう」

「白井さん、そして装蹄師の番になったんだな。記憶力が優れたハンスは主人が殺された場面に立ち会っている」

「あのとき、ハンスは数歩後ずさって同時に短く小刻みにいないいてたわ」

「だよな。片方の耳は前に向き、もう片方は後ろ。ふたつを交互に動かしてた」

「先輩、あの耳は先輩が最初にハンスに近づいたときと同じに見えたんやけど」

「原君の指摘通りだ。あれは相手に対して怒っているときの動作なんだ。つまり威嚇《いかく》だ。だが私は装蹄師《そうていし》をさらにハンスに近づけた」

「ハンスは耳を真後ろへ伏せたわ。後ずさりして足踏みみたいに体を動かした」

「威嚇しても相手が近づいたことによる反応なのか」

白井がうなずいた。

「だから私はもっとはっきりとした反応を引き出すために相手の背中を押した」

「それに反応してハンスは短く、低くいななきました。何度も」

「そうだ。威嚇した相手がさらに接近したために恐怖を感じたんだ。あの時点ですでに装蹄師の犯行は露呈してしまった」

「なるほどな。確かに白井さんのいった通り、動物はとても正直だ」

土橋は一連の説明を聞き、厩舎にいるハンスを眺めた。そのとき、音がした。白井の上着のポケットからだった。メールの着信らしい。白井はスマートフォンを取り出すと画面を改めた。

「そうか。そうだったのか。アリオンだったんだ」

白井が溜息《ためいき》とともにつぶやいた。その言葉を友美は具体的に理解できなかった。しかしメールである点からアルゼンチンからではないかと推測できた。

「岸本氏、おりいって頼みがある。今すぐにでなくていいんだが」

そう述べた白井は岸本の横へ行くとなにか相談を始めた。

応接室にはカレンダーがなくなっていた。ひとつも。事件から二週間ほどが経過した十一月中旬、平日の夕刻。動物屋敷の応接室で友美はその事実を確認した。土橋、岸本も一緒だった。

乗馬クラブの殺人事件は装蹄師の自白で解決した。その経緯は取り調べ後に白井へ報告してあった。今回、三人が屋敷を訪れたのは別件による。事件捜査時、白井が岸本に依頼していた件だった。

「岸本氏、ありがとう。難しい作業だったんではないかな」

「いえいえ、名捜査官である白井さんの依頼なら骨惜しみはしませんよ」

白井は応接室で一同の到着を待っていた。入ってきたメンバーを見ると椅子《いす》から立ち上がり、まず感謝を述べた。

「ぞろぞろと押しかけて申し訳ない。ただ、うまい酒が手に入ったんで前回の捜査協力のお礼代わりに持参したんだ」

土橋が手にした手提げ袋を示した。中から取り出したのは灘《なだ》の清酒。その一升瓶を土橋は机に置いた。しかし捜査協力のお礼と述べたのは本音でないと友美も理解していた。一同が沈黙した。どこから話を始めるべきか、誰しも思いは同じらしい。

「大丈夫。心の準備はできている。六年もかけたんだ。事実さえ確認できればいい」

一同の胸中を理解しているのか白井は話を待っている。土橋が岸本に視線をやった。うながされて岸本は携えてきた鑑識用のケースからビニールパックを取り出した。

「それじゃ、まずこれをお返ししておきます」

岸本が手にしていたのはビデオカメラだった。アウトドアでの使用に耐える頑丈そうな樹脂製の製品だ。白井はビニールパックを愛《いと》おしそうに受け取った。

「防水性が高いためにデータは割合、鮮明に修復することができました」

岸本はケースからタブレット型の情報端末を取り出した。その電源を入れる。

「ここに修復したデータをコピーしてあります。ただ残されていたデータは三十秒程度。しかも音声だけです」

「画像は？」

「残されてはいます。しかしその三十秒の間にはなにも録画されていません」

そこまで告げて岸本は白井を見つめた。その視線に白井はうなずいた。岸本の指が手にしている情報端末の画面に伸び、再生アイコンを押した。

画面に画像が現れた。白濁した様子で、モアレかなにかが揺れ、一瞬、深い霧でも撮影したのかと思えた。

「ラ・プラタ川か。水質が濁っているからこんな風になるんだな。これではイルカを撮影しようとしても難しかっただろう」

白井はつぶやいた。岸本が返したのは白井の両親が持参していたビデオカメラだった。厩舎での面通し後、白井が受信したのはアルゼンチンの調査員からのメールで、潜水調査によってビデオカメラを発見したと伝えてきたのだ。

そのカメラが数日前、現地から送られてきたために白井はカメラに残されていた内容を修復するように岸本に依頼していた。

白井の両親の事件は岸本も土橋も耳にしている。そしてデータの修復と同時に友美を含めた三人で事前に内容を確認してあった。

その報告をするため、メンバー全員が集まったのだ。目的は報告もさることながら、白井のことが心配であり、どう慰めるかに絞られていた。

濁った水中を映す画像が続く中、音声が再現された。甲高い口笛を思わすものだった。ぴーぴーと繰り返し、鳴っている。それがいくつか音質を変化させて増えた。

「イルカのホイッスル音だな。仲間と交信している。お互いを確認しているんだ」

岸本が提示している端末は濁った水中と口笛のような音声を三十秒ほど再生して終

わった。両親の手がかりとしてはあまりに素っ気ないものだった。しかしこのデータに大きな意味があるとメンバー全員が理解できていた。

「回収されたビデオは操作ボタンが繰り返し再生のままでした。ですがバッテリー切れで動作停止となっていたんです」

「なるほど。今の話で納得がいった」

白井は持っていたビニールパックを机に置いた。そして一同を見回した。

「原君を始め、皆さんは私のことを心配して集まってくれたんだろう。改めて感謝する。みんな座ってくれ。私には皆さんに説明する義務があるだろう」

メンバーは白井の言葉に着席した。

「現地の調査員がブエノス・アイレスの対岸、ウルグアイ側で目撃情報をつかんでくれた。しきりにイルカがジャンプしていたんだ」

「シャチに追われて仲間に警告を発していたんやね」

友美は説明させる負担をできるだけ軽くしようと聞いていた内容を口にした。

「私の推理ではラ・プラタ川の河口へボートで漕《こ》ぎだした両親は、このようになんとかイルカの音声をおさめることができた。しかし画像は今見た通りだ」

「ビデオが繰り返し再生の状態だったということは、ご両親は声だけしか手に入らなかったイルカの姿をなんとか画像に捕らえたかったと考えられますが」

「岸本氏、名推理だ。おそらく、そうだろう。これがイルカの交信する声だと考えた両親は水中でビデオカメラの音声を再生してイルカを呼んでいたんだ」

友美も事前に同様の推理が頭に浮かんでいた。調べてみるとイルカは哺乳類《ほにゅう》の中でも抜群の聴覚の持ち主だった。コウモリのように自らが発した超音波の反響を聞くことで対象をキャッチする。

また音は空中より水中の方がずっとよく聞こえる。ビデオの音に反応しても不思議ではない。しかし続く内容を口にするのは、はばかられた。白井はそれを告げた。

「だがやってきたのはイルカではなかった。イルカを餌《えさ》とするシャチだった。彼らは獲物にアタックして海上へはじき上げる」

河口に浮かぶボートはイルカの体長と同じくらいだ。シャチはイルカの声がするボートを日頃から狩っている相手だと思い、襲いかかった。体長九メートル近いシャチに襲われれば、ボートはひとたまりもないだろう。

水上へ跳ね上がり、白井の両親とビデオカメラは外へ放り出される。だがカメラは防水性だ。繰り返し再生の状態ならバッテリーが切れるまで作動する。

事件後ほどなく、ラ・プラタ川はサンタロッサの嵐のために河口が氾濫《はんらん》した。その水量の変化でビデオカメラは対岸のウルグアイへと流されていった。

その状態でカメラはバッテリーが切れるまで川底でイルカのホイッスル音を繰り返し、その音声に反応したイルカは仲間が呼んでいると判断してカメラの水没している周辺にたびたび出現した。シャチに追われながらも。

その後にカメラのバッテリーが切れ、河岸は平素に戻ったのだ。白井の両親の失踪は今のような顛末《てんまつ》だったと考えられる。白井はしばらく黙っていた。窓に視線を据えている。

「原君、君は質問しないんだな」

白井は友美の疑問を理解しているらしかった。なぜ転覆したはずのボートが借り出した船着き場に戻されていたかだ。シャチに襲われたボートが無人で帰還するのは不自然なのだ。

「ハンスの厩舎でメールを見たとき、私はおおよその解釈ができていた。両親の件は音に関係するのだと」

白井は続けた。

「ギリシア時代の歴史家ヘロドトスはイルカがハープに呼ばれたと書き残している」

「聞いたことがあるわ。ギリシア神話のアリオンのことや」

友美は記憶を探りながら続けた。

「詩人アリオンがコリント人につかまり、海に身投げしろと迫られた際、最期にハープで一曲歌わせてくれと懇願した。そして曲を終えた彼が海に飛び込むとイルカが現れ、彼を背に乗せて海岸へと運んでくれたんやね」

「イルカが溺《おぼ》れている漁民や波にさらわれた人間を助けたという報告は各地で伝えられている。それはおそらくイルカの習性からきているのではないかと考えられる」

白井は続けた。

「両親のボートは襲われた。しかしビデオカメラはイルカの鳴き声を再生し続けている。だからシャチが去った後、イルカはその水中の音声に反応してやってきた」

「するとボートを船着き場に運んだのはイルカたちやった？」

「イルカは水面に浮いているものを見つけるとつついたり、背に乗せて運んだりする習性がある」

「彼らの動物学的行動なんだな」

土橋がうなずいた。

「イルカの母親は出産直後の新生児を水面に押し上げて呼吸させる行動を取る。幼いイルカを背中におんぶするようにして泳ぎもする」

「ボートが戻っていたのはその習性の一環なのか」

「むろん水面にあるものが流木なのか、ボートなのかはイルカの関知するところではない。ただ浮かんでいた無人のボートに対して彼らは自身の本能に正直に行動しただけだ。それは両親のボートを襲ったシャチも同じだ。彼らにはなんの罪もない」

白井はそこまで説明すると黙った。沈黙が応接室を覆《おお》った。誰かが発言する必要があった。それを土橋は感じ取ったらしい。一同を代表するように尋ねた。

「白井さん、俺たちにできることはないかな」

「これまでも充分にしてもらっている。もったいないほどに」

白井は応接室のメンバーに視線を向けた。

「当初、人間社会に背を向け、家の中に閉じこもっていた私を捜査協力というかたちで家の外へ連れ出してくれたのは原君だった」

友美は白井の言葉を黙って聞いていた。

「一般人である私が捜査に加わることを大目に見て、受け入れてくれたのは岸本氏だ。しかもアルゼンチンでの捜査の重要なヒントまでくれた」

熊《くま》を彷彿《ほうふつ》させる大柄な岸本の肩がかすかに震えている。

「ハシゲンさん、あなたは私の動物に関する知識を信頼し、捜査を任せてくれた。組織内で反発する声もあったはずだ。しかしそんなことはおくびにも出さず、事あるごとに引っ張り出してくれた。まるで私の人間性が回復するのを待つように」

白井の言葉は図星だったようだ。土橋は端的に指摘され、顎《あご》を掻《か》いた。

「おかげで六年間、手がかりのなかった両親の事件が解決した。今日は私にとってはもっとも大きな捜査が終結した日ともいえる」

白井は椅子から立ち上がると一同に告げた。

「来年、私は両親の命日となる八月二十五日に現地へ赴き、花を手向けるつもりだ」

白井は一同を見回した。

「なにか口に入れるものを持ってくる。せっかく灘の酒があるんだ。今日は両親の事件が解決した祝杯を一緒にあげて欲しい」

「手伝いましょうか」

友美は白井の背中に声をかけた。

「いや、いい。それよりもビスマルクを連れてきてるんだろ？　せっかくだからマックスと一緒に庭で遊ばせてやってくれ」

白井は振り向きもせず、応接室から廊下へと出ていった。土橋と岸本はソファに腰かけたままだ。不意に声が聞こえた。押し殺した小さな声だった。それは白井が出ていった廊下からする。聞くとすすり泣きだった。友美は土橋に視線を送った。

「友美さん、犬を遊ばせておいで。そして待っていよう。白井さんが戻るのを」

友美はカレンダーが皆無の応接室を眺めた。やけにがらんとして寒々しい。喉元《のどもと》まで言葉が出かかっていた。大丈夫でしょうかと。しかし土橋の示唆《しさ》でそれを呑《の》み込んだ。大丈夫だ。それは土橋も感じている。岸本もうなずいた。人生の痛みをする二人の仕草だった。

友美は応接室を出た。白井自身も告げていたではないか。当初、社会に背を向けていたが、すっかり人間性が戻ってきたと。だからこそ白井は泣いているのだ。だからこそカレンダーを廃棄する決意をしたのだ。

白井邸の門をくぐり、表に停めてあったバンからビスマルクを連れだした。そして庭に戻ると門を閉める。屋敷の裏側にある犬舎にいくとマックスを出した。

マックスはすでに匂《にお》いで友達であるビスマルクがやってきていると理解しているようだ。激しく尻尾《しっぽ》を振り、庭へと駆け出していく。

冬の陽はあっという間に沈み、白井邸は闇《やみ》に包まれている。その庭に駆け回る足音、吠《ほ》えて遊ぶ二匹の声が聞こえてくる。大丈夫だ。白井にはマックスがいる。そして応接室に集ったメンバーも。

そしてわたしも。友美は決意していた。一緒にいこう。アルゼンチンに。そして先輩の悲しみを共有しよう。庭で遊ぶ二匹をそのままに友美は白井邸の玄関を開けた。

応接室に向かいながら友美は思った。ここには白井にとって大切な人々がいる。彼の才能と人柄を理解し、いたわろうと集う人々が。人間は動物同様に正直なのだ。少なくともそばにいる誰かの痛みを理解できるのだ。

悲しいときは、ともに泣けばいいのだ。嬉《うれ》しいときには笑えばいい。そうやってわたしたちは生きていくのだ。応接室に入るとすでに白井が戻っていた。かすかに目尻《めじり》が赤いが、もう涙はない。

「これといったものがキッチンになかった。だから出前を頼んだよ」

微笑《ほほえ》む白井に友美はうなずき、答えた。

「駅前の港寿司《ずし》ですね。穴子の追加で」

庭から二匹の吠える声がした。俺たちの分も忘れないでと訴えるように。友美はゆっくりと応接室が温かくなっていく感触を感じ取っていた。

参考文献

細将貴『右利きのヘビ仮説　追うヘビ、逃げるカタツムリの右と左の共進化』東海大学出版会、二〇一二年
黒岩比佐子『伝書鳩　もうひとつのIT』文春新書、二〇〇〇年
吉田和明『戦争と伝書鳩　1870―1945』社会評論社、二〇一一年
藤田祐樹『ハトはなぜ首を振って歩くのか』岩波科学ライブラリー、二〇一五年
渡辺茂『ピカソを見わけるハト　ヒトの認知、動物の認知』NHKブックス、一九九五年
〈雑穀飼料　和栗商店〉ウェブサイト（http://pigeon.waguri.net/）
長谷川公之『犯罪捜査大百科』映人社、二〇〇〇年
吉村仁『素数ゼミの謎』文藝春秋、二〇〇五年
實吉達郎『おもしろすぎる動物記　六時虫、凶暴なブタ、伝説の毒鳥、陸を行く魚…』サイエンス・アイ新書、二〇〇八年
アン・マクブライド著、斎藤慎一郎訳『ウサギの不思議な生活』晶文社、一九九八年
博学こだわり倶楽部編『駅（STATION）　面白すぎる博学知識　数年間、列車が1本も発着しなかった駅があるって?!』KAWADE夢文庫、一九九九年
小林朋道『ヒトはなぜ拍手をするのか　動物行動学から見た人間』新潮選書、二〇一〇年
ピーター・ミルワード『聖書の動物事典』中山理訳、大修館書店、一九九二年
高橋健・海野和男『雑木林のなかを飛ぶオオムラサキ　自然観察ものがたり5』講談社、一九八〇年

森一彦『北国のオオムラサキ』こみねライブラリー、一九八〇年
海野和男『雑木林を飛ぶオオムラサキ　虫から環境を考える2』偕成社、二〇〇五年
矢島稔『チョウとガのふしぎな世界　わたしの昆虫記3』偕成社、二〇〇一年
安間繁樹『アニマル・ウォッチング　日本の野生動物』晶文社、一九八五年
唐沢孝一『The Birds「都・市・鳥」　鳥の目から見た都市文明』徳間書店、一九九一年
毎日新聞地方部特報班『花鳥風月　気候図ものがたり』毎日新聞社、一九九五年
日本動物学会関東支部編『生き物はどのように世界を見ているか　さまざまな視覚とそのメカニズム』学会出版センター、二〇〇一年
デイヴィッド・マクドナルド『野ギツネを追って』池田啓訳、平凡社、一九九三年
内山節『日本人はなぜキツネにだまされなくなったのか』講談社現代新書、二〇〇七年
クリス・ミード『フクロウの不思議な生活　ワイルドライフ・ブックス』斎藤慎一郎訳、晶文社、二〇〇一年
松田道生『カラス、なぜ襲う　都市に棲む野生』河出書房新社、二〇〇〇年
M・G・ワトソン『乗馬　ビギナーからインストラクターまで』千葉幹夫監訳、平凡社、一九八四年
デズモンド・モリス『アニマル・ウォッチング　動物行動観察ガイドブック』日高敏隆監訳、河出書房新社、一九九一年
宮崎信之監修、片倉さとし著、ネイチャー・プロ編集室編『クジラの謎・イルカの秘密　100問100答』河出書房新社、一九九八年

解説

若林踏

まず始めに言っておこう。本書『誘拐犯はカラスが知っている　天才動物行動学者白井旗男』は魅力的な名探偵の物語である。特異な才能を持った奇人が豊富な知識と鋭い観察力で真相を見破る、という折り目正しき名探偵の活躍譚《かつやくたん》を欲する方には堪《たま》らない一冊なのだ。

本書はもともと、yomyom pocket および ROLA アプリに二〇一五年四月より連載されていた短編をまとめたものである。ちなみに連載時のシリーズタイトルは「動物捜査」であった。

東京の西の外れ、あきる野市五日市。市街地から離れ、人家がまれな地域に、動物たちが数多く住まう古びた洋館があった。動物屋敷の主人の名は、白井旗男。白井はかつて国立大学の大学院に在籍していた動物行動学者であり、その明晰《めいせき》な頭脳は教授候補の筆頭に挙がるほどであった。ところが白井は両親が失踪《しっそう》した途端に休学、大学に戻ってきたと思ったら経済学部に編入し、卒業後は屋敷に引きこもってしまう。

世捨て人同然に生きる白井だが、そんな彼を訪ねる人物が一人だけいた。大学の後輩であり、警察犬を操るハンドラーの原友美である。友美は白井の動物行動学者としての才能を買い、彼に事件の捜査協力を依頼するのだ。そこには社会と隔絶して生きる白井を、外の世界へと引きずり出そうという、友美の願いも込められていた。

こうして友美をワトスン役に、白井は名探偵としての才能を発揮していくのだ。当初は他者との関わりを避けるべく、白井は友美の依頼を積極的に受けようとしない。しかし事件を通して友美や彼女の仲間たちと触れ合うことで、白井は閉ざしていた心を次第に開いていく。本書は謎《なぞ》解き連作短編であると同時に、名探偵自身の再生を描いた物語でもあるのだ。また、本書には各編を貫く大きな謎が用意されている。なぜ白井は人間嫌いになり、屋敷に引き籠《こも》るようになったのか。白井は友美が持ち込む事件以外に、自分の人生に深く関わる謎にも挑んでいく。

さて、こうした名探偵の物語をより豊かなものにしているポイントが二つある。

まず一つは動物ミステリの側面である。しかし動物ミステリ、と一口にいってもその形式は様々だ。ここではちょっと寄り道をして、動物ミステリのパターンを幾つか整理しておこう。

一つには動物自身が主役格、もしくは語り手として登場する作品がある。例えばアキフ・ピリンチ『猫たちの聖夜』（ハヤカワ文庫NV）は、猫フランシスが探偵役となり殺人事件ならぬ殺〝猫〟事件を捜査するお話だ。スペンサー・クインの〈名犬チェットと探偵バーニー〉シリーズでは私立探偵の相棒犬であるチェットが語り手となり、犬の目線から事件の模様が描かれる。動物が語り手となるわけではないが、赤川次郎の〈三毛猫ホームズ〉シリーズは猫が事件の手掛かりを示す重要な役割を担《にな》っている点で、このカテゴリーに入る作品だろう。

二つ目は主人公が動物に関する専門知識を持ち、それが謎解きに大きく絡《から》んでくるもの。ドラマ化もされた大倉崇裕《おおくらたかひろ》〈警視庁いきもの係〉シリーズや、かの博物学者シートンが探偵役となる柳広司《やなぎこうじ》『シートン探偵記』（文春文庫）などがこれに当たる。

三つ目は人間と動物との間に生まれる絆《きずな》に焦点を当てたもの。最近の作品でいえばロバート・クレイス『容疑者』（創元推理文庫）が思い浮かぶ。相棒を職務中に失った刑事が、同じく相棒を亡《な》くした警察犬のマギーと心を通わせる、バディ小説の秀作である。国内では稲見一良《いなみいつら》『猟犬探偵』（光文社文庫）がお薦めで、迷い犬探しが専門の探偵・竜門と狼《おおかみ》に似た相棒の猟犬ジョーとのコンビが良い味を出していた。

このパターンとは逆に、動物を脅威の対象として描くミステリもある。代表格はアルフレッド・ヒッチコック監督による映画でも有名な、ダフネ・デュ・モーリアの短編「鳥」（創元推理文庫『鳥』所収）だろう。意思の通じない相手と対峙《たいじ》した時の恐怖が肝であり、スティーヴン・キングの『クージョ』（新潮文庫）など、パニック・ホラーものに傑作が多い。この他、日影丈吉《ひかげじょうきち》『恐怖博物誌』（出版芸術社）やパトリシア・ハイスミス『動物好きに捧《ささ》げる殺人読本』（創元推理文庫）といった動物をテーマにした短編集など紹介したい作品は山のようにあるのだが、切りがないのでここら辺で止めておく。

先の分類にしたがえば、本書は二番目に挙げた「専門知識を持つ主人公が動物絡みの謎を解く」に当たる。探偵役の白井は動物の生態や習性を分析する動物行動学のエキスパートであり、動物たちが残したほんの些細《ささい》な手掛かりから事件の真相を暴いて見せるのだ。論理的な推理の鮮やかさはもちろんのこと、白井が披露する目から鱗《うろこ》の学説にも注目いただきたい。謎解き以外にも、ある分野における最新の知見に触れる楽しさが込められている辺りは、昨今の科学捜査ミステリに近いものを感じる。

ポイントの二つ目は、謎解きミステリとして多彩なバリエーションを持った短編集であること。本書には七つの短編が収められているが、その一つ一つが異なったスタイルの謎解き小説として描かれているのだ。

例えば「Ｃａｓｅ１　烏合《うごう》の地」。誘拐事件の人質の居場所を突き止めるために、白井は屋敷から携帯電話で友美に指示を出しながら、ある動物を使った大胆な実験を行ってみせる。引きこもりという設定を活かした、バディ捜査ものの変奏曲といえる一編だ。真っ先に連想したのはジェフリー・ディーヴァーの〈リンカーン・ライム〉シリーズである。四肢の麻痺《まひ》でベッドから動くことのできない科学捜査官ライムが、相棒サックスに自分の手足代わりになってもらうことで謎解きを進める物語であり、このシリーズのファンならば「烏合の地」をきっと気に入ってもらえるだろう。

また「Ｃａｓｅ３　チャップリンの新しい靴」では倒叙ミステリに作者は挑戦している。倒叙ミステリとはあらかじめ犯人側の行動を描き、探偵役がどうやって犯人のミスや犯行計画の綻《ほころ》びを見つけるのか、という興味で読ませる物語形式のことだ。本編は逃亡中の殺人犯である〝俺〟が、自分の身代わりになる死体を解体する場面から始まる。警察犬の嗅覚《きゅうかく》をも警戒するほど入念かつ巧妙な犯罪計画を、白井はこれまた動物行動学者らしい観点から打ち破ってみせるのだ。

極めつきは本書の掉尾《とうび》を飾る「Ｃａｓｅ７　学者がいた密室」だろう。題名の通り、本編の目玉は密室。鍵《かぎ》のかかった厩舎《きゅうしゃ》のなかで、乗馬クラブの経営者が変死体で発見された事件に白井が挑む。手の込んだトリックに加え、事件関係者が一堂に会したなかで謎解きが行われるという、探偵小説の伝統ともいうべき一幕まで用意された本格謎解きの正道を行く一編である。この他にも安楽椅子探偵ものを彷彿《ほうふつ》とさせる話や、宝探しの冒険譚のような話など、手を替え、品を替えつつ謎解きの悦楽を込めた短編を作者は生み出しているのだ。繰り返しになるが、本書は名探偵、そして本格ミステリを愛する者には垂涎《すいぜん》の短編集なのである。

浅暮三文は一九九八年、『ダブ（エ）ストン街道』（講談社文庫）で第八回メフィスト賞を受賞しデビューする。第五十六回日本推理作家協会賞を受賞した『石の中の蜘《く》蛛《も》』（集英社文庫）など五感をテーマにしたミステリ、広告マン時代の体験を基にした自伝的小説の『広告放浪記』（ポプラ社）、スポーツ小説『やや野球ども』（角川書店）と、これまでの浅暮はジャンルに囚《とら》われない創作活動を行ってきた。

その浅暮が近年、力を入れているのが〈刑事課・亜坂誠《あさかまこと》　事件ファイル〉や〈セブン〉といった文庫レーベルのシリーズキャラクターものである。これらの作品の共通項はシリーズを跨《また》いだ登場人物の客演、そして本格謎解きの要素を色濃く打ち出した展開だ。本書もこれらの作品群に連なるものだが、探偵役の個性溢れる造形、謎解きの形式への強いこだわりという点では頭一つ抜きんでている。動物を愛する名探偵、白井旗男との一日も早い再会を願う。

（二〇一八年一月、評論家）

この作品はyomyom pocketおよびROLAアプリ二〇一五年四月〜一七年四月連載を改題、全面的な加筆修正を行なったものです。

今野敏著

隠蔽捜査

吉川英治文学新人賞受賞

東大卒、警視長、竜崎伸也。ただのキャリアではない。彼は信じる正義のため、警察組織という迷宮に挑む。ミステリ史に輝く長篇。

今野敏著

果断

―隠蔽捜査2―

山本周五郎賞・日本推理作家協会賞受賞

本庁から大森署署長へと左遷されたキャリア、竜崎伸也。着任早々、彼は拳銃犯立てこもり事件に直面する。これが本物の警察小説だ！

今野敏著

疑心

―隠蔽捜査3―

来日するアメリカ大統領へのテロ計画が発覚！　羽田を含む第二方面警備本部を任された大森署署長竜崎伸也は、難局に立ち向かう。

今野敏著

初陣

―隠蔽捜査3.5―

警視庁刑事部長・伊丹俊太郎が頼りにするのは、幼なじみのキャリア・竜崎だった。超人気シリーズをさらに深く味わえる、傑作短篇集。

今野敏著

転迷

―隠蔽捜査4―

外務省職員の殺害、悪質なひき逃げ事件、麻薬取締官との軋轢……同時発生した幾つもの難題が、大森署署長竜崎伸也の双肩に。

今野敏著

宰領

―隠蔽捜査5―

与党の大物議員が誘拐された！　警視庁と神奈川県警の合同指揮本部を率いることになったのは、信念と頭脳の警察官僚・竜崎伸也。

中村文則著

迷宮

密室状態の家で両親と兄が殺され、小学生の少女だけが生き残った。迷宮入りした事件の狂気に搦め取られる人間を描く衝撃の長編。

道尾秀介著

貘《ばく》の檻《おり》

離婚した辰男は息子との面会の帰り、32年前に死んだと思っていた女の姿を見かける――。昏い迷宮を彷徨う最驚の長編ミステリー！

道尾秀介著

ノエル
―a story of stories―

暴力に苦しむ圭介は、級友の弥生と絵本作りを始める。切実に紡ぐ〈物語〉は現実を、世界を変え――。極上の技が輝く長編ミステリー。

道尾秀介著

月の恋人
―Moon Lovers―

恋も仕事も失った元派遣ＯＬの弥生と非情な若手経営者蓮介が出会ったのは、上海だった。あなたに贈る絆と再生のラブ・ストーリー。

道尾秀介著

龍神の雨

血のつながらない父を憎む蓮。実母を殺したのは自分だと秘かに苦しむ圭介。降りやまぬ雨、ひとつの死が幾重にも波紋を広げてゆく。

道尾秀介著

片眼の猿
―One-eyed monkeys―

盗聴専門の私立探偵。俺の職業だ。今回の仕事は産業スパイを突き止めること、だったはずだが……。道尾マジックから目が離せない！

誉田哲也著　ドルチェ
元捜査一課、今は練馬署強行犯係の魚住久江、42歳。所轄に出て十年、彼女が一課に戻らぬ理由とは。誉田哲也の警察小説新シリーズ！

誉田哲也著　ドンナ ビアンカ
外食企業役員と店長が誘拐された。捜査線上に浮かんだのは中国人女性。所轄を生きる女刑事・魚住久江が事件の真実と人生を追う！

桜木紫乃著　無垢の領域
北の大地で男と女の嫉妬と欲望が蠢めき出す。子どものように無垢な若い女性の出現によって——。余りにも濃密な長編心理サスペンス。

桜木紫乃著　硝子の葦
夫が自動車事故で意識不明の重体。看病する妻の日常に亀裂が入り、闇が流れ出した——。驚愕の結末、深い余韻。傑作長編ミステリー。

桜木紫乃著　ラブレス
島清恋愛文学賞受賞・突然愛を伝えたくなる本大賞受賞
旅芸人、流し、仲居、クラブ歌手……歌を心の糧に波乱万丈な生涯を送った女の一代記。著者の大ブレイク作となった記念碑的な長編。

海堂尊著　ランクA病院の愉悦
売れない作家が医療格差の実態を暴くため「ランクA病院」に潜入する表題作ほか、奇抜な着想で医療の未来を映し出す傑作短篇集。

誘《ゆう》拐《かい》犯《はん》はカラスが知《し》っている
天才動物行動学者　白井旗男

新潮文庫　あ - 92 - 1

平成三十年三月一日発行

著者　浅《あさ》暮《ぐれ》三《みつ》文《ふみ》
発行者　佐藤隆信
発行所　株式会社 新潮社
郵便番号　一六二―八七一一
東京都新宿区矢来町七一
電話 編集部(〇三)三二六六―五四四〇
読者係(〇三)三二六六―五一一一
http://www.shinchosha.co.jp

価格はカバーに表示してあります。

・乱丁・落丁本は、ご面倒ですが小社読者係宛ご送付ください。送料小社負担にてお取替えいたします。

印刷・株式会社光邦　製本・株式会社大進堂

ISBN978-4-10-121291-3 C0193